蓝耳短腔调系列

战栗与本案无关，但与任何女人有关

海飞

HAIFEI/著

ZHEJIANG UNIVERSITY PRESS
浙江大学出版社

且以小说慰生活

先说小说。小说不是模仿着生活的世界。它自己就是生活，就是世界。

得过诺贝尔文学奖的帕慕克新近在哈佛大学著名的诺顿讲座授课，他说"小说是第二生活"。让读者觉着"遇到并乐此不疲的虚构世界比现实世界还真实"，有一种"幻真的体验"。这话有道理但不新鲜，《红楼梦》太虚幻境那副有名的对联就是这个意思，"假作真时真亦假，无为有处有还无"，曹雪芹说我这个《红楼梦》就是虚构世界和现实世界的混淆，是我自个儿笔下造就的，因此"贾雨村（假语存）"而"甄士隐（真事隐）"——换言之，小说就是一个"假语"的世界，假语为虚，世界为构，所以我们常说小说是虚构的艺术。

不过我尤其喜欢"第二生活"这个讲法。凭什么猫有九命，人却生死一线？上帝于是公平，说人命既脆弱，那就靠体验多活几回吧。体验就是要造环境，你到江南看"山寺月中寻桂子，郡亭枕上看潮头"是一种体验，到漠北看"北风卷地白草折，胡天八月即飞雪"又是一种体验；你"少年不识愁滋味，爱上层楼。爱上层楼，为赋新词强说愁"是一种体验，"而今识尽愁滋味，欲说还休。欲说还休，却道天凉好个秋"又是一种体验。

体验的环境不止靠物理的空间转移，更妙的法门就是小说虚构的纸上世界。你未必虚荣，但你的一个人格就成了包法利夫人，觉得有一股挡都挡不住的欲望驱使你追逐生活的激情；你很正派，但一个人格就跑出去处处留情，充当起拜伦的唐璜或者金庸的韦小宝；你着实不满意这个嘈杂庸俗的第一生活现场，小说为你打开一扇任意门，你一分钟后进入了村上春树的世界尽头和冷酷仙境，那里尽够你享受孤独和怪意。这么说来，造这第二生活的作家确是人才，他们是建筑师也是骗子，画一堆字符，让你有了另一种体验，另一种生命。我曾说过，小说最大的功能就是胡说八道但煞有介事，好小说家们其实精准地画着现实生活的延长线，而那些延长线我们几何课上都学过，是虚线，却昭示着一个合乎可能的世界。所以，上帝多有使者，这就是一类。

再说短篇。短篇是吝啬鬼，也是薄命才子。吝啬鬼是自己省，不肯多给别人；薄命才子是一看就知道有才，不过很快就玩完了。

我却不小觑短篇小说，或者说比较短的中篇小说，这其中好货加精的多了去了。我有个印象，过去这十来年读中国当代纯文学的小说作品，中短篇的成就远高于长篇。这应该不是我一个人的说法。并且有趣的是，因为传统文坛是纸质文化，秩序是这样的——先在文学刊物发短篇，然后发中篇，然后发长篇，然后出书。结果，我见到很多不错的中短篇作者的长篇做得实在惨不忍睹或者平平无奇。我不免想，也许做得一手好短篇和做得一个好长篇，是不能兼得的两种能力。

现在倒好，网络写作和发表无门槛、无成本、无计出身，赖此"三无"，不免"三有"：意淫者有、小白者有、注水冗文者有——我的意思是，第一，网络小说无论种马文，还是耽美文，都是YY（意淫）的乐园；第二，众多YY小说集体沦落到小白痴的写作和智力状态，没有难度，谈不上啥技巧，遑论原创力和深度；第三，越写越长越写越长越写越长，长长长长长长长，不见黄河天际流。300万字有，500万字有，800万字有，1000万字有，这都是"一部"小说哦，列位看官。记得一次开会，评论家王干忍不住就此比来比去，说这是"惊人的产量"，"400多万字，肯定盖过巴金毕生的小说创作。我知道传统文学有几个特别能写的，像苏童，到现在写的还不到400万字。贾平凹可能多一点，估计总数也就八九百万字了"。当然，这跟特定时期写手们拿字换米有关，跟文化工业背景下的文字生产以及受众每天像等着看肥皂剧般等你更新一万字的习惯有关。不过，还有没有写得贼好的中短篇作者打算找地儿新开吉铺？尤其是有没有从网络"三无"环境中蹦出来的天地灵顽？！

于是，我们哗啦啦树一大旗，上书：短腔调。若有左右门脸，分别写：一寸长一寸强；一寸短一寸险。——文斗亦如武斗，长强短险。长篇写得好，自然是强，老子说："知人者智，自知者明。胜人者有力，自胜者强。"长篇写得好，完全是一个自我战胜的过程，心思必有沉潜，结构务必坚实，体力也要跟得上。短篇写得好，自然是险，孙子说："是故善战者，其势险，其节短。势如彍弩，节如发机。"是说短不但会有气势，也要讲究气势中的节奏。

　　故此美国短篇小说大腕雷蒙德·卡佛会在引用 V.S.普里切特定义短篇小说的话——宛如"路过时眼角所瞥到的"——时，特别要我们注意这个"瞥"字，"短篇小说作者的任务，就是要尽其所能投入这一瞥中，充分调动他的智力以及能够发挥的文学技巧（他的才华），调动他对事物的分寸感以及何为妥帖的感觉：那里的事物本质如何以及他对这些事物的看法——不同于任何其他人所见"。这些都是短篇小说的"其势险"，即，使用力量的方法。至于短篇的节奏，中国人还自有一套传承，大家联想一下沈从文的《边城》、汪曾祺的《陈小手》、阿城的《棋王》这样的作品，定会了悟某种短的"腔调"。

　　在一个网络小说越来越长，而人间的思想越来越微博化、碎片化的时代，"短腔调"所倡导的有品质的、完整的、短篇幅的、好看的小说，我认为是很合时宜的。提炼精彩的作者文字，不浪费读者您的宝贵时间，又为"社会主义文化大发展大繁荣"积累了像样的创造力、想象力、讽刺力。我想说，我们保证这个开放的书系人性而性感，这是对现实生活最好的慰安。

于桂苑书房

2012年9月21日

我飞上了青天才发现自己从此无依无靠

现在是午夜的杭州。浮于尘嚣之上的城市还没有安静下来，透过书房三面通透的落地玻璃，可以见到车来车往。我总是认为路灯是孤独的，包括它的光线。我总认为夜行的人们也是孤独的，他们在热闹之中欢度着染尘的人生。而我像一只迁徙的鸟，从一座村庄飞临一座县城，从一座县城飞临杭州，栖在月色以下高楼之上，憷然四顾。我扳着手指头计算着和亲人及朋友之间的距离，他们那么远，影像已然模糊。我扳着手指头计算着剩下的光阴，计算着我曾经的过往，才发现我们比尘埃更低，比尘埃更细微，比尘埃更孤单。

如果城市是青天，那么，飞上了青天我才发现自己从此无依无靠。

我喜欢黑夜，并不仅因为黑夜给了我黑色的眼睛，而是黑夜让我安静，给我整理羽毛的时间，让我呼吸那种潮湿的空气。不知从什么时候开始，我喜欢蛰居在顶层房屋里，我可以走出露台，也可以爬上屋顶，尽可能地把城市看得真切些。天空已经很远了，那么深邃，它是我们头顶上的海，我们在海里飞翔……

现在是午夜的杭州，我在某幢民居的小小书房里，怀想着城市里的各色人等。

在这样的城市里，能看到惘然与彷徨。每个人像城市里的蚂蚁，为了养活自己而奔忙，他们甚至没有时间停下来想一想未来，做一下打算。他们只知道淌着汗，一站一站地赶路。他们之中有正在发育的少年，有警察，有出租车司机，有性工作者……有我们身边每个人的身影。在这样的城市里，无处不见繁华中的一地哀伤。就像《四月三号的雨夜》，每个人的状态几乎不是苍凉，而是悲凉。又如《化妆课》中的悲情人生，足以让你一直一直地发呆。在这样的城市里，无处不见爱情里的迷惘，如《女人与井》《手相》《鸦片》《战栗》中的女人们，她们一直在寻爱的路上奔忙着，甚至十分天真地期望着，或者守着古典主义的爱情。在这样的城市里，无处不见平静表象下的疼痛，如同《美人靠》里寻找迷失的方向，如同《纪念》所写的寻爱。小说里的人们都拿一把刀，在自己的心尖上轻微地划开，划开处殷红如花。我们的人生啊，多像夕阳下的一片狗尾巴花，在苍凉中摇曳，独自跳舞，独自伤怀，独自沉醉，独自零落成泥。

所以说，城市是一个令人爱恨交加的地方，如同文字。城市和文字都是我所热爱的，我和它们不可分割。

我的战友们都生活在一座县城，甚至县城以下的小镇。有一次他们呼啸着齐聚在杭州一家酒馆，我和他们一起喝酒碰杯，突然觉得二十多年的光阴刷刷而过，我们的友情未必会淡，相见仍然言欢，但是我们相见时该聊些什么？那时候我握着酒杯，可以见到我的年轻岁月就在不远处，那时候我们穿着军装歪戴着帽子吹着口哨，有怎么也挥霍不掉的青春。现在有什么？有世故，有狡黠，有圆滑，有我曾经深恶痛绝的一些印记。

什么是痛？胭脂沾染了灰！美丽蒙上了尘！

现在是午夜的杭州。我为这本短篇集子写一个自序，算是深夜里没有主题的絮絮叨叨。电脑里放着赵传的歌，我飞上了青天才知道自己无依无靠……路堵，人挤，空气差，地铁就要开通，公交车上有人因为没有让座被人打了……明天还有好多事等着我去做，夫人明天要去女儿就读的学校开家长会，制片人在催着剧本，远方的朋友在问杭州热不热……

不管热与不热，冷还是非冷，活着就好。不管飞上了青天是不是无依无靠，翅膀还在就好。杭城午夜，记下以上零星文字，腹中咕噜，绿茶尚温，午夜正在如火如荼地进行，是为序。

目录 CONTENTS

战栗与本案无关，但与任何女人有关

俄底甫斯的白天和夜晚

上午

早上醒来的时候她看了一下墙上的钟,已经九点了。一缕阳光从窗帘的缝隙里漏进来,洒在那床绵软的被子上。这是一床轻巧的云丝被,昨天下午她把被子搬出窗外,晾在竹竿上,让春天的阳光拍打它整整一个下午。晚上睡觉的时候,被子给了她特别的温暖,她闻着被子上残留的阳光气息,睡得很踏实。她还做了一个梦,梦中出现了一个男人,男人是个大胡子,但是他把胡子刮得青青的,棱角分明的脸和一对很浓的眉,让她喜欢。后来男人用下巴轻轻触摸着她的脸,她感到痒痒的。她笑了起来,声音很圆润。后来她吃了一惊,看到男人因为突然用力而涨红的脸,她又笑了,放开了自己的身子。梦醒后，她盯着那缕阳光看，昨晚梦中的那些细节让她脸红。她的手指纤长而不失肉感，在身体上散步，她把身子扭曲了一下。然后她听到自己心底里发出的声音：该起床了。

敲门声响起的时候是九点十五分，敲门声很轻缓，像是犹豫不决的样子，明显的没有力度。她趿上拖鞋去开门，开门前她从猫眼里看到门口站着一个男孩子，十七八岁的样子，尽管个子很高但仍然显嫩。他胸前抱着一摞碟片，眼神闪烁不定。她搬到这儿才一个月，刚刚安顿好家。她知道他就住在对门，大概是个高中生。他的父亲不太见得到，好像很忙的样子。她也从来没有见到过他的母亲。

她把门开了一条缝，她说有什么事吗？依然是圆润而丰满的声音，像春天里泼出去的一杯温暖的水。他说，我想看碟，我们家的碟机坏了，不好意思吵醒了你，我想在你们家把这些碟看完。他的语速很急，好像事先想好该说些什么话，很腼腆，这样的腼腆让她对他添了几分好感。她把门打开了，让他进来，倒了一杯开水，让他在客厅坐下，他就在客厅里打开了影碟机和电视机。在倒开水的时候，她扫了一下那些碟片，一张是《天堂电影院》，一张是《流浪狗》，还有几张凌乱地堆在茶几上。他好像很快地进入了状态，目光从来没有离开过电视屏幕。于是她去洗漱，还是穿着棉布睡衣，趿着一双软拖鞋。这个春天让她感到懒洋洋的，还有那绵软的阳光、温暖的风。阳光和风钻进她的身体，把她的肉体和骨头毫无痛感地拆离开来，让她软成一滩泥。

他盯着电视屏幕，其实那是一些他早就看过的碟。他是看着这个女人搬进来的，那时候在楼梯口碰到了，女人朝他笑了一下。他十八岁，上高中二年级。他的父亲是个出租车司机，白天和黑夜经常颠倒着过，休息的时候喜欢叫一些同事来搓麻将。他的母亲两年前就不在了，生了一场重病，没能治好。女人出现的时候，他常注意着女人的行踪，有时候他静静地站在阳台上，听只隔一堵墙的隔壁的阳台上传来的歌声。那是女人的欢呼，让他听了开心。他还会趴在阳台上看女人从楼下的空地走过，女人是去买菜的，她穿着白色的套裙，细腰丰臀，很有女人的味道。他就看着这个女人一寸一寸地在视野里消失。

他的目光盯着电视机，但是余光却看着女人的一举一动。女人在刷牙和洗脸，然后女人对着一面镜子拔眉毛，拔了很长时间。除了电视机发出的声音以外，屋子里很安静。女人穿着睡衣，女人穿着睡衣的样子让他感到温暖。这是一个骨肉匀称的女人，是他喜欢着的女人。女人突然问，你爸干嘛的。他把目光投过去，看到女人在对着镜子涂口红，这是一个喜欢打扮的女人。我爸是个出租车司机，他说。女人笑了一下，又对着镜子抿了一下嘴。女人不再说话了，开始搞卫生，她有多大了，应该有三十多了吧，最少也有三十岁了，他这样猜测着。后来他觉得这样的猜测没有意义，于是他不再猜了，他把目光又收拢到电视屏幕上，看他曾经看过的那些影碟。

十点五十分的时候，女人停止了家务。她坐到他的身边，她问，你很喜欢看碟？说这话的时候，她顺手拿起了几张放在茶几上的碟片，仔细地看着。她看到一部《半生缘》的碟，封面上站着忧郁的吴倩莲。女人说，这不是张爱玲的小说改编的吗。他说是的，很安静的一部电影。他闻到了女人身上的气味，那是一种只有居家女人才会有的气味，淡淡的洗发水的味道和香水的味道掺和着。这是一个干净的女人，这样的女人很容易让人恋家，让人不愿离开家。他一抬头，突然看到了挂在墙上的照片。照片里的女人幸福地依偎在一个男人身边，披着婚纱。男人理着一个平头，是一个小眼睛但却很精神的男人。这显然是一张婚纱照，而且这张照片拍了也有好几年了。因为照片上的女人是披肩的长发，而现在则剪的是清爽的短发。

女人问，你妈是干什么的？他愣了一下，又笑了，他说我妈两年前就没有了。说这话的时候他想哭，但是他没有哭出来，他呈现给女人的表情是笑容。女人还是不好意思地笑了，女人说对不起，不该问那么多。后来，女人接了几个电话，又去了一趟卫生间，他听到卫生间里马桶响起了水声，他的心往上拎了一拎，想象着女人上卫生间时细碎的情景。

女人后来又坐回到他的身边，修起了手指甲。女人的手很漂亮，十指长长，泛着一种近乎透明的玉色。指甲像几只安静的淡色小甲虫，伏在她的手指头上。女人的手指甲并没有养长，看来女人喜欢的仍然是干净。女人一边修指甲一边往指甲上吹气。后来女人说了一句话，很温柔的一句话，你就在这儿吃中饭吧。说这话的时候是十一点十分，他下意识地抬眼看了一下墙上的挂钟。他本来想要表示一下感谢，但是最后由于不好意思,还是没能说出来，不过他对留下吃饭表示了认同。女人起身，淘米、洗青菜，很小巧的一捆青菜，几个胡萝卜，几只蛋还有一片肉。很清爽的几个菜。女人的清爽使他愈加留恋这个一门之隔的处所。

下午　他们在一起吃饭。菜就放在茶几上，一个是胡萝卜炒豆腐干，一个是西红柿炒蛋，一个是青菜腐皮，还有一碟溜肉丝。他们一边看碟一边吃饭。其实他根本没有心思看碟。女人就坐在他身边，坐得很近，并且给他盛了饭。以前他吃父亲送来的快餐，或者自己直接叫快餐，两个男人的生活让他对一些生活细节变得马虎。现在女人往他碗里夹菜，开始问一些小问题，她一定是出于对对门邻居的好奇才问的。她问你读几年级了，他说高二。她问你想考哪一所学校，他想了想说浙大或者北大吧。她又问你多高，他说一米七八。她抬眼看了他一下，这是一个英俊的孩子，她笑了，把眼睛笑得弯弯的，眼角有了细小的皱纹。她的笑容十分妩媚，她笑着把筷子含在嘴里不动，这样的小动作让她十分性感。他突然脸红了，一些隐秘的念头跳出来让他脸红。女人脸上仍然挂着笑，女人说，有很多女生喜欢你吧。他想了一想——是的，许多女生其实都喜欢他，特别是小倩。于是他点了一下头说，是的。

后来他鼓起了勇气问女人，你先生是干什么的。女人愣了一下，但是她脸部的表情马上舒展开来，女人说他是个海员，风里来浪里去的。女人好像不太愿意多谈她先生的事，她又往他碗里夹了一筷子西红柿，她说多吃西红柿，对你身体有好处。他的心里涌着一阵阵热浪，他想如果每天都能这样吃饭该有多好，家里有这样一个女人该有多好。他的母亲去世两年了，去世以前母亲一直病恹恹的，很瘦弱，后来一句话也没留就走了。那时候他站在母亲身边哭，那个出租车司机也抹起了眼泪。其实司机老是和老婆吵架，一直吵到老婆查出得了重病，才不吵了，小心伺候她。不吵的理由只有一个，那就是老婆苦，老婆没有享他一天福。

吃完饭女人把碗收到了厨房里，她没有立即洗碗。一点钟了，女人说你先看着碟，我想睡一会儿，我每天都睡午觉的，你要想睡就睡沙发上。女人进了卧室，门合上了。他没有睡意，依旧看着乏味的影碟，说乏味是因为他看过这些碟片，他只是找了个理由来和对门的女人有些交集。他走到阳台上，从六楼看下去，楼下空地上有一大片阳光。阳台上晒着女人的衣服，那条棉质的长裙充满柔软的力量，他还看到了女人粉色的内衣和内裤，像长着翅膀一动不动的大蝴蝶，异常美丽。他吸了吸鼻子，闻到了衣服上散发出来的洗衣粉的残留气息，这种气息在阳光的照耀下升腾，他甚至能看到衣服上正在往上冒的水汽。他伸出手，手指触到了那条深蓝底的碎花棉布裙，那是一种粗糙中显现的软度，裙子有点潮湿，他的手也沾了一些潮气。他轻轻抚摸着裙子，想象着女人穿着这样一条裙子去街上买菜，去茶楼喝茶，去商场里购物。他甚至想象了女人去赴一个男人的约会，他对女人并不熟，但是他这样想了一下，他觉得不应该这样去想象一个女人的。

后来他坐回到沙发上。下午的安静很容易让人入睡。他把电视机的音量开轻，然后在沙发上眯起了眼睛。他又看到了对面墙上披着婚纱的女人和理着平头的小眼睛男人，这是一张效果并不太好的婚纱照，至少他是这样认为的。后来他睡着了，他想他一定是睡着了。他醒来的时候只有两点二十分，也就是说他其实在沙发上只睡了很少一点时间。他醒来的时候看到电视上的蓝屏，碟片已经放完了，蓝屏上有陈佩斯亮着光头托着新科牌VCD的图像。他没有再放碟片进去，他突然对碟片完全失去兴趣，他为自己找了这样一个不高明的理由而感到沮丧。

女人仍然没有起床，他就坐在沙发上想象着女人的睡姿。女人仍然穿着睡袍，她是侧卧的还是仰卧的，或者有一段时间会将自己的身体蜷曲起来俯卧，又或者抱着一个软枕头睡得很放松。他走到了卧室的门边，后来他把脸贴在了门上听着里面的动静。门忽然拉开了，女人的头发蓬松着，她显然是吓了一跳，她看到他的脸涨红了，不知所措地站在门口。女人说你怎么啦，想干什么。他什么也没说，只是回过头来走向沙发并在客厅的沙发上坐定。女人把身子靠在墙上，看了他很久，他很窘迫，坐在沙发上一动不动。女人笑了，又去洗漱。后来女人带着牙膏和洗面液的清香再次坐到他的身边。

女人说你下午不看碟了吗，为什么不看碟。他终于抬起头勇敢地迎向女人的目光，他说我不看碟了，我只想在你家坐坐。女人说你为什么想在我家坐坐，你是不是早就想来我家坐坐了。他说是的，我早就想来坐坐了，我也不知道为什么想来你家坐坐。女人说那你以后还想坐就过来吧，我没有工作，在家里也闷得慌，你陪我聊聊天。他们有一搭没一搭地说话，觉得气氛有些怪怪的。后来女人用手托起了他的下巴，女人的眼睛笑成了弯月的形状，她温柔地说，你是不是喜欢我？他不敢看女人的眼睛，他只是点了一下头，他闻到了女人手指上的清香，女人擦了美加净护手霜。

　　三点十分的时候，女人站起身来走进了厨房，女人说你过来。他走了过去，他看到一把明晃晃的菜刀和一只鸡，鸡蜷缩在女人的脚边，它睁着一双惊恐的小眼睛。女人说你帮我杀鸡吧，我不敢杀鸡的。他其实也没有杀过鸡，他犹豫了一下，但是他没有说他也没杀过鸡。他拿起那把菜刀的时候有些紧张，就好像是让他去杀一个人似的。女人拎起了鸡，她把鸡脖子上的一些鸡毛拔掉了，鸡开始挣扎起来，它好像不太愿意别人去碰它脖子上的毛。一小碗清水已经准备好了，女人说，来吧，你动手。他一手拎住鸡头，一手拿着那把菜刀。女人则抓着鸡翅和脚。菜刀锋利的刃钻进了鸡脖子，一些细小的血球顺着菜刀流出来。血越来越多，流向那碗清水。那碗清水先是有丝丝缕缕浮浮沉沉的血在其中，后来血色越来越浓。鸡挣扎了几下，不动了，它已经没有力气了，但是它的眼睛仍然睁着。它的命运就是这样，从一开始被孵化成鸡就注定了有朝一日被人宰杀。女人拿来一盆滚烫的开水，把鸡放进盆子里。这时候电话铃响了，女人迈着碎步冲向客厅。女人说你帮我煺毛吧，等一下水冷了就煺不下鸡毛了。

　　他待在厨房里帮女人煺鸡毛，一股热气中夹杂着鸡骚味，他不太愿意闻这样的味道，他也是第一次为一只鸡洗热水澡。电话像是女人的海员老公打来的，因为他听到女人在向电话那边汇报家里的一些事，女人说家里一切都好，你放心好了，女人说等着你呢，女人还问你下个月几号回来。他想女人的老公下个月就要出海回来了，女人会过上几天高兴的日子了。他煺鸡毛的时候有些心不在焉，但是很快，一只鸡洁白的裸体就呈现在了他的面前。他支着耳朵听女人打电话，女人打了很长时间的电话，后来好像通话的对象也有了变化。女人的声音无比温柔，还吃吃吃地笑个不停。他煺完鸡毛以后不愿意再为女人清理鸡内脏了，他不想给鸡开膛剖肚。他洗净了手，走回客厅。女人看了看他，好像对一个熟悉的家里人说话一样，女人问褪完毛了吗？他说好了，这只鸡很肥。电话那头大概在问女人跟谁说话，女人笑了，她说我跟新认识的一个朋友说话呢。后来女人又吃吃吃地笑了很久，挂断电话后女人进了厨房，她去忙了。

他就坐在沙发上。他不想开碟机了，只想那么坐着，他甚至想晚上仍然和女人一起吃晚饭，和女人吃饭是多么温馨的一件事。他的双手相互绞着，因为他无所事事。女人终于忙完了，重又坐到他的身边，说谢谢你帮我杀了鸡还帮我煺了鸡毛。他笑了一下。抬眼看看墙上的挂钟，四点二十分了。女人终于说，你晚饭在哪儿吃，他想了想，他本来想说就在她这儿吃的，他还可以吃上鸡肉呢，但是他没好意思说出口，所以他就没说话，仍然绞着自己的手指头。女人大概看出了他的心思，伸出手抚摸着他的头发，那是一头浓密的略略有些卷曲的头发。女人的手指滑了下来，摸到了他的眉毛和眼睛，又摸到他的鼻子，还有棱角分明的一张嘴，长而笔挺的人中。女人用两只手捧住他的脸，女人的动作细腻而且满含柔情。女人说，真是个傻孩子啊。女人嘴里的气息扑到了他的脸上，很好闻的一种味道。女人努起了嘴，在他的脸上轻轻触了一下。后来他把头靠在了女人的胸口，女人就那样轻拍着他的背半抱着他。他一点也不知道自己是什么时候开始流泪的，他曾经一度对一个教数学的女老师很有好感，后来那个女老师调走了。许多女生在他的周围像蝴蝶一样飞来飞去，但是他却没有和她们交往的激情。他闻到了女人胸前好闻的气味，那是女人特有的气息。他的脸压迫着女人的胸，那是一个绵软而温暖的地方，让人留恋的地方。他不知道自己怎么会流泪的，反正后来他看到女人高高挺着的胸前洇了很大一片湿漉漉的水。那是他的泪水，他紧紧抱住女人，把眼泪洒在女人胸前。

女人轻轻推开了他。女人又笑了，她笑的时候鼻梁附近会有许多小小的细纹，那是一组好看的细纹，不是每一个女人都会有的。鸡肉的香味从厨房里飘了出来，女人已经在炉子上炖鸡肉了。女人终于说，我晚上有点私事，吃完饭马上就要出去的，所以我不能留你吃晚饭了，你不会生气吧。他摇了摇头，说那我走了。他站起身来离开女人家的时候，突然用嘴角触了触女人的脸颊，女人被这突如其来的动作吓了一跳，但是她没有表示反感。她说你真像我的孩子，她又说，你去吹一个发型，保证有更多的女同学跟着你。

他打开门回自己的家中，打开门之前，他看了一眼墙上的挂钟，五点零六分。他还看到女人把自己窝在沙发里，妩媚地朝他摆了摆手。

傍晚　　他下楼的时候是傍晚五点二十八分，他只是想下楼去那片空地上走走，他已经像一只鸟一样在六楼待了一天了。他走到五楼的时候，看到了一个高个子的男人匆匆上楼。男人有着一副浓眉，络腮胡子，但是他的胡子刮得很干净，青青的，有些性感。他诧异地看着那个男人，他看到男人没有进五楼的门，那么男人一定是上了六楼，男人不是他家

俄底甫斯的白天和夜晚

9

的客人，那么就一定是女人的客人。他有些不太舒服，因为女人明明说晚上有事要出去一下，原来是有一个客人。他折回六楼，男人已经没有了影踪，也就是说男人一定进了女人家的门。

他回到自己家里，双手不停地绞着，他不知道自己想要干些什么，脑子里塞着一团麻。后来他走到了小房间，小房间和女人家的客厅是相连的，他把耳朵贴在了小房间的墙上。他果然听到了男人和女人的笑声，很响亮放肆的笑声。他感到心痛了一痛，他不知道心为什么会痛起来的。后来男人和女人的声音越来越小，他好像听到了茶几被撞的声音。他想象着男人和女人在干些什么，但是他想象不出什么来，他脑子里全是两个人的笑声。

他一直像一只壁虎一样贴在墙上，他完全听不到一丝动静了却还是把脸贴在墙上。后来他感到整个身子都麻木了才直起身子。他在自己家客厅里又坐了很久，后来他终于站起身来走出门。他站在女人的家门前举起了手，但是手却没有落下去。他知道这样做很不礼貌，但是他还是希望能打扰他们一下，这大概是出于对那个胡子刮得青青的男人的不满。

他的手还是敲了下去，发出了轻微的声音，接着他又敲了一下，再敲了一下，一连敲了好几下，每一下都越来越响，发出的声音单调而沉闷。女人惊恐的声音响起来，女人大约已经悄悄走到了门边，女人说谁。他说是我，我忘了拿碟片了，我想拿碟片。女人的声音显然有些不太耐烦，她的声音里甚至有些生气的成分。女人说明天吧，明天拿不行吗。女人后来不再说话了，他也没再敲门，已经完全没有再敲门的意义。他把自己的身子靠在了墙上，有些伤心。

他回到自己家里，坐在沙发上一动不动。电话铃响了起来，他没有去接，铃声好像很嚣张的样子，在屋子里的每一个房间里蹿来蹿去。电话铃第二次响起来的时候，他站起身接了电话。是小倩打来的，小倩是他的女同学，常和他在一起玩。小倩说你来夜排档好不好，我们在火车站的夜排档吃饭。他想了一想，说好的。

他离开家的时候，已经是傍晚六点三十五分。他走下了楼梯，然后走进一堆灰黑的夜色中。他开始跑步，他是一个跑步的好手，拿过学校运动会五千米的冠军。火车站在几里以外的一座小山脚下，那儿的夜排档生意很红火。他闻到了排档上传来的气味，这些气味让人突然觉得肚子一下子空了。而此时他又想到了那只他亲手宰杀的鸡，他想那只鸡现在一定被那个男人享用着，他狠狠地咽了一下唾沫，喉结滚动了一下。

夜晚

晚上他喝了许多瓶啤酒，他想他一定是有些醉了，那完全是因为他惦记着对门的女人和那个把胡子刮得青青的男人。小倩和一帮男女同学在一起等着他，他们看到一个穿李宁服的高个子向这边跑步过来，看到高个子在他们身边坐了下来，看到高个子一声不响地拿起开瓶器打开啤酒，往嘴里倒。他喝了好些啤酒，后来说话时舌头都大起来了。同学们都笑，都说他像是失恋的样子。小倩很不开心，小倩其实是很喜欢他的，小倩终于从他手里夺过了酒瓶，小倩说你不要再喝了好不好。

同学们离开夜排档的时候，小倩和他没有离开，小倩和他去了这座城市的一条江边。他们去散步，小倩紧紧挽扶着他，生怕他一不小心跌倒了。小倩知道他喝多了，但是小倩喜欢挽扶着他的感觉。他说小倩你知不知道我的妈妈已经不在了，我的妈妈离开我已经有两年了。小倩愣了一下说知道啊，全班同学都知道啊。他说小倩你喜欢我吗。小倩的脸红了，小倩知道自己的脸红了，因为她烧得厉害，但是在夜色的掩护下没人能看到她脸红了。

后来他和小倩分了手，向自己家里走去。他把两只手插在裤袋里，摇晃着走路。走到自己家楼下的时候，看到空地上停了不少警车，有一些居民围在那儿，警灯还在闪烁着。他的酒一下子醒了，他想会不会是对门的女人出了事。一些警察从楼梯鱼贯而下，楼梯里的灯从一楼到六楼都开得亮亮的。他看到其中一个警察手里拎着一只透明的塑料文件袋，袋里装着的竟是一把寒光闪闪的菜刀，菜刀上还沾着许多血。他的头一下子痛起来，他很相信自己的感觉，他认定这把菜刀就是他用来帮女人杀鸡的那把菜刀。他的酒完全醒了，他想跑上楼去，但是他一点力气也没有。警察上了车，然后车子拉响了警报，很凄厉的一种声音，渐渐地远去。他的耳朵里灌满了许多声音，邻居们杂七杂八的声音响了起来。他把耳朵里的声音整理了一遍，慢慢地在这堆像丝一样杂乱无章的声音里理出一个头来。他把那个头拎了起来，终于看到一个穿睡衣的声音甜润笑起来一双眼睛像弯月的女人，和一个个子高高胡子刮得青青的英俊男人，他们一起睁着惊恐的眼睛，倒在了一堆稠稠的血泊中。他们甚至能听到自己的血从血管里流出来的声音，听到菜刀砍进身体的噗噗声，他们的脑子一定快速旋转，他们想来不及看一眼这个世界了，他们果然没能再看一看这个精彩的世界，尽管他们离开人间时仍然睁大着眼睛。他们还没有来得及把味道鲜美的鸡肉全部吃光，就发生了一件他们做梦也没有想到的事情。

这些都是他的想象，他就站在楼下的空地里。他的想象完全正确，的确是发生了一起命案，一男一女都倒下了，这一男一女他都见过。空地上的人渐渐散了，留下他一个人，显得有些孤单。他抽了抽鼻子，好像闻到了风中传来的血腥味。他看到自己家里透出的灯光，那一定是开出租车的父亲已经回到了家里。他向楼上走去的时候脚步沉重，不知道走到楼上用去了他多少时间。他只知道推开门的时候，看到客厅里父亲正和另外一男两女在搓麻将，他们只字不提命案的事情。他抬头看了一下墙上的壁钟，时间显示是晚上十点四十八分。父亲朝他看了一眼，父亲说你在哪儿吃的晚饭，你早点休息吧，你看你的脸色多苍白。然后父亲打出了一张牌，牌落在桌面上的声音清晰地传到了他的耳朵里。他走到阳台上，阳台上的风有些大，血腥的味道更加浓烈。以前他能在这儿听到女人的歌声，现在和以后，都听不到了。

他把手伸进裤袋的时候，触到了一块丝巾。那是一块淡黄的丝巾，他不知道丝巾是怎么会到自己的裤袋里的，后来他终于想起自己在女人的阳台上抚摸那条棉布裙子时，顺手抓起了一块晾着的丝巾放到了自己的裤袋里。现在他把丝巾拿了出来，丝巾在风中飞扬着，他能从丝巾上闻到女人的脖子留在丝巾上的馨香。他轻轻地松了手，丝巾像一只纸鸢一样飞起来，飞向浓重的夜色。

有人敲门。他去把门打开，看到了两个穿着制服的警察，他看到他们都很年轻，比他大不了几岁，他们胸前佩着的警号闪着银光。警察笑了一下，说正忙着哪。他看到父亲的嘴巴张大了，因为他们每个人的面前都堆着一小沓钞票，他们一定以为警察是来抓赌的。警察说对门发生了命案，你们居然有心情搓麻将，真是一个奇迹。父亲把麻将牌一拨说我们正要歇手了，我们是第一次赌博。警察又笑了，摆摆手说，你们继续吧，我们不是找你们，我们是找他。

警察的话让父亲感到紧张，父亲说他怎么啦，他不会就是凶手吧。警察拿出一些碟片，警察说这些碟片是你的吗。他点了点头，他看到的是一张《半生缘》的碟片，吴倩莲仍然一脸忧郁地站在碟片封面上。警察说你跟我们走一趟，我们有些事情要问问你。他说好的，然后回过头对父亲说那我走了，你以后开车自己小心。父亲突然哭了，他说怎么会是我的儿子呢，我的儿子怎么会呢。警察说你不要这样子，我们没说是你儿子干的，我们想问你儿子一些事情。他也对父亲笑笑说没什么的，你们搓麻将吧。

他跟着两个警察下楼，楼道黑漆漆的，警察打亮了每户人家门口的电灯。楼道一下子亮堂起来，但是他却希望走漆黑的楼道。他说不要开灯好吗，我不喜欢那么亮的灯光。警察没说什么，他们一前一后把他夹在中间，他们果然没有再开灯。他走到楼下空地上的时候，看到了停着的一辆警车。他向警车走去时，一个男人的一声长嚎异常凄厉地划破了夜空。这个男人在喊一个名字，那是他的小名，男人的呼喊让他的眼睛湿了。他感到这个马虎的中年男人，辛苦忙碌开出租车的男人，还是爱着他的。他又笑了一下，走进了警车。

公安局里灯火通明，两个警察手中仍然拿着许多碟。他们领着他到一块巨大的玻璃窗前站定了，这是一种只能看得清里面不能从里面看清外面的玻璃。他看到里面坐着一个人，他正在抽烟，这是一个很眼熟的男人。警察问你认识他吗？他说很眼熟。他开动脑筋想起来，他终于想起这个男人就是女人墙上照片里的男人，他理着小平头，有一双小而精神的眼睛。他是一个海员，在电话里告诉自己的女人他要一个月后才回到家里。

他的脸一下子白了，他对警察说那个人明明说要一个月后才从海上回来的，怎么突然出现了。警察笑了一下，说你的碟片怎么会跑到对门去的。警察让他坐下来，给了他一杯开水，他就捧着那杯开水。他想起了那个女人把他抱在怀里，拍着他的后背。他想起那个女人温软的胸，他的眼泪打湿了她胸前很大的一块。他想起了女人曾经努起嘴，在他的脸颊上亲了一口。他还想起那时候他真的好想抱紧她，真想叫她一声妈。他喜欢那个女人，他喜欢那个女人一直一直都出现在他的生活中。

后来他开始讲，他说我抱着一摞碟片去敲门的时候是早上九点十五分。

他抬头看了一下公安局这间屋子的墙上，壁钟显示现在是晚上十一点五十七分……

四月三号的雨夜

　　十八点十分，谢门和他的朋友们一起来到了好再来酒店。老板娘的笑容盛开得像朵花，对着每一个人笑。她身材颀长不失丰满，谢门想，老板娘多像一粒草莓啊。谢门一回头，看到雨阵向他逼近。等雨阵跑到店门口时，突然憋不住了，哗地一下子泼下来，是一场淋漓的雨。谢门能看到雨滴卷起灰尘的样子，像是抱着灰尘在地上滚。街上有人在奔跑，怕雨淋湿了头发，所以两手护着头。谢门哑哑地笑了，他想，护着头干什么，头发淋湿有什么要紧，身子淋湿才难受呢。

　　谢门和朋友们进了包厢。丁三请客，点了许多菜，丁三说老板娘你给我们上酒吧，放一箱啤酒在包厢里。老板娘像只花蝴蝶一样飞舞着，丁三不失时机地在老板娘屁股上摸了一把。老板娘尖叫一声，像玻璃杯跌落的声音一样刺耳。谢门紧紧地闭了一下眼睛，丁三显然已经习惯了这样的尖叫，丁三说叫什么叫，又不是没人摸过你。老板娘打了一下丁三的手，和丁三调笑了起来。谢门又紧紧地闭了一下眼睛。他看着窗外的雨，雨已经没有刚才那么大了，但是也不小，是很匀称的那种，不紧不慢地下着。黄昏在这时候悄悄来临，天色一点点暗了下去。谢门想，这是一个雨夜，这个雨夜已经来临了。

　　谢门和丁三在同一个公司工作，还合租着一套房子。丁三走马灯似地带着不同的女人回家，他总是把声音弄得很响，这让谢门很不舒服。特别是听到隔壁女人听上去有些痛苦的声音时，谢门就在屋子里来回踱步，这时候他有一种破坏欲，希望破坏一点什么，比如冰箱或者彩电。丁三从来不管，他总是光着身子就把女人送出门。那些女人红光满面顾盼生辉，走的时候还用那双湿眼朝谢门看上一眼，眼光中含着内容。谢门想，丁三为什么会有那么大的力气，丁三的力气就像是一口井里的水，抽掉了，又漫上来。丁三这辈子会有多少女人，谢门想，一定比自己的十倍还要多。

　　谢门的目光总是游离在窗外。大家都在喝酒，谢门认识这些人，但是不熟。谢门并不是一个合群的人，不像丁三，朋友和女人一样多。谢门也喝了很多酒，谢门机械地应付着从各个方向伸过来的酒杯，他们说谢门，我敬你一下。谢门觉得好笑，什么叫敬你一下，敬你就敬你嘛，还一下。谢门听到玻璃杯碰撞的声音时不时地饭桌上响着，谢门不太喜欢这样的声音。丁三在和一个什么人讨论着女人，丁三说，女人是不同的，女人看上去都差不多，但是在床上是不同的，就连叫声也不同。睡女人就像去旅游一样，比如你去了丽江，就还想去凤凰，还想去越南和泰国，这个道理是相通的。

许多人附和着，丁三显得很高兴。丁三说，那么我们集体来一杯，等一下我们集体去潇洒一下。大家都站起来，都把杯碰到了一起。谢门的目光仍然游离在窗外，他想，今天小丹要上夜班了，今天要送小丹去上夜班。这时候他突然发现大家都站了起来，并且用一种陌生的目光在看着他。于是他也慌乱地站起来，学着大家的样子和大家碰杯。丁三说，谢门，谢门你小子一定是在想女人了，什么时候我让一个给你好了。

谢门笑了一下，笑容有些苍白。他看到老板娘走进包厢来敬酒，他就紧紧地把眼睛闭了起来。老板娘和丁三喝起了交杯酒，旁边的人起哄，老板娘撒娇的声音和尖叫的声音同时响起来，肯定是有人在她不注意的时候偷偷摸了她一把。谢门在这个时候走出了包厢，他看到一个十六七岁的小打工妹在日光灯下洗菜。她朝谢门笑了一下，谢门想，她有些像小丹，小丹今天要上夜班。

雨一刻也没有停。谢门耳朵里灌满了雨的声音。他看到墙上的日历已经有些受潮，软软地耷拉着。日历上写着，四月三号，星期天。谢门想，四月三号是个雨夜。谢门进了包厢，发现有收场的味道。果然丁三说，我们走吧，我们去夜来香潇洒一下。大家就都往外走去，像一群摇摆走路的鸭子。老板娘目光暧昧地望了丁三一眼，谢门有些恶毒地想，老板娘是不是希望丁三去干她。谢门的心中有了一些快意，他夹杂在一群鸭子中间，他和他们是同类。这个时候谢门回头望了一眼，好再来饭店的墙上挂着的一口钟上显示时间为十七点二十分。

谢门和丁三他们一起走进了雨中。这时候的雨已经不大了，像雾一样缥缈着。夜来香其实和好再来并不远，远远地能看到它的落地玻璃门面。丁三领着大家进门，丁三说，五号，五号小姐在不在。丁三显然已经熟悉了这里面的小姐们，丁三一定是喜欢五号的。五号在，从里间飞了出来投进丁三的怀抱，像一颗子弹击中丁三一样。丁三笑了起来，指着一个女人说，你给他们每一个人发一个，他们都是游击队员，他们喜欢打游击，你给他们发漂亮一点的小姐。丁三的话有一半是从一个包厢里飘出来的，丁三已经在转眼之间进了包厢。谢门找了一张凳子坐下来，看着这个女人给大家发小姐。一会儿时间，这些和丁三一起吃饭的男人们就都不见了。女人看了一眼谢门，走到他的身边说，先生你一定是第一次来吧。谢门笑了，说，怎么会呢，我跟丁三那么熟，怎么可能会是第一次来呢。女人也笑了，女人说那一定是你特别冷静从容，不和人争着进包厢。谢门自言自语地说，有什么好争的，又不是没见过女人。女人说，你越是这样说，我就越要给你找一个漂亮的女人，好让你记住我这家夜来香。这时候有两个男人走了进来，一个是细眼的中等个男人，一个是胖子。他们问女人，有小姐吗，我们要两个小姐。说话的时候，他们盯着谢门看，好像这话是对谢门说似的。女人说有的，你想要多少，就有多少。女人叫来一个小姐，看上去有些瘦，但是长得果然是很漂亮的。小姐拉起坐着的谢门，把他拥进了包厢。谢门一回头，他看到那个细眼男人朝他笑了一下。谢门也笑了一下。

　　谢门走进一间狭小的包厢，里面的灯光昏暗，有些昏昏欲睡的感觉。他打开手机，手机的蓝屏闪动了一下，他看到时间已经是二十点二十分了。小姐有一半身子倚在谢门身上，谢门说，你叫什么名字。小姐说，你猜。谢门就说，你一定姓唐对不对。小姐说对的。谢门又说，你多大了？小姐说，你猜，谢门就说，你一定二十岁了。小姐说对的。谢门又说，你老家在哪儿？小姐说你猜。谢门说一定是在兰溪对不对。小姐想了一想说，对的。谢门就笑了，谢门说，其实你连说话都懒得说了。小姐愣了一下说，不是的，我是在赚钱。谢门就一把抓住了小姐的胸，这时候谢门才知道，原来小姐一点也不瘦。小姐咯咯地笑起来，像一只快乐的小母鸡一样。谢门说，你不用替我按摩了，还是我替你按摩吧，我为你做按摩是免费的。谢门的手就开始活动了。小姐说，你是不是想要另外的服务，想要的话你付钱。谢门愣了一下，这时候小姐就一把抓住了他。谢门躺了下去，他突然开始安静下来，就任凭小姐抓着捏着他。谢门听到了雨声，雨声又开始大了起来，只是在这包厢里听起来不太真切，好像很遥远的声音一样。

谢门开始想念姐姐。谢门是从一座村庄里出来的，大学毕业后应聘在一家公司工作。谢门进公司那会儿，公司刚开张，所以怎么说他和丁三都属于元老级人物的。谢门上大学的时候，一直是姐姐资助他。姐姐在镇上的衬衣厂里做工很辛苦。谢门想，以后一定要对姐姐好，一定要对姐姐好，一定要让姐姐快乐。谢门有一天在学校里接到了一个电话，接完电话谢门就傻掉了，他不理人。电话里谢门的伯父告诉谢门，说他姐姐被人从水里捞起的时候，整个人已经白白胖胖了。姐姐是穿着鲜红的衣服去跳河的，姐姐跳河是因为在下夜班的时候，被人拦住了，劫持到柴堆里。姐姐回到家后一言不发，第二天清晨没有去上班，而是穿着红衣服梳妆了一番，然后去了河边。河边很安静，一个人也没有。后来一个放牛的发现了她，她就漂在河面上。谢门这个时候开始出汗了，谢门轻轻地叫，姐姐姐姐姐。小姐说，我不是姐姐，我是小姐。小姐的手其实一直都抓着谢门，小姐"咦"了一声，表示奇怪。谢门说，怎么啦。小姐说，你怎么没反应的，一般客人都有反应的。谢门说，我不行的，你再怎么试也没用。小姐有些扫兴，鼻孔里哼了一下，她哼的意思是，看来赚不到你的钱了。但是她的这声哼让谢门很不舒服。谢门推开了她的手，小姐就只好无精打采地替他按摩着。谢门有些烦躁起来，谢门想姐姐怎么就那么想不通，连让他报答的机会都没有给他。谢门想，如果让他找到了那个强奸姐姐的人，那么他一定要用刀一片一片地刮下这个人身上的肉。谢门又突然想，去淋一下雨该有多好，再不淋雨，浑身都会起火了。

谢门说唐小姐，你可以走了。唐小姐嘟哝了一声表示不满，离去的时候谢门突然生气了，谢门说你回来。小姐说回来干什么。谢门在唐小姐脸上打了一个巴掌，声音很清脆地落进谢门的耳膜里。小姐捂着脸哭了，哭声引来一些人。谢门边整理衣服，边走向大厅。那个细眼的男人和他的胖子同伙也从包厢里探头探脑地出来了。丁三也出来了。丁三问什么事，老板娘有些生气地对丁三说着。谢门站在门口，他看着外面的雨，雨声越来越大。小丹要上夜班的，那么一定要送小丹上班。小丹一个人上路，会害怕的。丁三对老板娘说你别吵了，再吵我也给你一个耳光。丁三付给老板娘两张人民币，说这钱你给那位小姐好了，让她别哭了。谢门回头看了一下，墙上的挂钟显示时间是二十一点零三分。谢门对丁三笑笑，对胖子和细眼男人也笑笑，对老板娘也笑笑。然后谢门说，你们看，今天的雨怎么一点也停不下来。我走了，丁三我先走一步了。谢门说完就走进了雨中。

谢门一个人在大街上走着，没多久，他身上的衣服就被雨淋湿了。他不知道自己是走向哪儿，他只朝着一个方向走。街上的行人很少，雨水落入水洼里，密密麻麻的，在灯光下像是天上落下的一蓬蓬针。谢门越走越快，近似于奔跑了。他想，现在小丹在干什么呢？

小丹在自己家的阳台上。阳台上摆着几盆花，花就在雨中欢呼，好像在庆贺一个节日一样。二十一点二十八分，小丹想现在谢门在干什么呢。她和谢门是不熟的。小丹在棉纺厂里工作，高中毕业的她没能找到好工作，就进了棉纺厂。她并没有觉得棉纺厂有什么不好，她想，苦一点有什么关系，苦一点又不会死掉。小丹已经在棉纺厂工作了好几年，小丹还没有男朋友，不是她不想找，是没有人落入她的眼睛。棉纺厂在城东很偏僻的一个叫五里亭的地方，只有一条路通往那儿，有些黑灯瞎火的。棉纺厂附近最近老是出事，有好几个女工被人强奸了。所以，差不多所有上夜班的女工都有人接送，那些半老太婆也不例外，生怕会遭到袭击。

　　小丹没人接送。有一天小丹出厂门的时候，就看到了一个人影跟在身后。小丹有些慌张，走得就快了些。小丹的家和厂子不是很远，小丹又不会骑自行车。那个人越走越快，终于在路灯下赶上了小丹。小丹和那个人都有些气喘吁吁的，小丹把自己靠在电线杆上，说你想干什么。那个人看着她，那个人就是谢门。谢门看到了小丹清澈的眸子，谢门从来没有看到过如此清澈的眸子。谢门想，她多么像姐姐，姐姐也是这样的。谢门的声音很轻柔，谢门说，黑灯瞎火的，这条路上又老出事，我怕你受伤害，所以我一路跟着你。小丹说，那我凭什么相信你就是好人。谢门说，凭我现在没动手，你看看，这路上哪儿还有别的人啊，我只要上来一捂你的嘴，你就不能动了。小丹想想也是。谢门又说，我在不远的建筑工地上上班。谢门用手指了一下，那个工地和棉纺厂差不多远。小丹说，那谢谢你了。他们一前一后地走在前往小丹家的路上。其实路上他们没多说话，他们是陌生的，他们找不到共同话题。再说谢门不是一个很喜欢说话的人。

　　谢门算准了小丹什么时候上夜班，谢门就老是来送小丹，像小丹的男朋友一样。但是小丹对同事说，不是的，他不是我男朋友。谢门也不承认，谢门不想成为谁的男朋友，不过他喜欢小丹倒是真的。谢门和小丹说起了姐姐，那是有一次谢门送小丹回家的路上。谢门说，姐姐对我很好，可惜她跳河了。小丹的心就一下子拎了起来，小丹说为什么这么想不通。谢门说，她被人强奸了，所以，看到你一人走路，我很不放心。那天两人讲的话还是不多，但是小丹感觉到自己和谢门的关系一下子拉近了。

今天，谢门会不会来呢？

二十一点四十六分，谢门走进了一家小酒馆。他是想避一下雨的，他在雨中走了很久了。老板说，你是想避雨还是想喝酒？谢门说，是不是如果我不喝酒的话就请我走开。老板说不是的，你走不走开都不会影响到我的生意，我只是说，你要避雨的话还不如不避，你看你上下湿透了，还避什么雨。不如早些回家去换干净衣服穿上，免得受凉了。谢门想了一下，觉得老板的话是对的。但是这个时候他想喝酒了，他想喝白酒。谢门的酒量是不好的，但是他想喝白酒，因为白酒是可以驱寒的。他对老板说，可不可以来二两白酒、二两花生米、半斤牛肉。老板说，当然可以的，有什么不可以。

二十一点五十七分，谢门开始喝酒。喝酒的时候，他突然看到了在夜来香碰到过的细眼男人和胖男人，他们也在这家小酒馆喝酒。他们对着谢门笑了一下，谢门也笑了一下。细眼男人说，不如一起喝。谢门想了想说，好的，于是拿着酒菜坐了过去。三个人干杯，把酒喝得有些热闹。细眼男人说，这鬼天气，怎么下那么久的雨。谢门就抬头望了一下店外，雨在一堆光影里，飘下来的身姿无比生动，像跳舞的样子。

二十二点二十八分，谢门说，我不能喝了，我还有事情要做呢。谢门的舌头已经大了起来，说话也有点摇头晃脑的样子。胖子仍然在啃着一只鸡腿，胖子的嘴边都沾上了油，泛着淡淡的白光。细眼男人说，这么晚了，你还有什么事情要做。谢门说，很重要的一件事。细眼男人说，什么事。谢门说，我要护送一个漂亮的小妹妹去上班。小妹妹很善良也很清纯的。细眼男人说，那倒是一件重要的事，听说棉纺厂附近老是发生强奸案的。谢门说，我怎么不知道。细眼男人就笑了，说你只管照顾你的小妹妹了，你的小妹妹没有告诉你吗。

二十二点三十四分，谢门离开了小酒店，又摇晃着走进了雨中。雨水洒在他的脸上，在一个十字路口，他停了下来，仰起了头。雨水就浇进了他张开的嘴巴里。他开始轻声哭泣，先是低声的，后来声音就越来越大了。这个时候的十字路口已经没有人，只有红绿灯还在雨中亮着，像是要和谁对话似的。谢门想起了姐姐，谢门老是觉得姐姐比妈妈更亲，他失去了最亲的人，所以他要哭了，他要在雨中哭了。谢门的哭声越来越大，声音就像一条舞动的带子一样，在雨中闪动着钻来钻去。这个时候，小丹仍然站在阳台上，小丹想念着谢门。小丹和谢门仍然是不熟的，小丹只听谢门说过她的眸子清澈而透明。小丹就想，谢门这样说是不是喜欢上自己了。但是谢门从来都没有进一步的举动，谢门只把她送到厂门口，又转身走了。有时候小丹会站在厂门口昏黄的路灯下，看这个文质彬彬的年轻男人离开。小丹站在阳台上想着谢门，小丹想，今晚下着这么大的雨，谢门会不会来送我呢?

二十三点三十分，小丹下楼了。小丹撑着一把雨伞下来，小丹想，谢门不会来送我了。小丹有些失望，甚至有些生气。小丹走到楼下的时候，看到楼道里有一个黑影，吓了一跳，说谁? 黑影说，是我。小丹说，你怎么吓人倒怪的。黑影说，我来送你上班，我没想到要吓你，我只是想来送你上班而已。小丹的语气随即转为温柔，小丹说那走吧。黑影从楼梯口走了出来，走到一片光影里，小丹才发现，谢门的衣服被淋得湿透了。身上散发着酒味，脸上还擦破了皮。小丹说谢门你怎么啦。谢门说没怎么，我喝醉了，摔了一跤。

小丹只带着一把伞，所以两个人就共用着一把伞。小丹懒得上楼去拿伞，小丹想，合用一把伞没什么大不了的。两个人就贴得更近了，能听到对方的呼吸，能感受到对方的温度。走路的时候，不经意地会碰撞到对方的身体。小丹在黑暗里红了脸，小丹想，身边是一个男人，是一个男人。谢门倒没觉得什么，他们在五角广场拐了一个弯，然后向一条直路走去。再过二十分钟，他们就会赶到棉纺厂。

有一些斜雨飘进来，落到小丹的肩上，小丹觉得有一丝冷。小丹问，你为什么要送我，你为什么要对我那么好。谢门说，路上不安全，再说我上班的工地跟棉纺厂很近的。小丹说，你为什么要喝那么多酒，你为什么要淋雨，会淋坏身体的。谢门想了很久，也没想好该怎么回答，于是就说，我也不知道。小丹看了谢门一眼，说你真奇怪。谢门说，你有没有听说棉纺厂附近的强奸案，我听一个细眼男人说了。小丹说，是啊，最近不太安稳。谢门想起了细眼男人和胖男人，谢门开始怀疑这两个人，谢门想，说不定等会就会碰上这两个人呢，这两个人不是好东西，是好东西怎么还会去夜来香。但是一想到自己也去了夜来香，就在心底里笑了一下。

小丹说，你笑什么？谢门说我没笑啊。小丹说但是你在心底里笑了一下。谢门说我心底里笑你也能听得到。小丹说，我听到了，你在想强奸犯的事。谢门说是的，我在想，我碰到的两个神出鬼没的男人，可能就是强奸犯。小丹说，你不要吓我，我胆子很小的。谢门说，有什么，我会送你上班的，你怕什么。

二十三点四十二分，他们果然看到了细眼男人和胖男人。细眼男人和胖男人显然也已经喝醉了。两个男人相互抱着，在路上大呼小叫的。有一些上班女工经过，躲得远远的。谢门对小丹说，就是这两个神出鬼没的东西，你不要怕。小丹说，有你在，我就不怕了，说这话的时候她把自己的身子往谢门这边靠了靠，心里涌起了一阵温暖。她柔声说，谢门，你等会回去赶紧换衣服，不然会着凉的。谢门说，我会的，你真好。小丹笑了一下，眨巴着一双大眼睛。小丹的大眼睛是会说话的，小丹的大眼睛说，谢门，你也真好。

二十三点五十六分，棉纺厂门口有许多人，这是交接班时间。谢门看到小丹进去了，小丹回头笑了一下，说你回吧。谢门就开始往回走。谢门又碰到了细眼男人和胖男人，两个男人好像酒醒了。谢门说，你们干什么，你们想干什么，是不是要对女人下手。两个人对视了一眼笑了，一左一右靠过来，架住了谢门。谢门有些生气，说开什么玩笑，你们。你们开什么玩笑。细眼男人说，谢门，你叫谢门对不对，你强奸了那么多女人，今天总算抓到你了。谢门说，开什么玩笑，我强奸女人我自己不知道？细眼男人说，是的，你不知道，你自己都不知道干了些什么。谢门说，那你是谁，难道你是警察。细眼男人说，是的，我是警察，我是城东分局的警察。

细眼男人站在雨中和谢门说了许多，细眼男人说，你二十三点三十分到了小丹楼下，你二十二点三十四分离开了小酒店，这段时间里你干了些什么。你在追逐一个骑自行车的少妇，你说停下来停下来，你追上了她，并且推倒了她的自行车。但是，她抓破了你的脸。有一辆车经过，刚好车灯射过来，才使那个少妇逃脱了。你看看你，现在脸上仍然有着血痕呢。谢门愣了，过了好久才喃喃自语，难道真的是我吗，我怎么会强奸别人，我最恨强奸这两个字了。谢门好一会儿回过神来，对细眼男人说，那我一共强奸了几个人？细眼男人说，三个。过了一会儿，细眼男人补充说，我们接到报案的是三个，可能还不止呢，说不定，下一个就是小丹。谢门吼了起来，你别胡说，我怎么会强奸小丹，小丹那么好，我怎么会强奸她？

雨还一直在下着。细眼男人没再说什么，细眼男人说，我觉得你是一个好人，以后，你会坐牢，你会见不到小丹了。这时候谢门才哭了起来，他蹲下身子哭了起来，他哭得很伤心。他边哭边喊姐姐，姐姐怎么会是这样的。他又喊小丹，我怎么可以见不到你小丹。他哭得有些累了，站起身向棉纺厂的传达室走去。

零点十七分，谢门用传达室的内线电话拨通了小丹的电话。谢门说小丹，小丹我就要调走了，我要调到杭州去做施工员了，明天早上你还没下班我就上车。所以，小丹我不能来送你上班了，以后，你走夜路千万要小心。谢门的声音带着哭腔，小丹也随即在电话那头哭了起来。谢门说，小丹别哭，以后等我有空时我再来看你好不好。小丹在电话那头边抹着眼泪边点头。谢门把电话挂了，小丹的声音就被关在了那边。谢门打完电话走向远处站着的细眼男人和胖男人。谢门对他们很凄惨地说了声，走吧。三个人就走了，呈一条直线，谢门居中。

他们谁也没有说话，他们一直向前走着，走了一段路，谢门掏出了手机拨通丁三的电话。丁三在那边骂骂咧咧的，丁三说有屁快放有话快讲。谢门说，丁三……谢门就说不下去了。丁三在那边骂了一会，突然觉得奇怪，说，谢门你怎么啦。谢门说，丁三，以后我不能一起和你去夜来香了，你以后自己保重。丁三说，喂喂喂你怎么啦，是不是发神经啦。谢门没再说什么，把电话给挂了。然后，他像扔一块石头一样，把手机呼啦啦地甩了出去。手机落在草丛里，砰的一声过后，就没有声音了。

雨还在下着。这时候谢门开始感到身上很难受，身上的湿衣服紧贴着皮肉。雨落在了身上，重重的。谢门感到雨越下越大了，声音也越来越大，眼睛也不太能睁得开。细眼男人对谢门说，谢门，要不我们跑步吧，我们快点到分局里，我受不了了。谢门说，有什么好跑的，再说前面不是也下着雨吗。我喜欢走，你们陪我走着吧。细眼男人突然回了一下头，一把抱住了谢门，轻声在谢门耳边说，谢门，其实你是一个好人。谢门好像被感动了，鼻子酸了一下，叹了一口气说，走吧。

零点二十九分，他们走到了五角广场附近。雨没有小下去的迹象，三个人不停地捋着脸上流下来的雨水，还有许多雨水顺着裤管流下来，好像是小便失禁一样。胖子说，不如叫局里来接我们吧，我受不了了，我不得病才怪。说完胖子就打了一个与众不同的喷嚏。细眼男人说，忍忍吧，马上就到了，谢门喜欢在雨中走，让他走走。谢门说，我怎么会是强奸犯呢，你们是警察，你们说我是强奸犯一定是我已经犯罪了，但是姐姐，但是小丹，但是丁三，你们三个告诉我，我怎么不知道自己强奸人了呢。那个小姐都提不起我的兴致，我怎么能强奸得了人呢。细眼男人笑了一下，细眼男人又捋了一把脸上的雨水，抬头对着天说，他妈的，你怎么就越下越大了。一辆汽车闪着白亮的灯光，卷起马路上的积水，向这边开来。

零点三十三分，这是一个基本上与谢门无关的时间了。细眼男人听到了一声刺耳的刹车声，然后他看到一辆车停下来，一个司机从车上下来，奋不顾身地站在雨中。司机是个小胡子，小胡子已经不会说话了，直哆嗦。细眼男人说，你怎么开车的，小胡子说，我我，他他，我不知道他怎么会突然跑到我车子底下来的，我真的不知道啊。小胡子开始哭了起来，就像刚才谢门的哭声一样难听。男人要把哭声哭得好听一些，是一件很难的事情。细眼男人看到了车轮底下的谢门，他蹲下身去，看到谢门脸上露出了微笑。他的身边是一摊血水，他的身子就浸泡在雨水中。雨越下越大越下越大，谢门的嘴唇张了张，轻声说，我不要做强奸犯。

细眼男人后来站了起来，因为他知道谢门已经在这个雨夜的凌晨离开了人间。小胡子走了过来，像是想起什么似的说，要不要打电话报警。细眼男人说，不用你报了，我就是警。小胡子愣了一下，说，怪不得你们没打我。小胡子的话刚说话，细眼男人一个耳光就甩在了他的脸上。小胡子愣了好久以后，又在雨中号啕大哭起来。

　　细眼男人打了一个电话，然后他、胖子和小胡子像树桩一样站着，站成了一个三角。他们都没有说话，他们想不起来该说些什么。这时候一辆警车闪着警灯开来了，车上下来几个人，细眼男人对其中一人敬了个礼说，报告，事件发生在四月三号的雨夜……后面的声音，被雨声压住。

女人与井

一

站在井台边的时候，她总觉得井像是一个苍老的女人。

苍老的女人在无力的阳光底下，懒洋洋地梳理着灰白的头发，或者叹一口气。小衣喜欢这个老女人。男人在的时候，小衣拎着一桶又一桶的衣服，在井台边洗着。然后男人就不声不响地出现在井台边，小衣一抬头，会看到男人含着笑意的脸。小衣也会一笑，然后一起拎着洗好的衣服回家。那个时候男人还在。

男人在去年秋天走了，一场突如其来的病。小衣以为很快就会好的，男人在医院住了没几天，人也挺精神，但是突然就去了。医生说，这种病来得快，没法治的。小衣一下子连哭也哭不出来了。她站在医院的一棵树边，对自己说，医生说了男人已经没有了，我哭吧，我是他的女人我应该哭的。但是她试了好几次，都没能哭出声来。她想，糟了，不会哭了。她去问医生，一个四十多岁的男人，说，男人死了，我怎么不会哭。医生那时候正在替病人看病，看到一个失魂落魄的女人站在了面前。医生正在开方子，一些阳光落在了他的手腕上。他的手很白净，像女人。手停止了动作。静默了片刻以后，他站起来，轻轻拍了拍她的后背。手不会说话，但是小衣听到手说，人总是要死的。手还叹了一口气，还说，好好活着，你要好好地活才对得起他。

　　小衣一下子喜欢上了这个医生。是在心底里暗暗地喜欢，她觉得这个四十多岁的男人，像爸爸一样。她走出医生办公室的时候，感到背部暖暖的，像贴上了一只热水袋。她想，是医生把目光投在她的背上了。然后，小衣面无表情地送走了自己的男人。男人的亲人和朋友们也来了，他们来为男人送行。他们看到小衣面无表情，有时候是面带微笑，他们就想，这个女人疯了，怎么连哭也不会哭了。去殡仪馆的路上，经过了弄堂里的这口古井。古井边已经落满了黄叶，很大的一片，像铺着地毯一样。小衣把目光投向古井，她离开人群走到了古井旁边，站了很久。她看到了井里面映出一个女人，那个女人微笑着。小衣就对井里的女人说，我的男人走了，我哭不出来，怎么办？井里的女人叹一口气。小衣又说，我的男人走了，以后我洗完衣服的时候，谁来帮我拎衣服？井里的女人又叹一口气。这时候小衣看到了身边的一圈黄叶，它们潮潮地沾在井台边上，像一个黄色的包围圈。它们把小衣圈在了里面。许多人都在看着小衣，看着小衣对着一口井说话。后来他们开始轻声议论，他们说这个女人是不是神经有问题了。小衣对着他们笑了一下，说，走吧，我们去殡仪馆为我的男人送行。

男人化为一缕青烟，从笔直的烟囱里钻出来。小衣看到那缕青烟也是笔直的，男人的声音从天上掉下来，说小衣没什么的，你再找一个男人吧，你要是对我好，你就得再找一个好男人。小衣向那缕烟挥了一下手，像是告别的样子。阳光下，她的脸上呈现出一片白亮的颜色，细密的绒毛显现出一种质感。小衣，是一个漂亮的女人。

现在这个漂亮女人没有自己的男人了。她很孤独，孤独地在长长的弄堂里走来走去。这是一座很小的城市，只有几万人的小县城。小衣在百货公司上班，商场的顶上吊着白晃晃的日光灯。小衣的肤色也是白晃晃的，略显苍白的那种。小衣的男人以前在机床厂工作，他不太喜欢说话，穿着干净的蓝色工作服，埋着头做事。现在男人走了，留下一大片孤独给她。她仍然去井台边洗衣服，洗完衣服的时候，她会傻傻地站一会儿，她是等着男人来接她。但是男人久久没有来，她只好一个人拎着一桶衣服回家。

现在，已经是春天了。井边的一棵梧桐已经冒出了绿叶。那天小衣在井台边洗床单，她把床单铺在旁边的水泥地上，洒上洗衣粉，用脚踩。她先是坐在井台边的，慢条斯理地脱掉了皮鞋，一双半旧的黑色中跟皮鞋。她的个子很高挑，所以她最多只能穿中跟皮鞋。然后她脱掉了袜子，一双洁白的光脚就落在了井台边的一圈水泥地上。春天了，但是地底下还是冒上来寒意，寒意就钻进了她的脚底板里，然后又从脚底板钻进她的身体里。小衣打上了一桶水，她看到红色的塑料桶与水面接触了一下，桶口倾斜，然后水就一下子把桶给抱住了，像抱一个女人。水拎上来了，哗的一声倒在床单上，是哗的一声。哗是一种欢叫的声音，水从井里跃向井外，当然会欢叫。它们叽叽喳喳地叫着，抱着吻着咬着小衣的脚趾头，小衣的脚趾头就有了些微的痒。她一抬头看到了软弱无力的阳光，那么随意地从天上跳下来，温柔地抱住她的身体。她的身体，就一下子酥软了。

小衣把洗床单的过程进行得很缓慢。有女人来洗衣服，洗青菜，淘米。她们在叽里咕噜地说话，当然她们也和小衣说话。但是小衣听不到声音，她和井水打成了一片，她沉浸在井水的狂欢中。很快她手指头上的皮肤就起皱了，变得更加白净，白中透出一些红润。她就把手指头含在嘴里吮着，手指头夹带着井水的甜味。小衣在心里笑了起来，她想，会不会吮着吮着，把手指头给吮没了。

小衣喜欢清晨与日暮的时候去井台边。井边梧桐的叶片，在一天天见长，很快就绿成了一片。绿把树给包了起来，像一件树的衣裳。树就很得意，老是在春天的风中叫着嚷着。清晨的时候，井台边有着那种微凉的感觉。小衣喜欢这样的微凉，她坐在井台边，晃着脚。脚边会放一小篮青菜，或是其他的东西。她寻找着理由一次次出现在井台边。女人们都有些奇怪，后来女人们不奇怪了，她们知道了小衣的老家在山里，很高的山，那儿吃水困难，打不到井。现在小衣在井边用水，简直是一种奢侈。

黄昏的时候，井台边有很多人在洗东西。而夜幕开始降临的时候，井台边就安静了，小衣喜欢这样的安静。她一个人站在井台边，看天一点点黑下来，黑色的衣裳把她，把井，把梧桐以及一条长长的弄堂给罩住。小衣在井台边站成一棵嫩绿的树，和梧桐树并肩站着，像一对小夫妻。一个弄堂里住着的吴老太太喜欢小衣，她喜欢和小衣说话，喜欢看着小衣在井台边的样子。吴老太九十多了，却很健硕。她穿着旧蓝的褂子，系着旧蓝的围裙，手里夹着一支香烟。小衣不知道这样的打扮属于晚清还是民国，只知道，吴老太和她的衣服，都是那种年代久远的味道。小衣喜欢这样的味道。

吴老太会站在井台边，看着小衣微笑。吴老太会说，小衣，你知不知道这口井是什么时候挖的，这口井已经有几百年了。前清的时候，这里投进了一个女人，是大户人家的女人，老公得伤寒死了。她和一个教书匠好上了，结果被发现，后来她就投进了井里。"文化大革命"的时候，也有一个寡妇投井死了，她也是因为和一个男人好上了，被人发现后觉得难做人，才投井的。这条井里有两条命，两条女人的命。吴老太的口齿很清晰，她老了，一头的银发。她站在小衣的对面，一边抽烟一边说了这样一些话。小衣不知道吴老太为什么要对她说这些话，她只是一直看着吴老太。吴老太在阳光底下显得那么小，简直跟一个孩子差不多大。她的头发已经很稀疏，可以看到她黄褐色的头皮。小衣看着看着，慢慢露出了笑容。吴老太没有笑，她只是吐出了一口烟，她的眼神里有许多诡异的东西。而小衣的眼神是纯净的，纯净得像井水一样。小衣看着吴老太缓慢地转身，像转过了她的一生一样。小衣看到了吴老太娇小的背影，小衣忽然喜欢上了吴老太转身的过程，她想自己在多年以后，会不会也在井台边上，有着那么一个缓慢的转身，像转过自己的一辈子似的。吴老太离开了井台，吴老太离开的时候，小衣还傻愣愣地站着。

二

小衣在一个清晨碰到了医生。小衣拎着一桶衣服去井台边洗，没有人知道小衣一个人生活怎么会有那么多衣服要洗。小衣顺着弄堂的石板路一步步走向井台，这时候一个男人出现在她的面前。小衣没有去看男人，小衣只是觉得男人停下了脚步，才看了一眼男人。这是一个干净的男人，穿着一双黄色休闲皮鞋，很随意的一套衣服。男人的眼角含着笑意，他什么话也没有说，只是含着笑意。男人的嘴角，牵起了细小的纹路，像一条河在某一个转弯处的小小漩涡。小衣想了一想，又想了一想，才想起这个人就是医生。医生有一双白净的手，医生的手曾经拍过她的后背。小衣喜欢那双手，她的目光就寻找着医生的那双手。那双手藏在了裤袋里，小衣看不到。她把目光抬了起来。她也笑了，她的身子轻轻摇摆起来，像风中的一棵杨柳。她手中拎着的塑料桶也从右手转到了左手。他们就这样面对面地站着，一些零星的风，一些零星的路人的目光，落在他们身上。然后，他们又相互笑了一下，交错而过。他们一句话也没有说，小衣想，真奇怪呀，我们一句话也没有说。

小衣在井台边洗衣服。她洗衣服的时候，不太愿意和身边的女人们说话。她只和井水说话，她的心在井水抱住她光着的脚丫时无声地欢呼。女人们想，一个死去老公的人，心里一定很难过，不太愿意说话也是正常的。她们很同情小衣，有时候她们提出要帮小衣洗衣服。小衣会轻声地说，不用的。小衣喜欢把手浸在塑料桶的井水里，小衣喜欢井水的那种凉和甜，这和自来水是不同的，自来水有漂白粉的气味。这天早上小衣哼起了歌，没有人能听懂她哼的是什么歌，女人们只是听到了小衣的歌声。女人们先是在大声议论着谁谁谁像狐狸精，谁谁谁和谁谁谁好上了，后来她们才听见了小衣的歌声。小衣已经哼了好一会儿歌了，她一边洗着衣服一边哼着歌。女人们一下子安静下来，相互对视一眼以后，她们的目光齐刷刷地落在小衣身上。小衣是一个死去老公的人，小衣应该很悲伤，但是现在小衣在哼歌，而且她的脸上，居然挂着笑容。一个女人咳嗽了一下，另一个女人也咳嗽了一下，许多女人都咳嗽起来，小衣从咳嗽声中惊醒，她停止了歌声。她用湿漉漉的手拢了一下自己垂在鬓边的头发。

在回家的路上，小衣走得慢悠悠的，一只红色塑料桶的桶底，不时地滴下一滴水来，落在青石板上。小衣总觉得自己回家的路很遥远，小衣喜欢这样的遥远，她喜欢走这条青石板铺成的路。那些老房子的青砖墙，像是一位和蔼的长辈，用苍老的目光抚摸着她。她喜欢这种令人温暖的抚摸。她在回家的路上，一直都在想着，今天为什么那么开心地哼着歌，是不是因为一个医生的笑容。那个医生的笑容以及目光，像冬日下午三点钟的阳光，温暖而不灼热。她需要这样的温暖。

　　小县城的春天就是这样，春风拂过了每一幢陈旧的楼，每一间陈旧的房子，每一棵站在街边的树。小县城的春天，是小春天，是温婉的春天。小衣就在这样的春天里，看到了弄堂里红着眼睛的狗的奔跑，看到了失魂落魄的猫的奔跑。猫走路的时候是悄无声息的，她的爪子无声地落在青石板上，她用一双诡异的眼睛看着小衣，有时候她也会纵身跃上某一截围墙。她的样子一点也不安静，她的样子是躁动不安的。这个时候，小衣闻到了油菜花的清香，闻到了野花的清香，这些气味是从不远的郊外飘来的。小县城巴掌那么大，很难分得清郊内与郊外。在春天的气味里，小衣仍然每天走那段青石板路。小衣的生活，除了上班，大约就是家与井之间的距离。小衣不是在井台边，就是在去井台边的路上。一些零零碎碎内容复杂的目光落在小衣的身上，那是男人的目光，有三分热烈，还有七分猥琐。他们的目光像一把把刀，他们用目光把小衣的衣裳一点点剥去了。小衣是个骨肉匀称的人，她长得那么白净，那么漂亮，像一粒诱人的虫子。她如果不能吸引那些蠢蠢欲动的男人的目光，那么说明是男人出了问题。小县城的男人，在春天里，等于是猫。

　　小衣的夜晚变得不再安生，不安生的夜晚里小衣能听到敲门的声音，能听到远处的脚步声，或是隐隐传来的猫叫声。小衣就坐在小方桌边的一盏白炽灯下。那是一盏十五瓦的白炽灯，它所发出的灯光是朦胧而昏黄的。小衣喜欢这样的昏黄，她的身子就罩在这样的昏黄下，很安静，一动不动的那种安静。本来，有一个机床厂的男人常坐在桌边喝茶，看电视。现在这个男人死去了，只留下小衣一个人。小衣常隔着桌子对心中虚拟的男人说话，小衣说，你说我苦不苦，你说我一个人苦不苦。虚拟中的男人就笑一笑，一句话也不说。他是好男人，他是小衣的老公，但是他死了，死了等于什么都没有了。小衣，没有男人。

敲门声又响了起来，急促而响亮，是一种大胆的敲门声。小衣就说，是不是黑痣，黑痣你给我走开。黑痣在门外咿唔了一声，好像是嘴巴被人捂住时发出的声音。然后黑痣就干巴巴地笑起来，黑痣说，我来陪陪你，我只是来陪陪你而已。小衣冷笑了一声，很轻的那种，从心底里发出的冷笑。小衣见多了黑痣那样的人，小衣上班的百货公司里，柜组长就老是和小衣套近乎。小衣去仓库的时候，柜组长也跟了进来。柜组长在背后抱住了小衣，小衣没有挣扎，小衣只是说，把你的爪子放开。柜组长没有放开，反而把小衣抱得更紧了。小衣冷笑了一声，她转过脸来，轻声说，看看你那样子，谁会喜欢你，没有一个女人会喜欢你这种窝囊废一样的男人。柜组长一下子愣住了，他放开了小衣。小衣整理了一下衣服，她走出了仓库。走出仓库的时候，她看到柜组长蹲下了身子，痛苦地扯着自己的头发。小衣的心里，就又冷笑了一声。

黑痣敲门的声音越来越响，弄堂里有许多户人家都听到了黑痣的敲门声。他们在笑，他们想，黑痣去敲门了，小衣就会很麻烦。黑痣喜欢赌博，赌着赌着，把一幢房子给输了出去，他把老婆也输了，他用老婆陪人家一个晚上抵一千块钱赌了一次，结果输了。老婆一听说让她陪人，夜里就带着孩子回到了娘家，从此不再回来。现在的黑痣等于是个光棍，是光棍就什么也不怕。小衣又在昏黄的白炽灯下坐了一会儿，后来她叹了一口气，她看到叹气的声音就落在了灯光下面。然后她的身子离开了灯光，她站起身来，开亮了门口的路灯。路灯是一盏红灯笼，灯笼罩子里藏着一只灯泡。接着，小衣的门打开了，她把身子倚在门框边，灯笼红红的光晕罩住了她，也罩住了弄堂里那些清冷的石板。她轻声说，黑痣，你想干什么？

黑痣说，我想和你睡觉，你老公没有死的时候我就想和你睡觉了，你老公死了，我就更想和你睡觉。这时候传来了一些咳嗽的声音，弄堂里有些人家一定是醒了过来，他们一定在黑暗之处，偷窥着一个寡妇门前发生的一切。小衣轻声说，黑痣，你真像是畜生啊，你想和我睡觉，你把你裤子脱下来，让我看看你那小样。黑痣愣了片刻，说你真奇怪，你真够奇怪的。小衣说，你是什么东西，我就是做了婊子，也不接你这样的客。黑痣愣住了，他又听到小衣说了一句，你是一堆垃圾。黑痣想，我是垃圾，我怎么成了垃圾？他转过身子，开始向弄堂外走去。黑暗之中，传来了轻微的笑声。小衣没有进屋，她把身子倚在门框上，红灯笼把一条弄堂的局部和一个漂亮女人的全部照亮了。春天的夜晚，风一阵一阵吹过去。这时候一个男人走过来，在小衣门前停留了半分钟，他什么话也没有说，但是却好像说了许多话。他的脸上含着笑意，手仍然插在裤袋里。这是一个有着温暖笑容的男人，男人住在弄堂尽头的一幢房子里。小衣不知道他的名字，只知道他是医生，治过老公的病，但是没治好。

医生渐渐远去了，不紧不慢的步子，落在青石板上，把红红的光晕给踩碎了。小衣一直看着医生的背影，一直到看不到他了，小衣合上了门，熄灭了门口的红灯笼。弄堂一下子变得黑暗了，像一场电影的谢幕。

小衣在黑暗里低低呻吟了一下，她是在黑暗里尖叫的一粒虫子。

三

仍然有许多人来敲门，仍然有许多人在小衣的窗下喊，开开门，开开门。他们是小县城的暗夜里一群直立行走的猫。小衣盯着自己家的门看，那是一扇陈旧的门，但是在小衣嫁给老公的时候，老公亲自用绿漆涂上了绿的颜色。现在这扇门经常在暗夜里响起来，小衣就抚摸着这扇门，她想如果门有生命的话，那么这扇门活得很累。

小衣说，明天你跟我到井台边洗衣服！小衣说，要不明天你跟我去井台边洗衣服！！小衣说，如果你真有那胆，就跟我到井台边洗衣服！！！

小衣这些话是对着窗户底下的人说的。小衣不管是谁来敲门，都会这样跟窗外的人说。她知道这些男人都是背着老婆偷偷跑出来的，他们不敢和她一起去井台边，帮着她拧干床单里的水，或是从井里提起一桶水。他们一声不响，但是他们仍然固执地敲着门。有一天敲门声响起来的时候，小衣又说了这样一句话。小衣的话音刚落，外面就悄无声息了。过了一会儿，一个男人的声音响起来，你开开门，小衣你开开门。小衣在小方桌边昏黄的光晕边坐了一会儿，她被这个声音吸引了，她终于走到门边打开了门。医生站在门口，医生的脸上挂着笑容。小衣想我应该板起脸的，小衣就板起脸问，什么事？医生说，没事。然后两个人就静默了，都不知道下一句该怎么说。后来是小衣把自己的身子闪了一下，留出一条进门的缝。小衣说，进来。

医生和小衣坐在小方桌旁，就像当初老公和

小衣坐在小方桌旁一样。医生看着屋子里的一切，屋子里很安静，小衣也很安静。小衣后来站起了身，她忘了给医生泡茶。小衣把一杯茶端到医生面前的时候，手指头触到了医生的手。他们都笑了一下。医生临走的时候说，你老公的病潜伏了很长时间，如果早发现一些就好了。小衣想，是呀，如果早发现一些，你就不会坐在我的对面了。医生又说，我不知道有什么可以帮你的。小衣就说，你帮我去井台边洗衣吧，你帮我打水。医生迟疑了许久后，笑笑，不再说话。小衣也笑了，说，不会再有人像我老公一样，可以帮我到井台边打水，可以看着我洗衣服，然后和我一起回家。

医生后来走了。小衣把医生送出门，然后把门开得很大。她一直都站在红灯笼的下面，痴痴地站着。没有人来敲小衣的门，那一定是因为有人看到医生从她的屋子里出来。小衣想，会安静了，如果有一个男人依靠，就不是浮萍，就没有欺侮，而那个可以依靠的男人又会是谁。小衣趿着一双海绵拖鞋，粉红色的。她觉得有些冷了，所以她用手抱紧了自己。在红灯笼的光芒下，她的影子，像寂静的暗夜中开放的一朵花一样。

小衣仍然一次次地去井台边，有时候她拿着脸盆去井台边洗头。她趿着拖鞋，坐在井台边洗长长的乌黑的头发，像一个井边的妩媚女妖一样。她喜欢潮湿，喜欢洗发水的味道，喜欢干净的头发散发出洗发水的味道。她的样子那么温婉，一定会让很多男人喜欢。井台边是石做的井沿，像一个包围圈一样把井圈起来。井台边是水泥浇的一大片空地，空地上流淌的到处都是水。有时候小衣会赤脚站在水的中央，好像自己是漂在水上的一片无依的叶子。有时候小衣看着井里的倒影，就想很多年前梁山伯和祝英台，也是这样在一口井里照见了影子。寂寞而悠长的黄昏，小衣在井台边洗着一小捆青菜。青菜系着一根稻草，像是一个女人系着一根腰带一样。

小衣把青菜的腰带给解了，青菜就散乱了一地。然后小衣把青菜放到塑料盆里，盆里漾着井水。小衣一棵棵地洗着瘦弱的青菜，小衣在黄昏里洗着青菜。青菜的身子是洁白的，叶片呈现出鲜艳的绿色。小衣喜欢这样的洁白与嫩绿。洗完青菜，小衣在井台边待了很久，她突然看到似笑非笑的吴老太，又踮着脚向这边走来。吴老太鸡爪一样的手指间，夹着一支烟。小衣突然想到了吴老太说过的两个女人的故事，一个是清朝时候大富人家的女人，她一定穿着漂亮艳丽的袍子，然后一定在投井以前，在井台边洗了长长的头发，然后又唱了很长时间的歌。接着在黑夜来临时，她把自己投进了一口井里。井会不会就是通向另一个世界的入口，然后在凉凉的井水里一路走一路走，走到那个有着昏黄灯光的世界。另一个在"文化大革命"中投井的寡妇，她一定在井台边流了许多的眼泪，她一定在想，这是一个令人憎恨的世界，这是一个不公的世界。然后她也投了井，在井里和另一个暗笑着的前世女人相遇。

小衣想着想着，就走到井边望着井里的倒影。她只看到自己，一个安静美丽的女人。她又看了很久，她终于看到了两个女人的笑脸，都披着长长的头发。长发遮住了一半的脸，但是她还是能看出她们的美丽。两个女人的笑脸只在一闪间就隐去了。小衣一回头，看到了吴老太。吴老太散发着陈旧的气息，只有她身上的烟味，才是新鲜的。小衣闻到了吴老太身上死亡的气息，一个九十多岁的头发稀疏的老人，一个有着诡异笑容的老人，她正在走向小衣想象中的墓穴。吴老太吐出一口烟，说，小衣，女人为什么结着那么多的怨气，是因为女人的苦，都是男人害的。吴老太的声音脆得像嫩黄瓜一样，小衣一下子愣住了，吴老太的声音为何如此年轻？

吴老太转过身去。小衣又注意到了吴老太缓慢的转身过程，小衣喜欢这样的转身，像转过一辈子的时光似的。吴老太远去了，吴老太的身影终于看不到了。小衣蹲下身子收拾地上苍凉散乱着的青菜，她把青菜放进塑料小篮里。这时候有几个人急匆匆地跑过，这时候小衣听到了不远处的哭声。有人说，小衣，小衣，住在弄堂头里的吴老太死了。小衣说，什么时候？那个人说，有好几个小时了，在吃一块饼干的时候，突然间死的。

小衣的脸色，一下子就白了起来。

四

医生常来小衣的屋子里坐坐，总是在黄昏的时候来，隔三四天，他就会来。医生坐在小方桌旁边的时候，门总是大大地敞开着。医生和小衣不怎么说话，他们会喝茶，或相互看看。坐不了一会儿，医生就走了。弄堂里的人搞不懂医生在干什么，也许小衣老公住院的时候，医生出了很大的力吧。有时候小衣和医生相互看着，会看上十分钟。有时候他们也谈话，在谈话中小衣知道医生有一个十二岁的女儿，还有一个在一家针织厂跑销售的老婆。医生已经四十多岁了，四十多的男人，当然应该会有这样一个家庭格局。小衣并不想知道医生太多的东西，因为她知道自己和医生是无关的。

小衣一直以为眼神是很怪的一种东西。眼神可以说很多话，眼神说话的时候一点声音也没有，却能比嘴巴表达更多的东西。小衣的目光和医生的目光缠在一起，就有许多话在缠的过程中说了出来。小衣离开小方桌，她走到窗边是去拉开窗帘，她并不想看什么，她只是想拉开窗帘而已。但是拉开窗帘的时候，她看到了窗外的一棵嫩绿的树，那是一棵只有三四岁的树。这时候医生站到了她的身后，她的脖子上忽然感受到了暖暖的鼻息，那是医生的鼻息。小衣想，不能回头，不能回头。小衣就没有回头，小衣一直看着窗外那棵只有三四岁的树。小衣冷冷地说，你走开好吗，请你走开。但是医生没有走开，医生的一双手环在了她的腰上。小衣一低头，看到自己腰上的那双白净的手，那双曾经在医院里拍过她后背的手。小衣用牙咬住了自己的嘴唇，她不知道为什么会用牙咬往自己的嘴唇。她的手伸下去，使劲地扳着医生的手。四只手就纠缠在一起，是一场体力与心力的较量。小衣没能扳开那两只拿惯手术刀的手，小衣最后叹了一口气。她说，门开着，门开着。这时候她感到长长的后脖子上，有了些微的潮湿。是医生将唇贴在了她的后脖上，她感到了一种酥痒。她的后背贴着医生的前胸，所以她能感受到医生的心跳。医生的心跳是平静的心跳，这个男人，也许经历过许多。她又挣扎了一下。这时候，医生放开了她，她转过身来，看到了医生的笑眼。医生的眼角，有了一些皱纹，但这丝毫不影响一个男人的魅力。

医生在黄昏里走出了小衣的家门，把一地的黄昏踩得支离破碎的。医生离开以前，小衣说，你是不是想要我？医生愣了一下，他没有想到小衣会这样说，但是他很快就直视着小衣的眼睛回答。是的，我想要你。小衣说，为什么。医生说，因为你是女人中的女人。

医生迈着长腿跨出了门槛。你是女人中的女人，你是女人中的女人，你是女人中的女人。小衣屋里的地板上，落满了这句从医生口中跌落的话。小衣在屋子里愣了好久，她一直看着窗外那棵树，她看到黑夜一点点把一棵树给吞没了，然后，黑夜从窗外漫进窗里，把她也给吞没了。

夏天一点点来临。夏天来临的时候，小衣觉得自己像一只脱壳而出的小鸡一样，她一下子轻松起来。她穿棉布的休闲裤，穿棉布的裙子，她一次次地去井边，那是一个盛产阴凉的地方。她还会打来井水，在家里的木澡盆里洗澡，用井水擦着凉竹席。小衣喜欢井水走进她的家门。小衣洗澡的时候，井水被撩起来，落在脖子上，然后顺着胸脯和腹背柔顺地下滑。她捧着自己小巧结实的乳房，乳房闪着一种洁白的光。她就捧着那柔软的光，想，我是一个女人，我是一个水一样的女人。

医生来了。医生不再在白天来，而是在夜深人静的时候来。来的时候，会敲三下门。小衣就会把门打开，然后转身往里走。这时候医生会在后面一把抱住她，小衣在医生的怀里，她不再挣扎，她在医生的怀里是一团柔顺。窗帘拉得很严，小衣穿着家居服，她用井水去擦床上的凉席，她的整个人都伏在凉席上了。医生在后面看着她，医生看到一粒饱满的肉虫子在动着。那是一个诱人的女人，那个女人的背影那么性感，那么容易令人想入非非。那些井水令一顶竹席潮湿。小衣在竹席上泼上一些水，水就像没有目标的小河一样流来淌去。然后一块干净的毛巾落在了席子上，毛巾将井水均匀地涂开。小小的河流不见了，只能看到一顶潮湿的席子。

小衣回过头来的时候，医生看到了一个满脸红晕的女人。因为运动的缘故，她的脸红了，是那种健康的红润。小衣用手指头理了一下垂在鬓边的乱发，那是一个极快的，对于小衣来说是不经意的动作。但是医生喜欢上了这样的动作。医生说，小衣，你是一朵罂粟花，你会令人迷乱的。小衣就说，你也迷乱了？医生说是的，我也迷乱了。

小衣坐在木澡盆里的时候，医生替她洗澡。医生看到的是一个迷人的后背，瘦瘦的肩胛骨和光滑的背，以及那纤细的腰肢和浑圆的屁股。医生走到了她的身后，他听到了井水被撩起的声音，井水跌落在澡盆里的声音，井水像是一群奔跑着欢叫的孩子。医生就蹲下了身子，他的手伸过去，落在小衣小巧结实的乳房上。医生的手是拿手术刀的，现在捧着的是一对迷人的乳房，但是他的手仍然如同拿手术刀时般灵活。医生也开始往小衣的身上撩水，医生的手游走在小衣的肌肤上。小衣把眼闭了起来，小衣脑子里空空的，什么都没有。这时候，医生的手加大了劲，他把小衣从澡桶里拎了起来，像从地里拔起一个白萝卜一样。医生把湿漉漉还淌着水的小衣放在了凉席上。小衣的眼睛仍然闭着，她知道她不可以睁眼，她听到了医生粗重的喘息。她就猜想，医生在干什么，医生是不是在脱着自己的衣服。医生果然是在脱衣服，医生光着身子伏在了小衣的身上。

医生的嘴落在了小衣的小腹上，那是平坦而光洁的小腹，小腹上还留着许多的井水。医生吮了一口，小腹上的井水就全部落进了医生的嘴里。医生的手慢慢地在小衣的身上游走，从额头到脸到脖子，一直下滑，像一个赶路的人。医生的手走到下边的时候，小衣嘤咛了一声，把身子扭动成麻花的形状，她的腿相互交叉着。这个时候小衣知道，自己已经是一个潮湿的人，自己的身上还残留着那么多井水，而自己的身体，也像一口井一样，汩汩地冒着井水。井水把她的整个人变成了漾在水里的人。医生缓慢而有力地进入了一口井，医生进入的时候，小衣倒吸了一口凉气，她捧着医生的头说，轻轻地，轻轻地。

现在医生的脸就对着小衣的脸了。小衣睁开了眼，她看到了医生的笑容，现在她知道这是一种什么样的笑容。这个医生天生就是为女人而生的，他是魔鬼，他是女人的天敌。小衣的身子扭动起来，她的脸色越来越潮红，而且她的心里，像是有一千只鸽子在欢叫一样，咕咕咕的。四条光洁的腿缠在一起，像藤与树的缠绕一样。小衣就像躺在水面上，随着波浪向着一个地方前行。汗水淌了下来，汗水落在了竹席上，小衣就感到身子有了一种黏滑。小衣喜欢这种激情之中的黏滑，她伸长了脖子，一张嘴咬住了医生的脖子。然后她翻转了身子，她骑在医生的身上，像一个女骑兵一样。有一匹马驮着她在草地上狂奔。

小衣长长的黑发被汗水沾在了脸上，她的一对乳房在骑马的过程中跳跃和欢叫着。她快要虚脱了，她终于跌下身去，伏在了医生的身上。医生的手伸过来，抚摸着她潮湿的头发。他们都不想动了，医生轻拍着她的后背，像第一次在医院里轻拍她的后背一样。小衣慢慢地合上眼睡过去，小衣想，多么幸福的一件事。

医生在夜半时分悄悄离开。不紧不慢地穿衣，不紧不慢地抱抱小衣，用唇轻触一下小衣的唇。小衣喜欢这样的拥抱和亲吻，那是激情以外的一种爱意。小衣想，这一生就这么过也算了。小衣为医生打开门，医生走出去，摸黑在漆黑的弄堂里行走，然后小衣又合上门。合上门的时候，小衣会把身子靠在门上，长长地吁一口气。她有些疲惫，她对自己如此勇猛的表现感到吃惊。她看了一眼墙上的老公，墙上的老公也透过玻璃镜片看她。小衣就在心里说，老公，请你理解我。我是女人，我也想要女人该要的东西。

五

小衣有时候会对着那张竹席吃吃地笑。那张竹席浸润了太多的井水与汗水，所以它是光滑的，闪着一种淡光。小衣的身子，像是要长出一对翅膀飞起来。她在弄堂的青石板上走路，她的步子有了小女孩的那种轻快与飞逸。她仍然常去井边洗菜，洗衣服，去井边幸福地发呆。女人们笑着和她说话，她也和她们唠叨几句。但是她不知道，女人们在背后说她，那是一种流传得很快的民间传说。女人们说得津津有味，连一共叫了几声，都数得一清二楚。

　　小衣拎着一桶湿湿的衣服出现在自己家门口的时候，一个女人出现在面前。小衣笑了一下，放下了手中的塑料桶。女人说，你是小衣吧。小衣说是的，我就是小衣。女人说你认识一个医生吗？小衣说我认识一个医生。女人说我是医生的老婆，你还记得你和医生做的事吗。小衣说，我记得。女人说你还好意思说你记得，你真是太不要脸了。小衣微微地笑起来说，我知道你一定会来的，那么我问你这个要脸的，你为什么不看住你的老公。你知道你老公在床上有多勇敢，他把所有的力气都用出来了，他一定没有在你身上用那么多的力气。女人的身子抖了起来，她烫着一头卷发，身子微微有些发胖，皮肤白净。女人说，没想到道理居然在你这边，我今天一定要给你颜色看看，你信不信。小衣说，信的，我一直知道有一天会发生这件事，你把你的颜色拿出来吧。我等着。女人冷笑了一声，然后拍了拍手掌。四个女人突然出现在小衣的面前，像是从地底下冒出来似的。小衣说，开始吧，现在开始你们的颜色吧。四个女人扑了上去，一会儿工夫，小衣的衣服就被剥光了，小衣的衣服被撕得丝丝缕缕的，像一只只翩飞的蝴蝶。小衣躺在冰凉的青石板上，她用两手捧住自己的胸，幸好她们没有剥去小衣的短裤。

　　四个女人拍了拍手掌，她们跟着一个女人走了，她们走的时候有些趾高气扬。许多人围上来，有人给小衣盖上了一件衣服。那么多人，把小衣围起来，他们在谈论着什么。小衣听不到他们的话，她只看到弄堂上方那狭长的天空，狭长的天空里有鸟飞了过去。小衣后来进了屋，她在合上门以前，对外面围观的人群轻声说，戏总是要散场的，你们散场吧。围观的人群本来是笑的，他们听了这话后就不笑了，他们呆呆地望了一会儿这扇沉默的木门，散了开去。

　　医生再次来的时候，就坐在小方桌边昏黄的灯光下。小衣为他泡了一杯茶，是一杯好茶，碧绿的茶，在水里漾着。他们不说话，因为他们不知道说什么。后来医生站起了身，他望着小衣。小衣也望着医生，小衣也站起了身。小衣站在床边的时候，缓慢地脱去了自己的衣衫，像一粒蚕一样雪白的身体呈现在医生的面前。医生的嘴唇颤抖了一下，他俯下身去，轻轻咬住了小衣的乳头。他的嘴里发出含混不清的声音，他说，小衣，小衣，小衣。小衣就抱着医生的头，她的眼泪在这一刻流了下来。医生把她抱上了床，医生脱去了自己的衣衫，医生再一次进入了小衣。小衣在旋转，在扭动，像是要和医生作奋力的斗争似的。医生的皮肤已经略显松弛了，他的脸上已经有了明显的眼袋，但是他在床上的时候，还像一个小伙子。小衣的一只手指头盖在了医生的唇上，她不停地运动着身体的时候，也拨弄着医生的嘴唇。她说，你给我一个说法，我不能这样罢休的。医生好像对这件事恼怒了，他翻转了身，像一头雄狮一样地吼叫了一声，他的吼叫让小衣感到幸福。她说，来吧，我不怕你的，你怎么样都可以，你来吧。

一切平静下来以后，医生缓慢地穿衣起床。小衣也起床了，重新坐到小方桌边的时候，小衣的头发还是散乱的。昏黄的白炽灯光就罩在小衣和医生的身上，罩着一片寂静。小衣最后说，以后你别来了，我只提一个要求，明天，你和我一起去井边，你替我洗一个头。我让你睡了那么多回，你给我洗一个头总不是一件难事吧。说这话的时候，小衣甩动了她的一头秀发。医生没有说话，很久都没有说，他的头一直垂着。他用手捧住自己的头，好像这个头随时会掉下来似的。小衣说，你的老婆是人吗，如果我的老公像你这样出问题了，我不会这样做的。

医生后来离开了小衣的家门，医生离开的时候说，好的，我明天和你去井边，我给你洗头。医生说完就走出了小衣的家门，医生打开门的时候，看到一个把耳朵贴在门上的人，这个人叫做黑痣。黑痣没有想到医生会突然出来，所以他的脸上露出了尴尬的神色。医生笑了一下，他突然吐出了一口唾沫，他的唾沫落在了黑痣的脸上。医生的声音忽然间响了起来，他拍着黑痣的脸说，我告诉你，你这一辈子都不可能靠近小衣的，你这个畜生。黑痣惊呆了，他看着小衣不屑地把门合上，看着医生迈着不紧不慢的步子离开。很久以后，黑痣才悻悻地离开了小衣的家门口。走的时候，他低低地嚎了一声。

第二天中午的时候，井台边围了许多人。小衣在洗头，她用一种叫做海飞丝的洗发液，海飞丝飘出了那种好闻的味道。一个医生，当然这时候没有穿医生的服装，他只是穿着休闲服而已。他温文地从井里打起井水，他给小衣洗头。小衣说，给我加点海飞丝。医生就倒了一些洗发水在手上，揉出泡沫。这些泡沫经过一只手的传递，来到了小衣的头顶。小衣说，给我抓抓头皮，医生就听话地给小衣抓抓头皮。小衣说，用清水给我洗一下头发。医生就从井里打起水，井水倒入了塑料脸盆里。小衣乌黑的头发落在脸盆里的水中，像漂着的一丛水草。围观的人群笑了起来，围观的人群后来不笑了。一个女人挤进了人群，这个女人是小衣用电话叫来的。小衣说，你来吧，你来井台边看看，你老公要替我洗头。女人显然是暴怒了，她挤进了人群，站到了医生的面前。她说不要脸，你这个不要脸的东西，你居然为这个狐狸精洗头。医生微笑地看着卷发的女人，平静地说，我是要脸的，她也不是狐狸精。我在代你向她赔罪，因为你昨天做了一件不是人做的事。

女人冷笑了一声，说好，我们离婚。你要知道，我们家的家产都是我挣下的，都是我跑销售跑出来的，这些都得归我，女儿也归我，她不会愿意跟一个丢人现眼的爹过日子。还有，你别想再在医院里混了，我舅是院长，我叔是卫生局长，你别想在医院里混出好日子来。女人说完就挤出了人群，她走路很快，所以她走路的样子就有些夸张。一个肥硕的屁股，扭过来扭过去的，像磨盘一样。男人手里还捏着塑料桶，他愣在那儿，想着女人的话。后来他把塑料桶放下来，轻声对小衣说，你的头洗得差不多了，我也该走了。他想走的样子有些迫切，他一定是意识到了事情的严重性，他一定是想去追老婆。许多人围成一个圈，许多人说，你还是不是人，这时候离开小衣。

　　小衣很淡地笑了一下。小衣坐在井台边梳着乌黑的头发，小衣在井台边的样子，那么温婉，那么漂亮。小衣说，让他走吧，你们让他走。医生终于挤出人群走了，开始在弄堂的青石板路上奔跑。小衣的声音跟了上来，小衣说，喂，我还不知道你的名字呢，你叫什么名字。医生这时候才想起，自己从来没有告诉过小衣自己的名字。医生一边跑，一边丢过来一个声音。声音说，我叫阿庆，我姓徐，大家都叫我徐医师。小衣笑了，小衣说什么徐医师，还不就是半个男人。小衣也喊了起来，小衣喊，徐医生，你和别的男人没有什么两样，你只是想尝尝鲜而已，你也是一个小男人。医生没有理她，医生已经跑出去很远了。人群开始散去，人群散去后，井台边只有一个小衣了。这时候，小衣一边梳着头发，一边开始吟唱一首不知名的歌谣。她突然想起了曾经投井的两个女人，两个女人悠远的叹息传了过来，像是从梧桐树上落下来似的。

六

　　盛夏。那么烈日炎炎的盛夏。

　　小衣开始抽烟。抽利群牌，那是一种太普通的香烟。小衣卧在躺椅里，划亮一根火柴，用手拢着，凑到嘴边。然后她的手挥动了几下，很优美的姿势，火光就在她挥动的过程中熄灭了。小衣仍然是一个美丽的女人，有许多男人来敲她的门，她会打开门，说，走开，你像一堆垃圾一样的，你来敲什么门。有许多人都在议论着小衣，特别是女人，女人们在井台边洗衣服的时候，都在说小衣像狐狸精，小衣吸引了那么多男人。小衣笑笑，很轻的那种笑。她一边笑一边洗青菜，或是衣服。她喜欢赤着脚，让井水钻进脚趾缝里。也喜欢趴在井台上，看井里面自己孤独的倒影。有一次一个女人又开始议论小衣，她没有想到小衣悄悄地来到了她的身后，她兴高采烈地说着的时候，小衣把一桶水倒在了这个女人的头上。小衣轻轻笑了，小衣说，你又在嚼舌头了，你的男人没少敲我的门，他像垃圾一样，我会给他开门吗？现在你也不争气，你不去说你的老公，却说起我，所以我用井水让你清醒一下。女人嚎地叫了一下，扑向了小衣。小衣很勇猛，她紧咬着嘴唇，一把抱住了女人的头，往井台边猛烈一撞。女人的头上就起了一个血块。女人再次嚎叫着扑向小衣的时候，小衣轻声说，别像母老虎那样吼了，你信不信我其实是可以把你丢到井里去的，但是你不配投到这口井里。投在这井里的，是两个女人中的女人，是两个好女人。

不管怎么样，仍然有那么多人议论着小衣。小衣热爱着井台边的黄昏，但是在这个炎夏，黄昏的井台让男人们占领了。男人们在井台边用凉凉的井水擦着身子。那天有许多人看到，小衣拿着一只塑料桶，手里夹着一根烟。那根烟飘出的烟雾，跟着小衣的身子游走。小衣走得很慢，她的海绵拖鞋落在了青石板上。她一边走，一边仰起头喷出一口口烟来。许多孩子跟着她，许多孩子并没有吵闹，他们只是静静地跟着她。走到井台边的时候，正在冲凉的男人们惊愕地望着她。他们看到一个长相姣好的女人，弹出了一个闪着火光的烟蒂。烟蒂落在了井台边潮湿的水中，转瞬间就熄灭了。然后女人从塑料桶里拿出了香皂、毛巾，她拎起一桶水，往身上浇了下去。水打湿了她的衣衫，水让她的身子变得玲珑剔透。男人们都笑了起来，男人们说，你要不脱了洗澡。小衣笑了一下，她脱掉了外衣，只穿着一副乳罩。她开始往身上涂香皂。黑痣怪叫了一声，说，这么大的胸，这么大的胸。小衣没有理他，小衣很认真地洗着自己的身子。男人们都不说话了，他们不想再说话。黑痣又嚷了起来，黑痣说，你这不是在勾引我们吗，你是不是想让我们集体干你一下。小衣回过头来，冲黑痣妩媚地一笑。在小衣的笑容中，几个男人一跃而起，把黑痣扑倒在地，狠狠地扇了黑痣几个耳光。黑痣说，你们为什么打我。男人们都不说话，男人们匆匆地洗了一下身子，然后静静地看了看这个在井台边洗澡的女人，就回家去了。黑痣也回去了，他看到那么多男人都匆匆离去，所以他也悻悻地离去了。只有小衣还在，一边洗澡，一边唱着自己的歌。

湿漉漉的小衣往家里走的时候，天已经很黑了。她仍然走得很缓慢，走路摇摇摆摆。一堵青砖墙瞬间落在了身后，一条青石板路也瞬间落在了身后。小衣走到家门口的时候，开亮了家门口的红灯笼，红灯笼红红的光，就把骨肉匀称的小衣给罩住了。这个时候，小衣轻声说，女人何苦为难女人。说完，她的一场眼泪，是一场眼泪，开始纷纷扬扬地落下来。

寻找花雕

聊天室里的花雕

花枝招展问北方的河，你知道花雕吗？

北方的河说，花雕是什么？一种飞禽？

花枝招展说，错了，是一种江南的酒。

北方的河说，我知道有一种酒叫伏特加，产地是俄罗斯，那是一种烈酒，超级市场里能买到。我们北方人常喝这种酒。

静默。花枝招展喝了一口水，每晚八点她都在这个叫做"今生有约"的聊天室里等候北方的河。北方的河是一个高校的体育教师，花枝招展常想象他穿着运动服跑步的情形。他们已经聊了很久了，彼此都能聊得来。花枝招展在这座城市的公用事业局工作，一个小小的公务员，大学毕业前后谈过几场恋爱，最后嫁了人，同样是一个公务员。他们不用为生计作很大的奔波，小日子过得波澜不惊。老公像影视作品里的典型男人那样，早上起来刮胡子喝牛奶吃蛋糕或面包，拿一份晨报浏览一番。有时候老公看花枝招展上网，像一个影子一样飘到花枝招展的身后，然后又悄悄地退回去，看电视，或者给朋友打电话，当然有时候也会出去应酬。

北方的河说，你为什么对花雕感兴趣？

花枝招展说，花雕是南方的一种酒，像南方的女人，柔软坚韧。

北方的河有了很久的沉默。

北方的河说，我想来看你。

在以前的每一次聊天中，北方的河其实说了许多次想来看花枝招展的话，但是花枝招展都没有同意。从北方的河所在的城市，到花枝招展所在的城市，要乘坐两个小时的飞机，现代交通工具能让北方的河迅速出现在花枝招展面前，但是花枝招展感到惶恐和害怕。一个陌生的男人，怎么可以突然和自己面对面地坐在一起？

北方的河又说，我想来看你，我想马上出现在你的面前。

花枝招展送给北方的河一个笑脸，然后问，为什么老是想见我。

北方的河说，我想认识江南的花雕。

这时候一场江南的雨悄悄落了下来，打在铝合金窗玻璃上。风吹送着一些雨滴进入花枝招展的书房，让花枝招展有了些微的寒冷。

花枝招展说，我有些冷，下雨了。

北方的河说，那让我赶来为你加衣。

这样的说法无疑就有了暧昧的味道。花枝招展的老公出差了，这是一个容易出轨的时机。老公明天下午就回来，北方的河不可能在那么短时间里来去匆匆。

花枝招展说，好啊，你来，你能在一小时内赶到你就来。

北方的河说，好的，我们在哪儿见面。我已经到了这座城市。

花枝招展沉默了很久，然后才说，真的吗？

北方的河说，真的，如假包换，我住在新元酒店，昨天我就到了，来办点事。我就等着你这句话，我料到你会说这句话。

花枝招展转移了话题说，花雕其实就是古代的女儿酒，在绍兴，若一户人家生了女儿，便把上好的黄酒装入陶罐埋入地下，待女儿出嫁时挖出来，然后请民间艺人在陶罐上刷上大红大绿的颜色，和大大的"囍"字。你的小孩是男孩是女孩？若是女孩你也要准备这样一坛酒。

北方的河说，我还没有孩子，但我喜欢女孩。若将来真的得了一个女孩，我一定会埋上一坛女儿酒。

北方的河又说，你不要转移话题，你在哪儿见我。

花枝招展叹了一口气说，好吧，那就在"花样年华"。

北方的河说，你们南方人取网名也好取店名也好，怎么都是软绵绵的。

花枝招展说，你说对了，江南的风也是软的，江南的女人更是软的，而江南的花雕，也是一种软的酒。

市井的花雕

在"花样年华"酒吧里，花枝招展见到了那个叫北方的河的人。没有想象中的伟岸，倒有一种南方人的味道，脸色白净，身材瘦长。花枝招展没有一见如故的感觉，也没有十分生疏的感觉，在聊天室里他们都谈了彼此的许多事情。但是花枝招展始终不能把他和一个体育老师联系起来，他看上去更像一个公司职员。

花枝招展穿着一袭"江南布衣"的裙装，棉

布包裹的女人，一定是温软的女人。北方的河坐在花枝招展的对面，他的眼睛有些小，那样眯着，露出诡异的笑容。他理了一个平头，如果说要找到体育老师的特征的话，平头是最能体现这一职业的特征。北方的河穿着西装，看上去是一个严谨的男人。他一直这样笑着，目光始终不离花枝招展。花枝招展有些不太自然起来，一个十七八岁的服务生走过来，弯腰，很小声地问要什么。花枝招展说，有没有花雕，就是商店里就能买到的那种花雕。服务生的嘴角牵了牵，没有，酒吧里不会有这样的酒。花枝招展显得有些失望，其实她预先就知道，酒吧里肯定不会有这样的酒，但是她仍然忍不住问了出来。北方的河也笑了，北方的河说你们这儿肯定没有伏特加吧。服务生再次把嘴角牵了牵，但他保持沉默，他一定在想这两个人为什么想要的都是酒吧里没有的酒。

最后他们各要了一杯芝华士12年，那是一种酒质饱满丰润的水，让人想到遥远的盛产芝华士的苏格兰。在进入他们的口中之前，芝华士通过长途运输来到这儿，再之前，就是在橡木桶中度过它孤寂而漫长的12年。酒吧里放着一首好听的歌，花枝招展记不得演唱者的名字了，只记得那个男人嗓音沙哑，那首歌的名字叫《加州旅馆》。花枝招展抿着酒，她说你为什么想要见我，我很特别吗。北方的河说，你不特别，但是你为什么一定就要特别呢。花枝招展点了一支烟，那是一种叫做"繁花"的女士烟，细长型的白色的烟，线条流畅，像一个寂寞的女人。花枝招展的腿交叠着，头发稍稍有些蓬乱，脸色也不是很好，但是在暗淡的灯光下却有着一种与众不同的妩媚。花枝招展顷刻间就被烟雾包围了，她坐在雾中，柔顺优美的线条呈现在北方的河面前，像是暗夜中盛开的花朵。北方的河咳嗽了一下，这是一种显得特别生硬的咳嗽，咳嗽声中他一定在寻找着话题。

北方的河说，你为什么突然说起花雕，你从前一直都没有说起过花雕。花枝招展说，我不知道为什么，我只知道我今天很想喝花雕酒，很想把自己喝醉了。北方的河说，我也想喝花雕，我也想知道你说的花雕是怎么样的。花枝招展说，你知不知道晚清的任伯年父子，他们是绍兴籍的大画家，在酒坛子上画武松打虎，那才是有名的花雕。北方的河说，我知道任伯年，但是不知道他在酒坛上画画。

花枝招展抽完了一支烟，她将烟蒂在玻璃烟缸里揿灭了，然后她不说话，她只望着窗外，窗外是一场江南的绵密的雨。雨不大，很适合浪漫的情人在雨中行走，但是一会儿工夫，这雨又能把你从里到外都打湿，也许这也是一种温软的力量。花枝招展看着薄雾般的雨落在霓虹灯上，霓虹灯告诉每一个人，这儿不是乡村，这儿是城市，这儿是城市里的酒吧。花枝招展又点起了一支烟，一根细长的、像手指那么长的火柴举起了一朵暗淡的火花，把花枝招展的脸映得一明一暗的。花枝招展就举着那根火柴，等它快要燃尽的时候，她点着了烟，然后挥手把火挥灭了。很优雅的一个女人。

北方的河说，你是不是老抽烟。

花枝招展说，是的，我还没有孩子，老公说在我不戒掉烟之前，我们不要孩子，我正好懒得要孩子呢。

北方的河说，抽烟说明你是一个寂寞的女人，你寂寞吗？

花枝招展想了想说，是的，我很寂寞，所以我在网上认识了你。寂寞的女人大都是抽烟的，但是我只抽一个牌子的烟。我只抽"繁花"。女人的一生，就像繁花，有含苞，有绽放，有凋零。

北方的河说，你不要说得那么悲凉好不好，让我觉得人生太虚幻，好像看不到前程似的。

花枝招展说，人生当然虚幻，你觉得人生不像一场梦吗？

北方的河说，你老公是怎么样一个人，他爱你吗？

花枝招展想了想，她在努力地想着那一个被称作老公的人，她带着老公第一次到家里时，父母亲很满意。老公是一个女友介绍的，女友说，你谈了好几个都没谈成，这次我给你介绍一个优秀男士。老公在各方面都是不错的，温文尔雅而且宽容，从来不限制花枝招展一点点自由，连献殷勤也是不露声色的。但是老公也像一个影子一样，一忽儿飘到她的身边，一忽儿又飘远了。他只和花枝招展过日子，没有其他。

花枝招展说，我老公是一个影子，他是一个优秀的影子，他爱我。

北方的河显然没有听懂她的话，但是他很聪明，他没有再进一步地问。他说我们不说你老公了，也不说其他的，我们说你的花雕，你给我说说花雕行吗。

花枝招展于是就说了花雕。

花枝招展说，你知不知道绍兴有条鹅行街，鹅行街里有一个叫黄阿源的人，当然那是20世纪40年代的事了。花枝招展的眼前突然就浮现了那时候的一条江南老街，和一个戴着毡帽的民间艺人。黄阿源站在庙堂里，抬眼看着油坭堆塑的彩绘的菩萨。他的个子不高，双手反背，在久久凝望那些表情一成不变的菩萨后，走出了庙堂，然后走到鹅行街，走进一堆光影里。他的手里突然多了一只坛，又多了一只坛。他用沥粉装饰，贴金勾勒，做了四坛"精忠岳传图"的花雕。接着，他开始脱下毡帽在这条鹅行街上奔跑，路人纷纷以奇怪的目光看着他。他的心里涌起了一浪浪的甜蜜，因为花雕，居然可以做得如此精致，如此巧夺天工。

北方的河终于明白，所谓花雕，不是以酒命名，而是以酒的包装命名。酒坛子里装着的，是江南的女儿红，一种普通的米酒而已。北方的河说你知不知道伏特加，那是一种让人沸腾的酒，它会给人力量，给人青草的气息，你能看得到大地上升腾着的热气。花枝招展吐出一口烟，她把烟直直地喷向北方的河。烟雾冲向了他的脸，然后四散着蔓延开来，让北方的河只呈现一个模糊的轮廓。烟雾升腾中，花枝招展的手机响了，蓝色的屏幕在闪烁，亦真亦幻的感觉。一双白皙柔嫩的手伸过去，纤长的手指轻轻握住手机。

我在喝酒呢。

在花样年华酒吧。

我和一个男人。

怎么你不信？

不信拉倒。

你几时回？

好的，路上小心。

晚安。

这是北方的河听到的全部内容，这些句子能让人准确地猜出对话的全部内容。那是花枝招展出差在外的老公打来的，花枝招展在这几句极简单的话中穿插了软软的浅浅的笑，平添了几分温情，让北方的河心里酸酸的。北方的河说，看上去你们挺恩爱，让人无缝可插。

花枝招展说，你是不是希望我们不恩爱。

花枝招展说，我说过他很爱我，他像一个飘来飘去的影子，用他的方式爱我。许多时候，我对日常生活的一些细节健忘或者感到模糊。

花枝招展说，我想离开了，我想去大街上走走，你陪我走走吧。

北方的河站起身来。一场雾雨还在窗外飘忽不定，酒杯里还有一些芝华士的残液，像一个不再年轻的经历过许多次情爱的女人。他们离开了。

街上的行人已经很少，他们没有伞，花枝招展觉得寒冷，所以她挽住了北方的河的胳膊，像一对情侣。花枝招展说，我想喝花雕，你陪我去找花雕好不好？花枝招展说话时嘴唇微撇，有了一种撒娇的味道。北方的河说，好的，我陪你去找。大街上的商店已经打烊了，很安静，一条长长的街就在两个人的视野里头，布带一样抛向远方。一个男人正在拉下卷帘门，那是一家小店的门。花枝招展挽着北方的河走过去，说，有花雕吗？男人愣了一下，但是随即他就摇了摇头，并且咕哝了一句。

街边法国梧桐宽大的树叶在微雨中沙沙地响着，北方的河摸了一下头发，头发湿了，像喷上一层雾似的。在梧桐树下，他清晰地听到花枝招展说，吻我。声音很遥远，仿佛来自天边，或者来自他曾经历过的年轻岁月里的某个时期。吻我。花枝招展又说了一遍，她的眼睛闭上了，头微仰着，长长的睫毛上挂着雾球，喷出的鼻息温暖而湿润。它们打在了北方的河的脸上，痒痒的。北方的河心开始颤动，很轻微地颤动，他的嘴唇也开始颤动，一边颤动一边轻轻压了下去，盖在了花枝招展的唇上。他的舌尖钻出来，温文地开启花枝招展的唇，像一把钥匙。然后他的舌尖触到了细密的牙齿，他努力地顶开花枝招展的牙齿，舌尖终于触到了另一个舌尖，像两朵花的相遇。那是一种温软湿润的相遇，北方的河闻到了芝华士的味道，还有柠檬的味道。舌尖滑滑的，一忽儿滑上，一忽儿滑下，让北方的河沉醉其中。花枝招展的身体也贴了上来，像一条直立的鱼，温婉地贴在北方的河身上，没有一丝空隙。那是一个女人的身体，带着体温，像妖娆的花朵突然在他身边开放。北方的河耳朵里没有了树叶沙沙的声音，他的心很静，什么也听不到了。他只吮着花枝招展的舌尖。

很久以后，北方的河感到舌头有些酸，花枝招展轻轻推开了他，舌尖也同时退出来。北方的河看到花枝招展抿了一下舌头。花枝招展说，你的初吻是在什么时候？

这是一个奇怪的问题，是一个一般人不太会问的问题。北方的河笑了笑，没有回答，但他仍然想到了他在校园里的一棵树下吻一个山东女孩的情景，那时候他没有征求女孩的同意，他认为亲吻是不能去征求女人同意的。女孩挣扎，女孩在挣扎的过程中用手捶打着他，先是用力的，然后力气一点点小下去，然后，女孩把一双手环在了他的脖子上，并且羞涩而热烈地回吻着他。很显然，花枝招展的问题勾起了他的回忆。花枝招展说，我的初吻到现在已经十年，那个男孩子是大学同学，也是同乡，现在他在深圳开着公司，还没结婚，连女朋友都没有。

他们继续往前走。北方的河掀起了西装上衣的下摆，让花枝招展钻进他的怀里。这个时候北方的河有了蠢蠢欲动的念头，那个念头跳出来，张开嘴咬他，咬得他遍体鳞伤。他们相拥着前行，把步子迈得歪歪扭扭的。一个警察站在不远的地方，他穿着雨衣，但是帽子上的警徽还是反射出了微弱的光。警察看着他们，笑了笑，警察当他们是一对爱情中的男女。然后，他们看到不远的地方亮着灯光，那是一家狗肉店。

店主是一个看上去瘦弱的人，他蓄着小胡子，一双绿豆一样的眼睛毫无生机地转动了一下。花枝招展停下步子，她从北方的河怀里钻了出来，她说，有花雕吗？你这儿有没有花雕？店主愣了一下，他想了想，转过身子从高高的货架上拿下一瓶积满灰尘的酒。他努起嘴，吹了一下，灰尘就雾一般升腾起来。是这个吗，老板问，是不是这个花雕。

那是一瓶包装简单的花雕，白色的陶，有花有草有一个嬉戏的小童。花枝招展笑了，她伸出手捧住花雕，像捧住了一件宝贝似的，或者是一件心仪已久的首饰。她腾出一只手，把北方的河拉进不大的店里。店主仍然面无表情，一个女人像从地底里冒出来似的，突然出现在他们面前。女人笑了一下，露出门板一样的牙齿，牙齿微微发黄，闪着一种瓷质的光泽。女人问他们吃不吃狗肉，女人举着一把亮闪闪的菜刀，好像随时要进行一场搏杀似的。花枝招展说，要狗腿，你给我们切一条狗腿。女人的手里突然多了一条狗腿，她在案板上切狗腿，一条腿很快被分解了，形状还算优美，薄，而且有一种线条。

花枝招展和北方的河面对面地隔着一张小方桌坐着，很像王家卫一部片子里的镜头。他们一言不发地看着不远的角落里，一条剥去了皮的狗。灯光落在狗的身上，它的身子是雪白的，映着一丝丝淡淡的血水，还闪动着一种湿润的光泽。在不久以前，它还是有生命的，也许它就是死在瘦弱的店老板锋利的刀下。北方的河面对油腻的桌子，好像找到了某种北方的感觉，他舔了一下嘴唇，突然有了一种喝酒的欲望。一瓶花雕打开了，弥漫着酒香，那是一种来自植物的核心的香味。花枝招展笑了一下，举起酒瓶，为北方的河倒了满满一碗。北方的河俯下身，嘴唇触到了酒。丝丝缕缕的甜味和略略的涩味沾在了他的舌尖上，他呷了呷嘴，咽下一口。酒顺着他的喉咙下滑，软软的像一条光滑的绸缎从手背上滑下时的感觉。然后进入胸腔，在那儿汇成一股温暖的泉，温暖着他的胃。他甚至想着，他的胃部会不会因此而长出青草，青草上撒满露珠和阳光。而他的脑海里，浮现的却是平原上的大片水稻，种出的稻米蒸熟了，加上白药，然后成了软绵绵的酒。他的脑海里，还浮现出一个叫黄阿源的戴毡帽的男人的形象，他反背双手走在鹅行街上。少顷，黄阿源开始狂奔，腋下夹着两个花雕酒坛。

花枝招展也抿了一口，她抬眼时送给北方的河一个笑脸，她看到北方的河唇边留着酒的痕迹。花枝招展说，这座城市里，最有名的是狗肉，现在已经过了吃狗肉的季节，你如果在冬天来，在飘雪的日子里来，温上一碗老酒，切上一碟狗肉，用椒盐蘸着，那时候你面对窗外飘雪，不想成为诗人都不行啊。北方的河又俯下身子喝了一口酒，他说花雕的味道怎么这样甜，像果汁一样。你不知道伏特加，它只在我生活的城市里流行，那是一种烈酒，喝到嘴里，你的整个胃都在燃烧。

他们吃着狗肉，喝着酒，全然没有去理会外面越飘越密的雨丝，也不去理会那个瘦弱的老板和刀功特别好的笑容诡异的板牙女人。一瓶酒喝掉了，花枝招展说，再来一瓶。又一瓶花雕打开了，打开以前店老板照例再次吹去酒瓶上面的灰尘。板牙女人递上了酒，她走路的时候寂静无声，酒放在桌子上时也是寂静无声的。花枝招展只看到她那双油腻的手，那双手不知接触了多少狗肉。酒瓶里的酒倒下去了，有轻微的咚咚声，像温泉。北方的河的脸是青色的，那完全是因为灯光的缘故，当然也有可能是酒量极好的人的一种常见的脸色。他看着花枝招展倒酒时的手，那么白皙柔软充满诱惑。他想到这个女人刚才还钻在他的怀里，让他那样拥着她。他的心底里开始涌起了欲望，他看到花枝招展喝得很少，只是一小口一小口地抿着，但是脸上仍然有了盛开的桃红。花枝招展斜眼看他的时候，把一小块狗肉夹到嘴里，用细密的白牙叼住了，细细咬起来。他终于说，去我房间坐坐好吗？

花枝招展沉思了一下，随即又抛过来一个笑眼。花枝招展说，喝酒，我们的酒还没喝完呢，再说吧。于是就喝酒了，这种甜甜的酒对一个善饮的北方人来说，不在话下。北方的河很想在短时间内把第二瓶酒喝完，他自斟自饮起来。他又想念他的伏特加了，心底里他更喜欢伏特加，那是一种让人爽的酒。他还想起了一部电影的情节，一个男人一直在寻找一种叫伏特加的酒，一个女人像一个精灵一样出没在他的生命里，女人是周迅演的，妖娆而迷乱，找不到根的感觉。摇晃着的用手提方法拍的镜头，在他的脑海里越来越清晰。他倒上酒，喝掉，又倒上酒，喝掉。然后他摇晃了一下花雕酒的瓶子。他的手指刚好按在酒瓶上那个童子的脸上，所以他只能看到童子的脖子以下，脖子以下是童子露出的胖乎乎的胳膊和腿的模样。酒瓶传来轻微的水声，很细微的，像武林高手抛出的一枚针在空气中游走。他没有把瓶里的酒倒入杯中，他把酒瓶的口对准自己的嘴，一仰脖，就全下去了。他只感到有一条小河，从他的喉咙游过，游到他的胸膛，在那儿汇成一个潭。

花枝招展看着北方的河，那显然是一种属于北方的喝酒方法。花枝招展看着北方的河仰脖子的模样，像核桃一样的喉结滚动了一下，又连续滚动了几下，然后北方的河撸了一下嘴巴，放下酒瓶。酒瓶上的童子笑容变得更加安静，瓶子是空的，但是它仍然应该叫做花雕。而酒没有了，进入了一个北方人的胃部。北方的河站起身来，说走吧，他的目光闪烁不定，有些焦虑，像是包着一些内容。走吧，北方的河再一次这样说。花枝招展抬起眼，她有着轻微的黑眼圈，这与她迟睡有关。她看了北方的河很久，有些惶恐地说，去哪儿？

到我房间坐坐吧，到我的房间去，好不好。声音很低，但是充满着渴望。他们一起走出了狗肉店，在走出狗肉店以前，北方的河摸索着抽出一张百元币放在桌上。百元币是新的，轻巧而坚硬，像一片锋利的刀片。他拉着花枝招展的手径直向外走去，这个意思就是，不用找钱了。板牙女人把钱拿起来，通过油腻腻的手传给瘦弱的老板。花枝招展挽着北方的河的手，她一回头，看到老板的绿豆小眼睛转动了一下，小胡子也颤动了一下，他正举着那张薄似刀片的纸币。显然纸币已经切中了老板的某一根神经，她甚至听到了老板心里突然发出的叽叽咯咯的笑声。她还看到那张小方桌上，一包叫做"繁花"的女士烟寂寞地躺在那儿，繁花盛开在一片暗红色的光泽里。那张昏黄灯光下的方桌，让她想起了一部电影。电影的名字叫做《半生缘》，是张爱玲的小说改编的。吴倩莲的神情显得幽怨，她也坐在一张方桌旁，暗淡的灯光投在身上。她对身边的男人说，我们回不去了。那时候数十载光阴刷刷而过，让看片的花枝招展心痛了。她没想再去拿回那包烟，她记得烟盒里还有两支烟。

北方的河拥着她，一起走在通向新元酒店的路上。一辆出租车停了下来，北方的河拉着花枝招展要上车，花枝招展说，再走走吧，不远就到了还不如再走走。北方的河没有再坚持，他一仰头，雾般的微雨就均匀地浇了他一脸。他低下头，用唇轻触了花枝招展的面颊，并且无声地笑了起来。花枝招展没有表情，起先她在北方的河的怀里，现在，完全是她在扶着北方的河了。冷风一阵一阵地吹着，北方的河的脚步开始晃起来，摇摇摆摆。花枝招展想到了老公，老公在另一座城市里，明天下午，老公就要乘坐航班回来了。老公的包里，一定会有送给她的一件小礼物。她不知道自己还想要什么，她只是始终感觉对她很好的老公，像一个美丽的影子一样，一直在她的生命里飘着。

北方的河低估了江南酒的后劲，花雕的酒劲开始涌动，像一个喷泉一样。北方的河说，花雕好像有些后劲。花枝招展说，不是有些后劲，是很有后劲。我告诉你，大凡柔软的东西，一般来讲都是比较厉害的，比如江南的酒，比如江南的女人。北方的河舌头有些大了，他说你等一下，你等一下，他推开花枝招展，把自己的身子伏在一棵树上，像是寻找依靠的样子。然后，刚刚吃下去的食物，说确切一点是狗肉，全部都倒了出来。花枝招展走到他身后，在他背后轻轻敲着，但是他却一把搂住花枝招展，身子软了下去。花枝招展感到自己身上有座山，她奋力推开山。一辆出租车停了下来，走下一个络腮胡子的年轻人。他帮花枝招展把北方的河抬上了车，他在车里说，你为什么要跟外地的男人一起喝酒，你知不知道这样做很危险。花枝招展坐在后边整理头发，扑鼻的酒气从北方的河身上蔓延开来，让花枝招展始终有一种呕吐的感觉，但是她强忍着没有吐出来。花枝招展对司机说，你怎么知道我是本地人他是外地人。司机说，我每天都要载着许多外地人和本地人在这座城市里跑，我一眼就能看出来，一般司机还不愿帮你呢，谁愿意自己的车上都是酒气。花枝招展的心里突然有了些感激，如果没人帮她，她不知道怎么办。司机又说，我还看出来你们刚认识，所以我劝你以后晚上出门要小心，碰到坏人怎么办。花枝招展的脸红了一下，她没有再说什么，她整理着自己散乱的头发。

车到了新元酒店，门童跑上来帮忙。花枝招展谢过了司机，又从北方的河身上摸出了钥匙牌。她和门童一起把花枝招展送回了房间，开亮灯。门童问她还有什么事需要帮助，花枝招展说不需要了，她给北方的河盖上了薄被。门童悄悄退了下去。花枝招展在卫生间里整理自己，她洗了一把脸，然后掏出一枚口红，为自己精心地补妆。她分明地看到了眼角细碎的鱼尾纹，和轻微的眼袋。她的头发蓬松而卷曲，而在十年以前那是一头乌亮的披肩长发。她抿了一下嘴，口红让她增添了一丝精神，所以她又抿了一下嘴，并且仔细地端详着自己。卫生间里的日光灯发出惨淡的光，很久以后，她才从卫生间里出来。她看到一个男人在呼呼大睡，他被江南的花雕醉倒，他一不小心触到了柔软，随即被柔软的力量击倒了。

花枝招展轻轻地带上门，她没有乘电梯，是从楼梯下楼的。高跟鞋的声音有节奏地敲响了整幢楼，她走出大门，门童为她开门，目光在她身上停留了许久。然后，她走在大街上，这是一座江南的城市，是她的城市，她在这座城市里感到寂寞，就像身旁站着的一棵棵法国梧桐一样寂寞。一抬头，她看到了渐渐变白的天色，呈现出鱼肚的颜色，白中带着些微的灰黄。她走在马路中央，一个人也没有，她用双手抱自己的肩膀取暖，一双雅致的高跟鞋托起一个优雅的女人，在寂寞的长长的街上走过。

文件柜里的花雕

花枝招展直接去了办公室。和她预料的一样，今天不是一个好天气，雨停了，但是天阴着。她走进属于公用事业局的楼，走进自己的办公室，坐在自己的办公桌前迷迷糊糊地想要睡着。少顷，张阿姨开门进来了，张阿姨说这么早啊。张阿姨整理了一下办公室，她把目光再次投向花枝招展的时候，说，你的脸色很差，你一定没睡好。

花枝招展笑了一下，站起身来，整理一些昨天刚刚复印完还没装订的资料。张阿姨皱了一下眉头说，你身上好像有股酒味，你没事吧。花枝招展又笑了一下，说没事。走廊里的声音响起来了，人越来越多，新的一天开始了。新的一天，花枝招展显得异常疲惫。她打了一个哈欠，睡意像一群虫子一样，吱吱叫着围攻她。她终于趴在办公桌上，完完全全地睡了过去。

醒来的时候，已经将近中午。张阿姨走出办公室，她一定是去文印室忙了，她在整理一些资料。张阿姨不愿打扰她的好梦，张阿姨一直像母亲一样照顾她，她的身上，盖着张阿姨的一件薄毛衣。花枝招展站起身，揉了揉眼睛。她开始整理文件，她打开文件柜拿出一些资料。她的手突然触到了一样东西，她拿起来，把那样东西晃荡了一下，里面传来液体的声音。那是一小坛花雕，像一个小篮球一样，已经尘封了十年了，所以酒液也挥发了不少。她把花雕酒贴在胸前，她已经不记得这坛子花雕了，现在这坛花雕又跳了出来，把她的记忆再次打开。她看到十年前她长发披肩，一个男人赶来这座城市，他们一起逛街，并且在房间里亲热，在公园里接吻。男人在店里买下花雕，送给了她。男人后来去了深圳，现在经营着一家公司。男人至今未娶。男人，是她大学里的初恋。

张阿姨开门进来，花枝招展忙将那坛酒重新放进了文件柜，但是她努力了很久，也不能将自己从记忆里拉回来。也许此刻，老公已经乘上了班机，不久就会回到自己的家中。她站在窗前一动不动，她想把自己从记忆的泥沼里拉出来，她花费了很多的心力，但是脑子里仍然跳着另一个男人本来已经渐渐淡去的音容。这是一件多么奇怪的事情，十年以后，这份记忆竟会突然困扰她，或者说手持长矛袭击她。

手机响了，是北方的河。花枝招展把手机贴到耳边，北方的河的声音响了起来：我要走了，谢谢你昨晚让我品尝了花雕，现在我想念着家乡的伏特加，它们整齐地躺在超市的酒柜里。花枝招展努力地想着北方的河的样子，但是她想不起来了。花枝招展想，是不是我的脑子出了一点问题。

北方的河继续说，你昨晚问我我的初吻是在什么时候，我告诉你，在大学校园的某棵树下，我吻了一个山东女孩。她现在是一个好妻子和好妈妈，但是她的丈夫不是我。

北方的河还在说着一些什么，花枝招展的耳朵却听不清他在说些什么了，但是她仍然手持电话站在窗前。她的眼眶里涌出了泪水，越来越多，一会儿她的整张脸上都淌满了泪水……

菊花刀

一

　　吴为喜欢在菊园里发呆。阳光从很高远的地方跌落下来，阳光让吴为的眼睛眯了起来，他的目光在花花草草间变得飘忽不定。吴为坐在菊园的田埂上，被满园的菊花包围着。那些花儿，像是埋伏着淹过来似的，有那种想要把吴为给整个儿淹没的味道。吴为喜欢这样的淹没，吴为在心里说，来淹没我吧，淹没我！天气已经转凉了，那些菊花的清香在园子里飘来荡去追逐和嬉戏，像一群孩子。吴为的手指间转动着一把闪亮的小刀，那是一把用旧了的手术刀，闪着白光。是吴为用熟了的刀子，他喜欢亲近这把锋利的小刀，刀的光芒能带给他快感。他总是以为，刀的光芒，能够顺利地切开一些什么。

吴为是踏着晨雾来的，像踏着一头惊恐逃窜时的小兽的尾巴。进菊园的时候，他听到满园的杭白菊都轻轻笑了一下，很柔情地。吴为也笑了，他呆呆地站着，运动鞋已经被露珠打湿了。这时候菊园的院门又"吱呀"一声开了，一个女人出现在吴为的面前。女人笑了，轻声说，你又来了？女人叫黄小菊，是菊园的主人。黄小菊是来采杭白菊的，十一月是白菊收获的季节。黄小菊喜欢这个季节，喜欢听白菊们离开枝头时叽叽喳喳的声音。黄小菊的耳朵，其实是听不到声音的。黄小菊很小的时候，生了一场病。病好的时候，耳朵却听不到声音了。有人放爆竹时，她能看到爆竹在半空中粉身碎骨的样子，像一朵花的花瓣被突然撕开，却听不到一点儿声响。黄小菊已经二十六岁，二十六岁对于女人来说，怎么样也算不上是青春年少。但是黄小菊的微笑却是动人的，这是一种女人味的动人。吴为笑看着她，低低地说，我真想抱抱你。吴为看到黄小菊点了点头，但是他知道，黄小菊其实什么也没有听到。

吴为收起那把小刀，帮着黄小菊采杭白菊。吴为和黄小菊并不熟，一个是晨起散步走路的医生，一个是菊园的主人。吴为不时地和黄小菊说话，他称黄小菊为黄小菊同志。他说黄小菊同志，我昨天晚上去看了一场叫《十面埋伏》的电影，张艺谋应该把你的菊园作为片场才对。飞刀门的那些飞刀，如果在菊园里飞来飞去，该有多美。黄小菊没有说话，仍然只有微笑。吴为看到太阳出来了，他抬腕看了一下表，把手里的一捧菊花扔进黄小菊的提篮里。然后他举起手来闻了闻，花的香味钻进了他的身体。他的身体颤动了一下，像第一次颤巍巍地搂住初恋女友的小腰一样。吴为说，我走啦，我要去上班的。黄小菊笑笑。吴为说，我走啦，迟到要扣奖金的，奖金很重要，你知道吗。黄小菊仍然笑笑。吴为也笑笑，他突然伸出手，捏了一下黄小菊的鼻子，黄小菊的脸一下子红了。但是她没有说什么，只是眉眼含笑地看了吴为一眼。她的笑容触动了吴为的某根神经，令吴为在黄小菊面前，呆呆地站了一分钟。然后，他离开了菊园。离开以前，他采了一些菊园四周养着的各色菊花，那种茎细长的，花细长的，色彩各异的，秋菊。

吴为捧着秋菊回到他在梅花碑的家。他把那束新鲜而清香的秋菊放在了客厅里的施坦威钢琴上。然后他就在钢琴边静静地站着，像是默哀一段远去的爱情。钢琴盖上积满了灰尘，吴为不想去擦，他想看看钢琴上的灰尘越积越厚的时候，自己的心上会不会起一个茧。他想心上起茧的时候，是不是心就不会疼痛了。心不会疼痛了，是一种幸，还是一种不幸？小麦离开了他，小麦是他的妻子，她不是很漂亮，但是身材姣好，笑容纯正，优雅性感。小麦是浣江小学的音乐教师，她收了几名学生在家里练琴。小麦后来和一个叫大康的学生家长走了。大康是个小老板，开着一辆帕萨特。大康请小麦喝过咖啡吃过饭，还聊过几次。有一天小麦在整理自己衣服的时候，吴为悄悄地走到小麦的身后，轻声说，小麦，你要走了吗。小麦的眼泪一下子就掉了下来，小麦说，其实你什么都觉察到了，为什么一句话也不说，为什么不肯和大康斗一斗，你还算是一个男人吗。吴为说，小麦，没有用的，你的心拐了一个弯了。小麦说，心拐了一个弯，就不能再拐回来吗。吴为没有再说什么，他看着小麦整理好衣服，看着小麦提着包离开。离开家门的时候，小麦站在门边，对吴为说，吴为，你是一个懦夫。然后，小麦关上了门。门里面只有吴为一个人了，他微微地笑了一下，缓缓地蹲下了身子，然后，慢慢地蜷缩在地板上，扭成一团麻花。一会儿，吴为的额头上就满是汗珠，吴为说，我不是懦夫，我是坚强的。

这是一个月以前的事了。吴为和小麦很顺利地办了离婚手续，小麦什么也没要，就连心爱的钢琴也没有带走。小麦想，带走钢琴就等于带走记忆，带走记忆就等于不能对吴为挥剑忘情。从法院门口出来，小麦哭了，她在阳光下用双臂环抱自己的身体，酣畅地哭着。吴为没有哭，吴为走到小麦身边说，小麦，我记得我们谈恋爱的时候，每天都要见一次面。小麦的哭声就更响了。吴为说，小麦，我明白了一个道理，爱情是随时都可能发生的，所以，最好别为爱情承诺什么。就像我们两个恋爱时，不是都有过承诺吗。现在想来，多么傻啊。吴为又说，小麦，你不要哭，你哭了我会难过。我得赶去上班了，我只请了两个小时的假，迟到要扣奖金的，再说今天还有一个手术在等着我呢。吴为离开了，小麦却还在原地耸动肩膀哭着，一直哭到一辆帕萨特开到她的身边。小麦上车的时候，车里的大康说，小麦，不知道我们谁是对的，谁是错的。这时候，一片手掌大的黄叶从路边的枝头掉下来，掉到车窗上。小麦的视线就一直被黄叶阻挡着，小麦想，爱情有没有叶片，如果也有的话，那么，今天对于她来说，是一次落叶。

吴为站在钢琴边，他看着那束美丽的菊花发呆。菊花像一个娴静的女人，躺在琴盖上，像是要睡着的样子。吴为想，你要睡就安心地睡着吧。吴为的目光抬起来，他看到了墙上挂着的镖靶。他喜欢在家里投飞镖，后来，他把医院办公室里收藏的那些手术刀带回了家当飞镖用。那些手术刀仍然锋利，练到后来，吴为可以三刀齐发。这时候，吴为就异常地开心，他想到了一个叫叶开的飞刀客，还想到了飞刀高手李寻欢，当然，还有一部他刚看过的电影《十面埋伏》。飞刀门的刀客们，飞刀嗖嗖，像蝗虫破空奔飞。

骑着自行车去人民医院上班的路上，吴为的耳畔就老是响着嗖嗖的声音。吴为喜欢这样的声音，所以他的脸上就漾起了笑容。吴为是人民医院脑科的业务骨干，尽管他的职称并不高，但是许多高职称的同事，还得求教于他。吴为想到这件事就心底里暗笑，这是一个多么奇怪的现象。吴为从自行车上下来，推着自行车走进医院的大门。这时候吴为抬眼看到了头顶上灿灿的阳光，吴为就想，飞刀，阳光像一把把飞刀。

二　　　　吴为走到门诊大楼的大厅时，看到了一个五十多岁的男人，在挂号窗前举着一张发票高声叫嚷。他的唾沫星子飞溅了起来。有几个人傻呵呵地包围着他，主要是想听他在嚷些什么。吴为停下了脚步，他的两只手插在口袋里，他想自己多么像一枚出现在大厅里的一动不动的钉子。男人在说医院乱收费，多收了他一些钱。男人举着发票像举着罪证，他起劲地叫嚷着，说要找领导。收费窗里的女职员涨红了脸，她跑了出来向着男人道歉，但是几个人拦住了她，他们大笑着，他们想要看看事情的结局会是怎样的。吴为走了过去，吴为在那个男人面前站住了，笑笑说，你想干什么？人越来越多了，他们把男人和吴为围了起来，像汹涌而来的潮水。男人愣了一下说，你是谁？吴为说，我是吴为。男人说，吴为是谁？吴为说，吴为是个医生。男人就冷笑了一声，男人说你是医生你当然为医院说话，我想你们赔偿，我要你们道歉。你们医生一个个只知道开高价药，收红包。你们医院，简直就是地狱。男人说最后一句话的时候，紧紧地咬了一下牙，面容就略略有了狰狞的味道。吴为看了看周围的人群，低低地说，你别再叫了，好吗？男人说，为什么不让我叫，我就是要叫。吴为说，你多像一条叫嚷着的狗啊，你知道医院需要安静吗，有事你可以找院领导谈的，今天我不想你在这儿叫。所以，你赶快停住叫声，因为，你再叫的话，我就要揍你了。男人一下子愣住了，旁边有人在起哄，大家都在笑男人的软弱。男人有些受不了，男人终于还是叫了，男人说，我就是要叫。

男人的话音刚落，吴为一把揪住了男人的衣领，把男人给提了起来。吴为的脸涨得通红，嘴唇抖动着，他耳朵里塞满了乱糟糟的声音。有许多力量，在他的体内像一条条蛇一样颤动着，想要钻出来。他想，我该打他左边的脸还是右边的脸，他想，我是不是该把口袋里偷偷藏着的手术刀拿出来，把男人的嘴巴给割开。院长站到了他的面前，院长背后站着老院长，一个白发苍苍的老人。院长说，把手放开。吴为没有松手。老院长说，小吴，你把手放开，医生不能这样做的。吴为把手放开了，放开的时候他把嘴凑到男人耳边说，你要让我看到你再这样嚷，我一定把你个鸡巴蛋给拧下来。这句话轻得像一枚针，扎了男人的耳膜一下，男人一下子就愣住了。他怎么也没有想到，有一个医生居然可以像黑社会那样对待他。

吴为离开了人群。他的背影越来越远。老院长在不远处看着他，老院长退休了，返聘在医院门诊部上班。老院长心里想，吴为，转身。吴为果然就转过身子来，他们的目光碰了碰，他们的目光中，都含着那种温暖的笑意，但是他们一句话也没有说。然后，吴为来到了办公室，换上白大褂。然后，吴为给自己泡上了一杯菊花茶。那是黄小菊送给他的。黄小菊说，这是我自己晒的，你尝尝，清热解毒的。吴为那时候站在菊园的门口，他没有推托。他看着黄小菊的笑脸说，真想抱抱你。黄小菊当然没有听到，黄小菊只是把身子一扭，隐进了菊花丛中。

吴为的心渐渐安静下来。白菊在杯子里舒展开身子，像章子怡在《十面埋伏》里跳舞一样。吴为想，菊花真像是一群女人，她们会降男人的火，她们有着曼妙的舞姿。他就看着菊花们在光影之间的舞蹈。白菊们舞蹈了一阵，大概是舞得累了，所以缓缓下沉。看了很久以后，他突然想，今天会发生一些什么事？比如早上去了菊园，比如一到医院就和人吵架，比如，比如现在突然想，今天一定会发生一些什么事。医院是个特殊的地方，在医院里，有很多人生，也有很多人死。医院是个生生死死的地方，医生，就是看着人们生生与死死的那些人。

果然出了事。一场车祸。一个司机把小车开到了一辆大卡车的肚子底下，小车被压扁了，扁得像被锄头敲过一记的蛇头一样。警察和医生用气割割开了车子，把那个同样被压扁的司机像拉面条一样拉了出来。匆忙的脚步声响了起来，护士小安走了进来说，吴大夫，刚送来一个病人要进行手术，值班副院长考虑到值班的主治医生可能吃不消，说让你动手术。吴为喝了一口茶，他喝出了菊花茶里隐隐的甜味。吴为说，如果你想喝菊花茶的话，可以在我这儿拿一点的。护士小安以为听错了。吴为接着说，准备手术。

吴为戴上了口罩，穿上了手术室的专用服装。助手站到了他的身边，护士手中端着器械盘。在无影灯下，吴为看到了那张压扁了的脸，压扁了的脸其实就是大康的脸，其实就是小麦现在的丈夫的脸。吴为深深地吸了一口气，他的手缓慢而沉着地伸向了器械盘。刀子是锋利的，吴为对刀子有着天生的兴趣和敏感，他喜欢那种切割时的锋利感。大康的颅骨被撞碎了，颅内充血。大康的颅骨需要暂时被拿掉，大康的生命，现在操纵在吴为的手里。刀子是锋利的，刀子是锋利的，刀子是锋利的。吴为这样想着，缓缓举手，果然，看到锋利的刀子切开皮肉，像是一辆摩托艇破浪时划开了水面。

吴为从手术室出来。他在水池边洗着手，他洗手的时候听到了哗哗的声音。他已经在手术室里待了八个小时。他有些累，他累得想睡上一觉。身后的休息椅上有一个人，吴为仍然专心地洗着手，边洗手边头也没回地说，伤势有些重，要看情况。开车怎么可以开一百五十码呢，就是高速公路上也不能开那么快，难道想用汽车开出飞机的速度？你别多想，等候消息。那个人说，你怎么知道是我。吴为仍然头也不回地说，除了你，还有谁。我猜你哭都哭不出来了，你只会流泪。那个人的声音突然之间变得暗哑，像是从地底里发出来似的，像一种捂着被子后才会有的呜咽。那个人说，你怎么知道。吴为说，因为，你爱他。就像爱生命一样。我还知道有许多爱是没有原因的。比如他，除了钱比我多，其余的都不如我。而你不是爱钱的人，所以，爱是没有原因的。

说这些话的时候，吴为仍然在洗着手。吴为居然洗了那么久的手。吴为洗完手，拿纸巾擦着。擦手的时候吴为说，小麦，你不要难过，你难过等于我也难过。手术还得再做好几次，这个医院里，我想没有比我水平更高的人，所以你把他交给我吧。小麦没有说话。小麦后来从休息椅上滑下来，滑倒在地，像一堆软软的美丽的泥。她的眼泪再次落了下来，她的眼睑明显地被眼泪浸得肿胀了。小麦的姿势，很像是跪在吴为面前的样子。小麦说，你恨他吗？吴为点点头又摇摇头。小麦说，什么意思？吴为说，点头是因为如果说不恨他，全世界的人都不会相信。如果说恨他，我实在没有一丝恨意。小麦的手里忽然多了一只红包，她把红包递给了吴为，说，你收下，据说医生都收红包。吴为的嘴唇颤抖了几下，在很久以后，吴为才缓慢地伸出了手，接过了沉甸甸的红包。

吴为离开了小麦，吴为转身的速度很快，然后决然地向前走去，走出了军人才会有的步子。小麦仍然跪在原地，也许不是跪吧，她只是虚软了，从休息椅上滑下来的。而令小麦失望的是吴为居然没有扶一扶她，她以为吴为会扶她的，她以为吴为会向她表态，一定尽力救治大康。但是吴为什么也没有说。吴为走了，留给她一个很长的背影，长得像一只从遥远的地方伸过来的手。

吴为从医院出来的时候，不知道自己想要去哪儿。他不想回清冷的家，他最后去了菊园。菊园里他仍然见到了黄小菊同志。推开篱笆门的时候，黄小菊回头看到了吴为。黄小菊给了吴为一个菊花般的笑容。菊花们的香味本来是在发呆的，但是发现他以后，就从四面八方向他奔跑过来，形成了一个包围圈。吴为就牵着一路的菊香，走到黄小菊的身边。吴为说，黄小菊同志，我帮你采白菊花吧。黄小菊没说什么，她抬头看了一眼吴为，目光里有一种淡淡的关切。吴为又说，你的眼睛也真够美了，但是为什么你的耳朵会听不到。我告诉你，今天我收了我前妻的红包，是因为她现在的老公遇上了车祸。我看到她在休息椅上流泪我就难过，收红包的时候我非常想骂她一顿。她明明知道我以前从不收红包，她等于是在抽我的耳光。她是我前妻，应该相信我的。就像我相信她离开我嫁给大康，是因为爱情一样。黄小菊同志，我收下红包，是为了让她相信，我一定会好好地尽力地替她的老公手术的。其实就算她老公是我的杀父仇人，只要他是我的病人，我也一定不会有半丝马虎。黄小菊同志，你听不到我在和你说什么，但是我实在想说出来。我和你说这些话，是因为我不可以在其他人面前说这些话。

黄小菊不时地看看吴为，她知道吴为在说话。黄小菊终于笑了起来，她停止了采菊，把篮子挎在腰间，露出一口细碎的白牙。黄小菊说，你在说什么呀。吴为说，我在说你很漂亮，我真想抱你一下。黄小菊指了指面前的一块空地。吴为点点头，他找到一根树枝，在地上写了三个字。黄小菊。黄小菊说，写得真好。吴为看着黄小菊，又写了下面几个字，我真想抱你。黄小菊的脸一下子红

菊花刀

了，她把脸扭向了另一边。这时候，吴为很轻地叹了一口气。他的额上，沁着细碎的汗珠。而他的手在口袋里一触，触到了用厚纸包着的一把手术刀。手术刀安静地躺着，在菊花香里回忆它游走于病人皮肉上的往事。

三　　　　吴为站在客厅里的施坦威钢琴旁边。那小束的菊花已经枯萎，像一个昨日美人一样疲惫地躺在琴盖上。吴为对着那枯菊说话。吴为说，没关系的，根据观察和我的个人经验，他只是暂时昏迷，过些天能醒来。但是我不敢保证的是，他可能失忆。这时候小麦站在钢琴的另一边，她咬着嘴唇，微笑着说，这是老天的安排，我认命。离开你一个月就遇到这样的事。

吴为把目光从那束小菊上移开，他在想，小菊也有生命，小菊曾经鲜艳和美丽，但是现在变得枯败和灰黄，多么像人生。吴为的目光跳过琴盖，落在小麦的身上和脸上。吴为说，小麦，你瘦了。小麦说，不瘦才奇怪呢。小麦的手指头从琴盖上爬过来。琴盖上满是灰尘，所以琴盖上留下了一串猫的足印般的印记。小麦的手指头爬过了琴盖，爬到吴为的手掌里。吴为的手掌平摊着，温而不厚，是一双适合做手术的医生的手。吴为把掌心收拢了，紧紧握着，对小麦说，小麦，你把我当成你娘家的亲人吧。这句话其实像是一颗温软的子弹，一下子呼啸着奔出枪膛击中了小麦的软肋。

小麦的手慢慢地从吴为的手掌里滑了出来。小麦离开了吴为一个人的家。小麦的身影,在吴为的视野里不停地晃动,终于化成一个虚幻的影子。吴为闭了一下眼,当他睁开的时候,小麦已经不见了。

吴为再次去菊园的时候,菊园的篱笆门关着,园里是安静的各种各样的菊花,她们在秋风里身姿款款。她们看到的是一个熟客,这个熟客没有找到黄小菊同志,这个熟客在站了一会儿以后,悄然离开了。

吴为在医院里见到了黄小菊和黄小菊的妈妈。吴为称黄小菊的妈妈为黄妈妈。黄小菊因急性阑尾炎被送进了医院,所以吴为是在病床上看到黄小菊的。黄小菊仍然像一朵菊花一样笑着,她看到了穿着白大褂的吴为。黄小菊说,我就知道你是个医生,我看你那么干净的一个人,就想你是干什么的,想来想去只能是个医生,现在我果然看到了穿白大褂的你。吴为的两只手插在口袋里,他歪着头笑,他说,好好养病,早一天回你的菊园去。杭白菊不能错过采摘的季节。黄小菊的耳朵听不到,但是她仍然拼命地点着头。

吴为每天都要去的两个地方,一个是大康那儿,一个是黄小菊那儿。在黄小菊那儿,他逗留的时候会长一些。有一天黄小菊很轻地问他,她送了五百块钱的红包,是不是够了,如果不够,她会过意不去,会让妈妈再送一只大母鸡去。吴为很悲哀地笑笑,点了点头。吴为点头的意思是说,够了。吴为其实什么话也没有说,吴为后来陪着黄小菊下军旗。黄小菊二十六岁,却单纯得像一个孩子。吴为喜欢她的单纯,吴为想,如果她嫁给自己,自己会感到幸福。尽管黄小菊是城郊的,尽管黄小菊不会弹钢琴,只会种养杭白菊。

吴为下完棋就来到了医生办公室。这儿和他工作的地方不是一个病区的,但是他认识收红包的那个医生。医生的名字叫那人。吴为说,那人。那人正在看一张报纸,正和同事们说,又一个贪官被枪毙了。吴为说，那人，你出来一下。那人就走到了走廊上。吴为盯着那人的脸看，把那人看得一愣一愣的。吴为从口袋里抽出手，在那人的脸上轻轻拍了几下，说，那人，你还好意思说报纸上的贪官？要是让你去当那个官，你早就该毙了。那人说，是啊，咱们都是贪官，不贪白不贪。那人嬉皮笑脸的，以为吴为和他开玩笑。吴为说，站好，我可没和你开玩笑。那人一下子愣了，把手搭在吴为的脑门上说，你怎么啦哥们。吴为说，你收红包了？那人看看四周，说，你疯了哥们，你就为这事找我？现在医院里可查得很紧的，你别让我那人丢饭碗。吴为说，你把钱拿出来！那人愣了，说，你凭什么？吴为说，凭我是个人。那人说，就你算个人，我们不算人？吴为说，你现在这话，就不像是人话。那人说，我就不给，看你怎么着。

吴为低着头，看着走廊的地面。等他抬起头来的时候，突然咆哮了，他妈的，你那人不把那个红包给我退回去，我就一刀子把你给捅了。办公室里的同事奔出来，他们看到了那人正在颤抖着手掏钱，而吴为手里举着一把亮闪闪的手术刀，嘴唇被咬得发紫，身子不停地颤动着。那人把一些凌乱的钱塞到吴为手里，边向同事们轻声解释，他疯了，看样子他疯了。他以前从来不这样的。

等到老院长来的时候，同事们才散了开去。老院长和吴为一样，也把两只手插在口袋里。老院长的头发，像一丛盛开的白色秋菊一样。吴为就笑了起来，说，院长，你的头发像菊花一样。老院长也笑了，说，吴为，等你再过几十年，头发也会像菊花一样。老院长不再说话，好久以后，他用目光拍了拍吴为的肩膀，仍然什么话也没有说，收回目光，走了。

吴为来到黄小菊的病房，把钱塞还给黄小菊。纸币上别着一张纸条，上面写着：我的同事为了让你对他的手术水平放心，才先收下了钱，现在他说要还给你。

黄小菊正在病床上睡觉，吴为把钱放到她的面前时她醒了过来。她看到了钱和纸条就在离鼻尖不远的地方，然后她抬头看到了身边站着的吴为。黄小菊的大眼睛闪了一下，又合上了。她没去碰钱，也没去碰纸条。她只是说了很轻的一句话。她说，吴医生，你何苦。

四　　黄小菊下床了，黄小菊走路了，黄小菊出院了，黄小菊只在医院里待了七天，七天以后她和吴为一起出现在菊园。黄妈妈说，别去菊园，菊花我会去采的，你身子还虚呢。吴为却说，让黄小菊同志去吧，我为她的健康负责。吴为就和黄小菊一起去了菊园，一起在无力的阳光底下采摘着杭白菊。

黄昏的时候，黄小菊要和吴为一起离去。在篱笆门前，吴为一把抱住了黄小菊。黄小菊挣扎了一下，就闭上眼睛不动了。吴为说，你是一个像菊花一样的女人，没有哪个男人适合娶你。你嫁给你的菊园吧，你嫁给满园的菊花香吧。黄小菊什么也没能听清楚，但是黄小菊的耳朵能感到吴为吹出的热气。黄小菊的脸一直红着，像是在燃烧的样子。吴为后来慢慢地放开了她，吴为一步一步慢慢地后退，慢慢地离开了。吴为离开的是菊园的黄昏，吴为一回头的时候，看到的是一幅油画。黄小菊就站在油画里，她的掌心翻转朝上搭在额角，她用这样一种村姑的姿势眺望着吴为的远去。

大康已经醒了，大康昏迷了很多天。大康已经缺失了部分记忆，他能记得起儿子，但是他记不起小麦了。吴为去大康的公司找小麦，小麦已经离开学校替大康打理公司里的事了。瘦了很多的小麦对吴为说，是不是上天安排的，我离开你，你仍关心着我。我跟了他，他却不认识我了。吴为很哑地笑了一下说，他没出事前，我总是矛盾着要不要找他打一架，不是想挣回你，是想让我痛一痛，也让他痛一痛。我真想揍他一顿，怎么从来不为别人想就拐跑了别人的老婆。要是人人都拐别人的老婆，那，不是全乱套了吗。但是他躺在我面前的时候，我的刀子打开了他的头部，我才想，生命真弱小，它不能轻易触碰。我的刀锋只要在手术时一转，你就见不到他了。

后来小麦走到吴为身边，说，你抱抱我，我感到累也感到冷。吴为就伸出了双臂抱住了自己的前妻。小麦说，是不是和以前抱我时的感觉不一样了。吴为说，是的，我现在是对朋友的一个拥抱，以前，是拥着我的爱人。心情不一样，性质也是不一样的。小麦说，你不用说得那么明白，我不会赖上你。吴为没说话，只是笑，轻轻拍着小麦的后背，像是在哄着一个小孩入睡。小麦后来抬起了头，说，你有女朋友了吗。吴为说，让我想一想。吴为想了很久以后，才说，我有女朋友了，我的女朋友叫黄小菊，她开着一大片的菊园。我在喝的菊花茶，就是她送我的。

小麦不再说话，只是轻叹了一口气。后来，小麦离开了吴为，坐到她的老板椅上。这时候吴为突然发现自己很像是一个小卒而小麦实在像一个老板。落地窗外，是一条穿城而过的江。以前吴为和小麦谈恋爱时喜欢在江边走走，等到热恋了，他们喜欢钻暗一些的地方。等到快结婚的时候，他们又喜欢出现在江边了。吴为的目光就一直投在江面上。江面上波光粼粼的。吴为发现，江面上除了波光粼粼，还是波光粼粼。

吴为在医院的日子波澜不惊。有一天，吴为在医院的小花园里碰到了老院长。老院长看了吴为很久，吴为说，您想把我看穿。老院长说，我看不穿你的，听说你想走了。吴为说是的，我想去杭州。杭州有一家医院要我，年薪都谈妥了。老院长说，这才是真实的吴为。去杭州吧，那儿比小县城更适合你。这个时候，吴为看到了小花园的小径落满了黄叶。快过年了，秋冬交替，黄小菊的杭白菊也快采完了，接下来，是江南冷冷的湿冬。

　　在湿冬来临以前，吴为要去省城医院上班的消息在单位里传开了。在食堂打饭的时候，那人站到了吴为的面前。那人说，我以为你那么崇高，原来你也看重钱。吴为手里捧着菜盘子，盘子里盛着几只大虾。吴为久久地盯着那几只红色的大虾看。吴为抬起头对那人说，那人，我发现大虾其实一个个都是驼背。那人笑了起来，说你真够逗的，照你这么说，骆驼就更是驼背了。吴为也笑。那人说，吴为，以前你可是误会我了，我觉得你比我有眼光，红包算什么，到省城大医院供职，那才叫美好前程。吴为仍然没有说话，只是眯眼笑着。那人说，如果有机会，你也介绍我去吧，我想进城，我女朋友就在杭州工作。吴为愣了一下说，你也有女朋友？那人说，怎么啦，我就不能有女朋友。吴为马上说，当然可以有，谁都可以有，所以，我们都有女朋友。

　　吴为要在冬天正式来临以前离开人民医院。吴为坐在院长办公室里，他为自己泡了一杯茶。他隔着一张巨大的办公桌和院长对视着。办公桌上，躺着一张辞呈和一只红包。吴为和院长都捧着杯子喝着茶，唏嘘的声音就响了起来。吴为说，院长，这是我收的唯一红包，是我前妻送的，我想还给她，但最后想想还是算了。都已经收下了。院长什么话也没有说，很久以后，他说我们可以给你往上加工资，可以提拔你当主任，但是，你不要离开医院好吗。吴为笑了起来，很天真的那种笑。吴为说，院长，我在那边签下合同了。院长就什么话也不再说了，院长顾自埋头喝茶。

吴为经常坐在自己家的客厅里发呆，呆呆地望着那架积满灰尘的施坦威钢琴。在以前，钢琴前总可以看到一个曼妙的身影，那个身影属于他。但是现在没有了，现在身影像肥皂泡一样远遁。有时候，吴为坐在地上，举着一把把手术刀，往墙上挂着的镖靶上扎。他挥动手臂的时候老是想着刘德华在《十面埋伏》里挥刀的动作。吴为想，这一辈子都不可能模仿到刘德华的潇洒动作了。门虚掩着，吴为一直以为，门虚掩着可以让客人自由出入。在客人出入以前，风在吴为的房子里来来又去去，然后客人就出现了。客人是黄小菊。黄小菊带来了一些杭白菊，还带来一束刚采来的各色星星点点的小菊花。菊花再一次被放到了琴盖上。黄小菊看到琴盖上满是灰尘，黄小菊就找了一块抹布。吴为突然说，别擦，擦掉了就会看到灰尘下面的往事。黄小菊听不到吴为的话，但是从吴为的眼神里她看出是让她别擦。黄小菊走到了吴为的身边。吴为把手里的最后三把手术刀，全部扎在了镖靶上。然后，他看到了黄小菊走到了他的面前。吴为没有起身，仍然坐在地板上。吴为抱住了黄小菊的一双长腿，他把脸贴在了黄小菊温软的小腹上。黄小菊伸出手，揉着吴为的头发，一会儿，吴为的头发就被揉得凌乱如鸡窝一般。这时候，吴为抬头，黄小菊看到了吴为眼中的泪光。这时候，另一个女人出现在门边，她是小麦。小麦看了黄小菊一眼，两个女人的眼神都有些复杂。吴为的脸没有离开黄小菊的小腹，他的眼光略略有些发直，也没有和小麦打招呼。小麦走到钢琴边坐下来，打开琴盖，手指头敲下去，一串音乐就流了出来。一会儿，音乐的水越流越多，满客厅都是，吴为坐在地板上的身子就完全浸在了音乐的水中。

吴为仍然抱着黄小菊的双腿，吴为仍然将脸贴在黄小菊的小腹上。吴为没有看小麦一眼。音乐停下来的时候，小麦呆呆地坐在钢琴前。吴为说，谢谢你弹了一曲《星空》送给我，是不是看到星空就能看到希望？好久以后，小麦说，我知道你要离开医院去省城了，我是来送你的，我祝你前程远大。吴为说，你还知道我其他的一些事吗。小麦说，别人一定不会知道，但我已经知道了。小麦接着说，你抱着的是你说的那个女朋友吗？吴为说是的，但是她听不到你的钢琴声的。她很淳朴，只是个村姑而已，但是我喜欢她。

五

一个清晨。应该是一个寒冷的清晨吧，许多人都围着围巾。杭州是不太会飘雪的城市，但是看样子，下午可能会有一场雪。

事实上，临近中午的时候，就开始有零星的雪飘下来了。一辆公交车开过以后，我们看到了站台上的吴为。他刚从车上下来，有些风尘仆仆的味道。吴为走到不远处的中医院门口，对着那块牌子看了很久，好像是要确认有没有走错。

吴为进了门诊楼，进了一间办公室。办公室里坐着一个女医生，女医生正在写着一些什么，她头也没抬地说，来了？吴为说，来了。吴为接着说，当然是来了，你这个问法，问得不对。女医生仍然专注地写着东西，写完了把纸张一推，她看到了吴为手里举着的杭白菊。吴为把手中晒干了的一小袋杭白菊举了举。女医生说，是什么。吴为说，杭白菊，明目清火的。女医生说，行贿？吴为说，算是吧，在你这儿住院时，你得对我好一点。

女医生和吴为对视了一眼说，你怎么发现得那么迟。吴为说，很快的，说来就来，我自己都没有想到。两个人说到这儿，就不再往下说了，都不说话，很长一段时间的沉默。也许，有半个小时吧，他们各自看着窗外。不说话，大概是因为不想说什么。女医生是吴为在温州医学院的大学同学，也是吴为的初恋情人。在医学院的一棵树下，吴为吻过女医生，是轻轻触唇的那种吻。后来他们分开了，各奔东西。吴为说，你、老公和孩子都好吧。女医生点点头，都好。她眨巴着眼睛，像要努力地控制一些什么。

吴为缓慢地掏出了一把手术刀。小巧的线条很好的手术刀躺在他的掌心里。吴为说，这是我工作后第一把手术刀，我不在了，你就把它和我放在一起。如果以后有空，你就抽空来看看我。女医生凄惨地笑了一下，她站起了身子，扑进吴为的怀里。紧紧地抱住了吴为。门还开着，不时有人走过。有人在门口停了下来，观望着。吴为拍着女医生的后背，说，别这样，你现在是医生呢，病人在门口看热闹了。吴为想要推开女医生，但是没有成功。吴为的手里仍然握着刀，他看到窗外的飘雪，是一种凌乱的飞舞的白色。雪越来越大，天黑之前会覆盖整个杭城。就像黑夜覆盖大地，就像男人覆盖女人，就像时间覆盖历史。吴为喜欢这样的大雪，他甚至希望大雪会把他的整个身子掩埋。

吴为轻声地在女医生的耳边说，给我的刀取个名字好吗？女医生想了想说，眉刀？吴为摇了摇头。女医生说，米刀？吴为仍然摇了摇头。女医生说，木兰刀吧？吴为叹了一口气说，不如叫菊花刀吧。因为我的女朋友是开菊园的。

美人靠

　　打开房门的时候，唐模看到了美人靠。确切地说，唐模是在一个下午三点零四分的时候打开房门的。起先她的眼睛有些不适应，她只看到灰黑色的一片，片刻以后，老太太打开了日光灯，房间里一下子变得白亮起来，是那种苍白的白。老太太无声地退到一边，她的手里夹着一支烟，是一种叫中南海的烟。唐模搞不清楚，在南方的这座不大不小的城市里，老太太是怎么样找到这种烟的。唐模闻到了腐败的气息，那一定是长久没有住人的缘故。空气是腐败的，灰尘腐败，那些老式的家具以及早已变得灰黑的墙壁，也有了一种腐败的味道。唐模吸了吸鼻子，她把一只随身带着的少了一只轮子的滑轮箱放了下来。老太太露出了微笑，轻声说，你是不是想租下来，你想要租的话，我给你钥匙。老太太开始在裤袋里摸索，她把烟衔到了嘴里，脸上露出一种喜悦。唐模走到窗边，把一扇常年关着的木窗打开了，她看到了外面像麻雀一样跳跃着的阳光，有一些还跳到了她的脸上。她眯起眼睛，看到一个热烈的夏天夹杂在阳光里悄悄地来临了。这个时候，她看到了屋角里躺着的一件积满了灰尘的家具。唐模问，这是什么？这是美人靠，老太太枣皮一样的脸舒展开来，她喷出了一口烟。祖传的，她说。

唐模花了整整一天时间打扫房间。这是一间老式的二层小楼，唐模租到的只是其中一间而已，面积不大，也不小，够一个人住，唯一不如愿的是没有卫生间。所以，唐模在很短的时间里，就为自己添置了一只搪瓷的痰盂。那是一只高脚痰盂，中间凹进去，像一个细腰的女人一样。唐模用湿布擦去了所有灰尘，用水一次次地洗着地板，这一天让她的身子开始呈现酸痛的迹象。老太太把自己略显臃肿的身子靠在门框上，边吸烟边看着唐模整理房间，并且小声地不停地说话。唐模对老太太堵住了门口的光线感到非常恼火，但是她并没有发作，她只是在老太太细碎的灰尘一样的话语中，知道了老太太姓魏，叫魏月朵，已经七十多岁了。她看到魏月朵弹掉了手上的烟灰，白白的烟灰落在她刚刚擦洗过的湿漉漉的地面上，顷刻间因为受潮而变得灰暗。老太太说，我的儿子媳妇都在北京呢，他们想让我去北京去住，我不愿去。北京有什么好，风沙遍地的。这个时候，唐模才想到，她抽的中南海牌香烟，一定是她的儿子从遥远的北京给她寄过来的。唐模在北京待了三年，她对那座伟大的城市有些微的了解，包括每一缕风中掺杂着的水分和沙的比例。唐模手里捏着一块抹布，袖子高高卷起着，露出了白白的胳膊。唐模望了望房间，现在她需要的是阳光从四面八方涌进来，把她潮湿而干净的房子晒干，把屋子里的霉味蒸发掉。她看到窗口涌进来的阳光，落在了美人靠上。美人靠已经被擦洗过了，擦洗的时候，唐模就知道，这是一件精致的古董。唐模问，这个美人靠是从哪儿来的？老太太笑了一下，说，祖传的，祖传的美人靠。后来老太太的身子就飘走了，她留下了很细碎的脚步声。唐模又在屋子中间站了很久，她不知道为什么会那样呆呆地站着，她想不起来应该做一些什么，脑子里出现了短暂的空白。

　　唐模每天上午九点多的时候，就会跑出去。她的身子很快消失在这座南方中等城市的人流中。阳光很均匀地分布给每一个人，也会偶尔投在她的身上。有时候在站台等公车时，她一抬头看到明晃晃的太阳，就会想，这太阳的距离多么遥远啊，这是一种遥远的温暖。唐模按照报纸上的招聘广告一家家地跑着，带着她的学历和身份证明。每次她都会略略化一下妆，把自己假假的笑容呈现在别人的面前。有几家公司同意录用唐模，但是唐模最终没有去，不是嫌薪水低，就是嫌公司不是很理想。有时候唐模会觉得自己多么像一滴水，而这座城市就是一个湖。唐模害怕自己会在突然之间被阳光蒸发掉。她在湖水里挣扎着，和其他的水滴碰撞，这样的想象让她一下子变得没有方向。唐模那天在公车站台上等车的时候，突然很想抽烟。她看到了不远处的一家烟店，一个肥胖的女人在打瞌睡。烟店像一个微笑着的男人伸出一只宽厚的大手，牵引着唐模。唐模看到花花绿绿的香烟安静地躺在柜台里，唐模挑了一种叫做白沙的香烟，她在电视广告里看过一双手像一对翅膀一样飞翔着，然后一个男人的声音说着，鹤舞白沙，我心飞翔。唐模的手指头轻快地敲击着柜台，像一只鹿噔噔的奔跑声。胖女人醒了过来，她显得有些不太情愿地问唐模需要什么。唐模说我要烟，我要那包白沙烟。白沙烟递到了唐模的手里，唐模付了钱，把烟小心翼翼地放在包里，然后，唐模看到一辆公车开来了。

唐模的生活过得非常简单。在这座陌生的南方城市里，她没有朋友，更没有男朋友。唐模在夜里突然想起自己买了一包烟，她在包里找到了那包烟，小心地撕开封口的锡纸，弹出了一支。她把烟衔在嘴里，突然就有了一种瞬间的快感，这种快感催促她尽快找到火源。这时候她才知道，自己竟然忘了买一只打火机。黑暗里响起了敲门的声音，一个苍老而嘶哑的声音响了起来，小唐，是我。唐模突然笑了，老太太已经把自己的名字叫得如此亲切，像在叫着她的孙女一般。唐模去开了门，一阵风的气息和老年人的气息夹杂着向她奔来。唐模看到老太太的脸上漾着红晕，并且她闻到了一股淡淡的酒味。

唐模穿着一件宽大的睡袍。已经很久了，唐模一直喜欢在家里穿睡袍，她喜欢那种宽大的怀抱。睡袍里面，唐模把什么都褪尽了，那让她觉得没有一点点的羁绊。老太太坐在那张美人靠上，她手指头上亮着一闪一闪的火光。唐模说，你有火吗，我想抽一支烟。一小束火光就被老太太的手举了起来，唐模将烟对着那火苗，然后吸了几下。她能感觉到一缕烟进入了口腔和喉咙，然后温暖地下滑。她有些后悔自己为什么不早些抽烟，她知道烟是有害的，但是她一点也不怕这样的有害。老太太说，叫我月朵，你以后叫我月朵。唐模笑了一下，其实她从来都不曾叫过她什么，都是直截了当地说出想要说的话而已。现在，她试着叫了一下，月朵。月朵。一个脆生生的声音像暗夜里的露珠一样跌落下来。老太太应了一声。

唐模和月朵并排坐在美人靠上。日光灯发出惨淡的光线，整流器的声音在静夜里异常夸张地响着。唐模突然听到一个声音从远处像滚雷一样滚了过来。唐模说，这是什么声音，这是什么。月朵说，这是火车，你趴在后窗台上可以看得到火车。唐模就离开了美人靠，她把自己的身子靠在了窗台上，果然看到窗口透出灯光的火车在远处缓缓移动。唐模很惊讶自己住了很多天，竟然不知道有一条铁路通过不远的田野。唐模后窗不远的地方就是田野，这儿以前是农村，现在城市在拼命扩展，这儿就成了城乡接合部了。唐模看着一辆亮着灯光的火车在视野里消失，她想，窗子里面有着那么多在旅途上奔波的人。一支烟抽完了，唐模把烟蒂丢进一个废弃的可乐罐里。有一缕残烟飘了出来，唐模就看着那缕烟出神。唐模想，有时候人就像是一缕烟。

唐模重又在月朵身边坐了下来。唐模看到一只满是皱纹的手伸了过来，这是一只皮肤已经松弛了的手。唐模看到手指间有一支烟，这支烟奔向了她，显然这是月朵递给她的。唐模接过了，然后她看到了一缕火光，被这只皮肤松弛的手举着，看到两支烟在火光上交会。唐模想，我怎么变成一个老烟鬼了。她把腿架起来，架起来的那条腿就不住地晃荡着。月朵一直在看着唐模抽烟的姿势，月朵说，其实你是一个风情万种的女人，年轻真是好啊。月朵在感叹声中伸出了那只皮肤松弛的手，摸了一下唐模的脸蛋。唐模的身子一下子起了一层鸡皮疙瘩，她的手下意识地扶在美人靠的一个圆雕鹿枕头上。那是一只光滑而且冰凉的鹿头。唐模想要说些什么，她想了很久，抽了无数口烟后才说，这个鹿头是不是高官厚禄的意思。月朵惊讶地看了她一眼，说你怎么知道。唐模仍然晃荡着一只架起来的脚说，猜的。

月朵后来说了许多话。那些话像水一样，缓慢地在房间里，在日光灯下流淌着。唐模没有去看这个老太婆一眼，她认为这是一个十分话多的老人。她只是盯着日光灯下一只趴在墙壁上的壁虎看了很久，那只壁虎一动不动，它在伺机吞食蚊子和飞虫。她看着壁

虎，想壁虎要生活下去也是一件不容易的事。比如它必须贴在墙壁
上，而这一点人就做不到。等她收回目光的时候，看到了自己面前
有了一大堆的故事。她开始莫名其妙地流泪，她在泪光中看到了老
太太陈述的故事。一个穿旗袍的艳丽女人，生活在森森的宅院里，
她在院子里走动，微笑，看着花的生长，或者月亮从屋角升起。她
的日子波澜不惊，一天天地过去了。有一天她看到了一个穿长衫的
年轻人走进了庭院，手里拿着一把油纸伞。那天阳光很好，阳光投
在年轻人的脸上，她对着年轻人笑了一下。那个年轻人是老师，是
来教魏府的少爷读书的。女人一次次出现在庭院里，一次次出现在
长长的走廊。她把步子迈得不紧不慢，她的目光总是在院子的角角
落落巡行。然后，她的耳朵里落满了年轻人教少爷上课的声音。每
一个下午，她翻看着古旧的书籍，闻着线装书的味道。或者，让自
己像一只小猫一样，卧在那张精致的美人靠上。

　　女人热烈地爱着美人靠。她在那上面午睡，看书，幻想。终于
有一天，她和年轻人相遇，并且生发出许多让人遐想的故事来。在
魏老爷的咳嗽声里，女人被人提了起来，放进一只笼子，沉入了水
中。然后，许多从很远的地方流过来的水就流到了唐模的面前，她
清晰地看到了故事里的每一个环节，然后，她看到这个叫月朵的老
太太熄掉手中的烟，把烟蒂塞进废弃的可乐罐里。月朵走出了唐模
的房间。很久以后，唐模才发现自己抱着自己的一双脚，而月朵却
不知道跑到哪儿去了。唐模想，这难道只是一个幻觉，或者月朵根
本就没有在这天夜里走进她的房间。她看到那只壁虎还是一动不动
地待在日光灯下面的一小片光影里，显得有些寂寞。

　　唐模抽了许多烟。她不能一下子从那个湿漉漉的故事里走出
来，她总是把自己想象成穿着旗袍在庭院里游荡的寂寞女人。这个
夜晚显得无比漫长，始终有烟雾在唐模的身边缠绕。可乐罐里的烟

蒂正在慢慢增多，唐模突然觉得自己的嗓子有轻微的炽痛感，她的舌头开始发麻。于是她起身倒了一杯开水，她捧着一杯温热的水走到窗前，一辆火车正经过她的视野。火车很快消失了，它在空旷的田野里鸣叫的尾音落入了唐模的耳朵。一节一节亮着灯光的火车，多么像一条游动着的花蛇。温软的水顺着唐模的喉咙下滑，她捧着茶杯在屋子里走动，看看那只高脚痰盂，看看寂寞的美人靠，看看日光灯下面的壁虎。她的睡意突然之间就没有了，她很想睡觉，但是她想她一定是睡不着的。那个穿旗袍的女人的影子老是在她面前晃荡着，这让她裸露的手臂起了一层鸡皮疙瘩。对于月朵描述的女人，她隐隐感到有些微的惧怕。夜深人静，她怕传说中的人物突然闯入她的梦境。

其实唐模是热爱着阳光的。白天她在阳光底下的大街上走来走去，她仍然在为自己找着一份工作。现在唐模开始站在街头感叹了，她在喝一杯可乐，她的嘴里含着一根吸管，这让她在别人眼里多了一份性感。她骨肉匀称，长相姣好，所以有许多目光会不自觉地飘过来落在她的身上。阳光把她的影子拉得很长，她走过一条街，又一条街。走过一家公司，又一家公司。一个小个子男人在狭小的办公室里用金鱼眼盯了她很久，在和她握手道别的时候握了她的手很久。唐模对着那个男人笑了一下，男人也笑了一下。唐模说，你不用录取我了，我不想来你的公司。男人的笑容一下子凝固了，唐模把自己的手艰难地从那个男人的手中退了出来。唐模对寻找工作一下子失去了兴趣，她对自己说，找到工作又怎么样呢？

唐模被南方城市的空气和灰尘包围着。她变得不太愿意出门，她守着那间不大不小的房子，一遍遍地用清水清洗着房间里的尘埃。窗户和门一直打开着，便于潮气消散。所以涌进来的阳光会把她紧紧包裹起来，涌进来的风会掀起她宽大的袍子。她在屋子里走来走去，喝水和唱歌。老太太突然出现在她面前，她枣皮一样的脸呈现出枣皮一样的笑容。老太太的手里提着一只老式的台式电风扇，老太太说，天开始变热了。唐模的心里突然微微地感动了一下，像心脏的某个部位被一只温软的手摸了一下似的。唐模想，夏天到了，这个南方城市的夏天真正来临了。她果然看到老太太的身后，紧紧跟着一群夏天。

老式台扇一直陪伴着唐模，让唐模在夏天一点也不觉得热。唐模的心里很安静，她也不知道为什么会如此安静。每天下午，她会倚在美人靠上看书，或者小睡一会儿，穿着宽大的棉布袍子走来走去。有许多时候，唐模会蹲下身子，抚摸着美人靠。美人靠以前叫贵妃榻，这是老太太告诉她的，老太太还告诉她这是一张光绪年间生产出来的贵妃榻。这是一张不对称的美人靠，有着靠背和左边的圆雕鹿枕头，右边却没有了任何扶栏的东西。将身子微微蜷起来刚好可以躺下一个女人，那么它就是一张床。靠背上层层叠叠雕刻着松、竹、梅岁寒三友，鹿鹤同春、松鹤延年、群仙祝寿等吉祥画图。唐模的手指落下来，落在这些没有生命的植物和动物上，好像要用指尖传递的瞬间温暖来让这些动植物充满生命。月朵告诉过她，美人靠用的是优质的草花梨，红木的一种。唐模的手指掠过了草花梨的面板，她看到了这种木头细腻的肌理，像狸斑一样的花纹。唐模开始有了轻微的颤动，她的呼吸变得急促，好像有一个男人和她面对面，或者是男人用蛮力将她揽入怀中。她的手抚摸着美人靠，像是抚摸着爱人的肌肤一样。

夏天的唐模觉得无比寂寞。这座城市盛产天堂伞，唐模买了一把淡蓝的天堂伞，走在这座城市的街道上。月朵有时候会突然出现在她的房门口，唐模已经习惯了月朵这种神出鬼没的样子。月朵的脸上永远盛开着枣树皮般的笑容，手上永远夹着一支中南海牌香烟。这个老太的全身，已经充满了香烟的味道。她看着唐模对着一面镜子涂着口红，然后脱掉宽大的棉袍，背对着月朵换衣服。月朵能看到唐模后背两根细细的带子，然后是瘦瘦的腰和浑圆的屁股，一双长长的白腿。唐模听到背后传来啧啧啧的声音，那是月朵发出来的。唐模知道那是因为月朵在羡慕自己的青春年少。唐模在心底里笑了一下，她换上干净的短装，像一只可爱的小兔带上门走出屋子去。月朵看着她的背影笑了，月朵说，女人，女人哪。

　　唐模的房间里开始有了男人的声音。其实在城郊接合部的许多地方，特别是低矮的平房里，更容易出现男人的笑声。唐模在房间里和人喝酒和划拳、抽烟，然后在每一个清晨穿着宽大的棉布袍子，睡眼惺忪地，把不同的男人从这间屋子里送出去。月朵仍然在下午来到唐模房间里，有时候月朵一句话也不说，有时候月朵话特别多。月朵说我把房子租出去是因为我寂寞了，我以为你来了我会减少寂寞，没想到你不仅让我减少了寂寞，而且把这儿变得非常热闹。唐模把自己的身子横陈在美人靠上，她的眼睛瞪着屋顶。她总觉得自己的心里空落落的，好像少了什么东西似的。她的手抚摸着草花梨木板细腻的纹理，有无数女人靠过这里，有无数女人流过汗，把它浸润得光滑无比。唐模冷冷地笑了一下，说，月朵，你不要管太多。我付你房租你就不能管太多。月朵叹息了一声，她站起身来，显得有些落寞地走出了唐模的房间。唐模看到了一个苍老的背影，多年以后她的背影就是现在月朵的背影，这让唐模感到了从心底里升上来的悲哀。唐模把目光抛在了墙角的一双皮鞋上，那是一双猩红的让人触目惊心的皮鞋，但是又透着一种热烈，像现在这个季节一样热烈。唐模把那只老旧的台式电扇放在地上，一天到晚不停地转着。空气在房间里以风的形式四处游荡，就像在庭院里游荡着的那个穿旗袍的女人。唐模想，这张美人靠上，一定还附着那个女人的灵魂。

这个骨肉匀称的女人，这个穿着棉布睡袍在房间里游走的女人，这个时不时地抽烟、喝酒并且大声唱歌的女人。夏天让唐模的生活有了一些变化，无所事事的下午，她喜欢对着那只老式电风扇坐着。坐在美人靠上，把腿蜷起来，为每一个脚趾甲涂上指甲油。现在，一个中年男人踏着午后的骄阳，开始出现在唐模的视线。假定他就叫宋朝吧，宋朝出现在唐模的生活中，也完全是因为受了唐模绵软的手和柔软的目光的牵引。唐模的目光更像一张蛛网，她已经能熟练地把网抛向男人，看着男人们在网中毫无意义地挣扎。男人进来了，男人的目光却降落在美人靠上。他蹲下了身子，抚摸着这张古色古香而且古得有些红亮的老式家具。很久以后，他才把头抬起来，对倚在美人靠上的唐模说，这是美人靠，这张美人靠很值钱的。宋朝的话中充满着商人特有的味道。他说话的时候，一只手开始在唐模裸露的腿上奔跑。唐模呻吟了一下，她说我知道这是古董，但它不是我的，是房东的，是一个话很多的老太婆的。宋朝不再说话，他的手开始忙乱。这是一双灵活而纤长的男人的手，十个手指像是十只松鸡一样，在唐模的身上上蹿下跳。松鸡们钻进了唐模宽大的袍中，像捉迷藏一样躲躲闪闪，这让唐模感到有些痒，她忍不住笑出声来。她的笑声的尾音还没有完全退去，她的身子就被宋朝提了起来。她张开双腿，跨坐在宋朝的腰上，然后夸张地尖叫了一声。这个时候，她看到了窗外很远的田野里，一辆冒着白气的火车不紧不慢地开了过去。火车的前行让她感到从未有过的兴奋，她说宋朝，要不要打个电话给你老婆，让她听听我们的声音。宋朝笑了一下说，打吧，你不怕我斩了你你就打吧。宋朝的话音刚落，唐模穿着的棉布袍子就被宋朝掀了起来，然后像一对巨大的翅膀一样飞起来，短暂飞行后落在地上。唐模开始战栗，她被一双强有力的手钳住了，她被放倒在美人靠上。然后，她看到宋朝俯下身来，他的皮肤呈现出一种暗淡的光泽，那是一种健康的色彩。唐模一转头，看到老式电扇在不停地转动着。由于年代久远的缘故，它发出了很大的声响。在这样哐哐哐的声响里，唐模抱着宋朝的头闭上了眼睛。她看到远方有水的痕迹，水慢慢从一个沙坑里渗出来，然后越聚越多，然后开始流淌，然后流成了一条大河。而她就像一只受惊的小鹿，不时地回头看着追上来的河水，她奔跑着，越跑越快。大河漫了过来，由远而近，最后终于追上了她并且把她淹没了。她抱紧宋朝的头，哽咽着说，宋朝，你来救我，你救我。她在水中挣扎着，手舞足蹈的样子。宋朝的汗水滴落在她的身上，她的汗水流到了美人靠上。她觉得喉咙很干燥，她想要喝水。她大大地吼了一声，然后，她看到了宋朝痛苦的样子。宋朝把头伏在了她的胸前，宋朝说，唐模，唐模，唐模。

　　唐模在这个安静的午后感到自己的身体和美人靠粘连在一起。美人靠让她战栗，让她觉得自己的生命也许都和美人靠有了某种关联，她甚至在迷迷糊糊中听到了一个女人遥远的叹息。宋朝伸出了长长的手，他把骨头架子都已经散开的唐模拉了起来。唐模没有离开美人靠，她只是坐直了身子而已，现在她像一只小兔，她的肋骨突了出来。她不想说话，目光有些飘飘忽忽地望着宋朝。宋朝已经平静了，他穿好了衣服，两只手藏在口袋里。然后他开始低头研究唐模身下的美人靠。宋朝很久都没有抬起头来。唐模伸出了脚，那是一只好看的脚，有光线投在上面，就有了完美的弧形显现出来。这只脚踢向了宋朝，让宋朝跌坐在地上。宋朝说你怎么啦？唐模没有说话，唐模不知道该说些什么。她只觉得窗口的风一阵紧似一阵，还听到了传来的火车的鸣叫。宋朝在她身边站了很久，在离开以前，他掏出了钱包，胡乱地把一些钱放在了美人靠上。宋朝看了唐模一眼，他推开了门。门晃了晃，又合上了。

宋朝消失了。唐模知道宋朝总有一刻会消失的，宋朝是一个成功的男人，这个世界就是为宋朝而准备的。宋朝留下了很多钱，钱在风中唱着歌，哗哗地掀起了角。唐模伸出了脚去，她用脚趾玩弄着那些纸币，有几张纸币飘落到了地上。然后唐模开始唱歌，她站起身，裸着身子在屋子里走来走去。她开了一瓶红酒，仰起头喝一口酒，然后唱几句谁也听不懂的歌。门又打开了，月朵闪进了屋里，她看着疯子一样的唐模。裸体的唐模穿着一双猩红的高跟鞋，这双鞋子让月朵感到恐怖，她的脸一下子就变青了。唐模让她想到了一个穿旗袍的女人，那个魏老爷的姨太。不知道为什么，她就是觉得唐模好像和旗袍女人有着一种关联。钱在地上乱舞着，像大街上的一片片秋天的乱叶。阳光隐进了云层，这个下午有了一种黄昏的味道。没多久，月朵看到了屋檐上挂下的雨滴。有些斜雨洒了进来，洒在屋子里。月朵抓起了地上的棉布袍子，替唐模穿好了。唐模再一次拿着酒瓶倒在美人靠上。唐模说，明远，明远你不要走。月朵的脸再一次变青，她终于沉着一张脸离开了唐模的房间。

阳光普照的时候，宋朝再一次来到了这儿。他推开唐模的门时，唐模正坐在美人靠上看一本杂志。唐模的头发剪掉了，很清爽的短发，她的笑容也很清爽。宋朝笑了，他把胡子刮得青青的，这让他显得精神了许多。他看了唐模很久，他说这才是好孩子呢。他们坐在一起聊天，下棋，喝水和做爱。唐模还做酸辣土豆丝和番茄炒蛋给宋朝吃。阳光从四面八方漏进小屋的角落里，这座南方城市让唐模感到了一种与北方所不同的温暖。唐模没有再一次次地撑着那把天堂伞出门去，她在屋子里读书，来回走路，或者心气平和地和月朵老太太说说话。看样子月朵也很喜欢唐模，月朵总是抚摸着唐模的脸，抚摸着唐模手上光滑的皮肤，抚摸着唐模的耳垂。月朵说，以前我也像你这样水灵，现在我变成一粒风干的枣子。她的这个比喻让唐模笑了起来，她想，这个老太婆一定又想起了年轻时候的事了。

　　一个清晨月朵听到了争吵。月朵走到唐模的屋门口，她不知道里面在吵着什么，只是听到摔东西的声音。一只酒瓶碎裂了，然后好像有撕咬的声音。一个男人的声音，你以为你是什么东西？男人怒气冲冲地打开了门，他看到门边站着的月朵时愣了一下。月朵平静地笑了笑，好像什么也没有听到一样。这个男人的名字叫做宋朝，宋朝下了楼。月朵想，他应该是在这儿过夜的，大概为一件什么事发生了争吵。门半开着，月朵走了进去，她看到了赤着脚哭泣的唐模。唐模的鼻子上流着血，她任由鼻血流淌着，像面条一样地挂下来。显然在这之前，她受到了宋朝的伤害。唐模站起了身子，她赤着脚向门口走来。她走到了那堆碎玻璃上，那是一只酒瓶的碎片，现在这只酒瓶已经完全是一把把锋利的刀片了。月朵的心一下子拎了起来，她看到唐模在碎玻璃上站定，然后很妩媚地对月朵笑了一下。月朵说，疯了。月朵说你疯了，唐模你疯了。唐模感受到了一种深入骨髓的疼痛，玻璃片已经划进了她的脚底，然后血开始流淌。疼痛感稍稍有些减轻了，脚底热辣辣的，像站在一盆温水里。很快，唐模感到自己变得黏稠起来，那是因为她鼻子里的血和脚上的血。她看到了门外的太阳，渐渐变红了，那是一种铺天盖地的红。站在门口惊讶得合不拢嘴的月朵老太也红了，这团红影一点点地向唐模走来。唐模笑了一下，她看到的是年轻时候的月朵。月朵长相姣好，一只手环着自己的腰，一只手向上竖着，长长的手指间夹着一支烟。那是一个温文的女人。唐模又笑了一下，然后她的身子软了下去，像是有人在她腿上的穴道上点了一下似的。然后，唐模什么也不知道了。

唐模醒来的时候，是在医院里。月朵坐在她的身边。唐模说，谢谢你。月朵说，谢什么呀谢，你没有亲人，我就是你的亲人了。月朵的这句话让唐模感动。她开始想念自己的亲人，那就是她的父亲和她的继母。她想了一会儿就不想了，她开始想自己大学时代的初恋男友，那个喜欢在脑后扎一条辫子的男孩子，有些瘦弱。现在，她已经记不清他的音容了。唐模想，那么，果然月朵就是她的亲人了，至少现在是的。唐模说，宋朝想要弄走那张美人靠，宋朝说让我偷偷和他一起偷走美人靠。我说不行。他说行的。于是我们就吵起来了。月朵没说什么，只是微微笑了一下，好像是料到什么似的。这天下午，唐模就出院了，唐模的伤势并不重，只是出了一点血而已。她的脚上缠着纱布，月朵叫了一辆车回到家里，又叫了一个熟悉的人把唐模背上了房间。

宋朝一直没有来。唐模的日子又显得平静了，有时候她望着门角的那双暗红色高跟鞋发呆。是不是离开了宋朝，她就得重新回到一种生活状态中去。宋朝没有来，雨却隔三差五地来着。夏天就要过去了，只是偶尔还在衣裳外边露着一根尾巴。唐模望着檐头的雨，这是南方城市的雨，和北方的雨是不一样的。北方的雨会洗去城市的灰尘，而南方的雨却是让每一棵树都鲜绿，每一缕空气都纯净无比的。没事的时候，她看书，有时候和月朵聊天。唐模想，宋朝一定是不会来了，一定是真的就不来了。宋朝没来，一个女人的身影出现在唐模的面前。女人说，你是唐模吗。女人穿戴得很得体，她的脸上始终盛开着笑容。唐模说我是的。女人说，我想和你聊聊，我是宋朝的太太。唐模就很深地看了女人一眼说，你想怎么样？女人说我不想怎么样，我不喜欢寻花问柳的男人，但是我想至少我和他年轻的时候是曾经爱过的。女人掏出一叠钱，说，你可以把钱收起来，然后永远也别和宋朝在一起。你也可以把钱还给我，然后和宋朝在一起。我想守着婚姻，只是为了儿子而已。我可以告诉你的是，我也有情人，不知比宋朝好多少倍。女人的话让唐模无话可说，女人的眼睛一直望着窗外。说到最后，女人说，这间屋子窗外的风景真好，居然可以看到田野和火车。然后，女人转身离去了。唐模坐在美人靠上，久久没有说话。月朵的身影又出现在门口，月朵看到一个美丽的女人坐在美人靠上，美人旁边还有一叠钱。唐模见到了月朵，就凄惨地笑笑，说，月朵，我是输了还是赢了？

月朵没有说话，月朵的眼皮低垂着，看上去她的样子有些累。月朵把自己的身子倚在门框上，轻声说，我昨天梦见那个穿旗袍的女人了，她在哭，她在说我们魏家太狠心了。月朵的话很平缓，却让唐模感到了一丝丝的害怕。唐模忽然问，那个教书匠呢，他叫什么名字？月朵笑了，说，叫明远，他叫明远，是你上次和宋朝吵架时喊的名字。唐模一下子愣住了，说我怎么会叫明远呢，我该叫宋朝的，我怎么会叫明远呢。很长的时间里，月朵和唐模都没有说话。风一次次地掀起窗帘，一次次地掀起唐模的头发。月朵说，你出来吧，和我在门口晒晒太阳，你出来好吗？唐模就走出门去，站在了月朵的身旁。月朵说，我把美人靠送给你，你要不要？唐模就转头笑了，说，听说那是古董，我不要。再说，美人哪里来的好命，我不愿意做美人。月朵说，哪有你这么笨的人，给你古董你也不要，我说了，就送给你了。你不许再推。唐模想了想，就没有再推。唐模想，有一天我租期到了，离开了，不带走这个美人靠看你有什么办法。

宋朝又来了一趟。月朵悄悄地离开。等月朵重新站到唐模的屋子里时，发现唐模穿着宽大的袍，就坐在美人靠上。唐模说，他向我道歉，他让我重新跟他好。我说我收了你太太的钱了，我不能再和你好。后来，他就走了。唐模说了这样的话，但是她不知道这是说给谁听。月朵说，你知不知道，你坐在美人靠上的姿势，真像是那个穿旗袍的女人。那时候，我只有五岁，我略略有了记忆。她坐在美人靠上的样子很安静，像一滴不会动的水一样。唐模说，是吗，怎么会呢。说完，她的手垂了下来，开始对美人靠的又一次抚摸。唐模已经养成了一个不好的习惯，就是喜欢抚摸美人靠的每一个构件。那些雕刻的动植物，在她的抚摸下变得光滑和生动。

唐模的日子一定和下午有关。一个小伙子也是在下午出现在她的房间里，小伙子的样子有些局促。月朵说，他叫小安，在电力公司里做工的。唐模正坐在美人靠上削一个苹果，她把这只苹果削得很精致。她笑了一下，笑的时候就想象着这个叫小安的人爬在高高的电线杆上作业时的情景。小安坐了下来，他仍然显得有些局促。月朵走了，月朵说你们聊聊吧。她点了一支中南海牌香烟，然后她带领着一堆缠绕着她的烟雾离开了。小安抬头笑了一下，小安说我二十八岁了。唐模张嘴咬了一口苹果，苹果上就留下了唐模绵密而细碎的牙印。唐模说，是吗。由于嘴里含着苹果，她的发音变得含混不清。小安说了许多话，小安大致的意思是，他的收入不高，也不低，能买房和娶妻。他能为她找到一份工作，而且最重要的是他能给她一个家，和她一起养一个孩子。小安有些像是为了生活而进行着一场相亲的战斗。唐模一直没有说话，唐模只是专心地吃着苹果，她想，这只苹果真甜啊。吃完苹果她就对小安说，你知不知道，这只国光苹果很甜的。小安说是吗，那我下次买苹果给你吃。唐模把那个形状已经极不完整的苹果扔进了一只塑料桶里，然后她站起身来在脸盆里洗手。她的手洗得很缓慢，边洗手边对小安说，你把电话号码留下吧，我可以做你的女朋友。小安突然高兴地站了起来，他听到了她洗手的声音。一双手在水里弄出的声音，在小安的耳朵里显得无比动听。小安说，你洗手的声音真好听。然后小安留下电话号码就走了。小安走了以后，屋子里一下子安静了。唐模坐在美人靠上，傻傻地坐了很久。因为小安能给他一个家，所以，她想要结束这样的生活了，她要做一个电力工人的老婆，买菜做饭生孩子，把日子过得和其他女人一模一样。她知道自己没有爱上小安，她其实更爱宋朝。但是她要和小安过日子，过别人眼里正常的日子。

唐模在一个月夜醒来。她看到了窗口的月光，那是一种银白色的光，像涂上去一样，显得很不真实。光线还涂到了美人靠上。唐模起床，赤着脚下来，把整个身子蜷缩在美人靠上。秋寒让她感到了寒冷，所以她把自己抱紧了。她的头就枕在圆雕鹿上，她想，这样就可以在月光下感受一下高官厚禄了。她在半夜轻轻哼歌，在窗口看一辆火车亮着灯光慢慢开过，看田野里那种没有一个人影的静谧。后来她从床下拖出了那只搪瓷痰盂。唐模坐了上去，她听到了一种细碎的声音，由远而近地传来。她忽然看到月光映在她圆润的臀部，这让她裸露在外的屁股像一轮刚刚爬上山坡的月亮。她还在房间里喝酒，吃苹果，把一个安静的夜闹得不再安静。她的心里烦躁着，她觉得这个夜晚很恐怖，令她一点睡意也没有。

第二天中午，她发现月朵已经死了，月朵的身边忽然涌现出许多亲人。唐模一点也不奇怪月朵的死去，她死的时候嘴角含笑，死得很安详。唐模就倚在门框上梳头发，许多人问她，昨晚你听到有什么响动吗？唐模摇摇头说，没有，我昨晚一点也没睡着，但是我没听到隔壁有什么响动。有人说，现在月朵老太婆死了，你得搬走了。唐模说，是的，等她儿子来了，我会搬走的。唐模微笑着说这话，她的整个身子都呈现在阳光底下，但是在这个时候她却哭了起来。有人说，你是不是悲痛了，一定是月朵老太婆以前对你不错。唐模没有承认也没有否认，她只是觉得月朵已经像她的好朋友了。好朋友离去了，终究是一件伤心的事。她想起那张枣树皮一样的脸和枣树皮一样的笑容，以及永远也抽不完的中南海牌子的香烟。

月朵老太婆的儿子带着老婆和孩子们在黄昏的时候赶到了，他们乘飞机从北京赶来。儿子走进唐模的房间，他看到唐模侧着身子躺在美人靠上，脸上还隐隐约约有些泪痕。儿子说，我妈死了，等我们把丧事做完，你也搬走吧，我想把房子给卖了。我们不要你的一分钱租金，全部退给你。唐模说，我想买下你的美人靠。儿子说，那是古董，很贵的，我不想卖。唐模说，其实月朵已经送给我了，我不想白要你们魏家的东西，所以，我只是想买走它。儿子说，你让我怎么相信我妈说过把这张美人靠送给你。唐模说，用不着信的，你看着我的眼睛就知道这话可不可信。儿子果然看着唐模的眼睛，看了很久以后，他说，我不能给你，我妈没立遗嘱把这张美人靠送给你，我就不能给你。

唐模哭了起来。她不知道自己的泪水怎么一下子变得多了起来，她好像又听到了一声遥远的叹息。第二天的下午，秋阳很明媚，白晃晃的阳光让眼泡有些肿胀的唐模睁不开眼。唐模给小安打了一个电话，说，小安，我到你那儿住，你整理一下房间，我马上就来了。小安在电话那头很兴奋，说，我来接你吧。唐模说不用的，我自己乘三轮车来好了。唐模想，她要把自己嫁给小安了，因为小安说要给她一个家。她要把自己嫁给南方城市了，这座城市和北方城市一样不近人情，但她就要像一棵树一样在这儿扎下根了。唐模一边流着泪，一边拎着旅行箱离开了月朵的家。回头看的时候，突然发现月朵微笑着站在阳台上向她挥手，呈现给她的仍然是枣树皮一样的笑容。唐模也回头挥了一下手。她突然听到了月朵儿子的声音，儿子正和他的女婿抬着一张美人靠匆匆下来。儿子说你等等。一辆人力三轮车停了下来，儿子和他的女婿把美人靠抬上了三轮车。儿子说，你带走吧，我们留着也没什么用，我相信你说的是真的，我妈一定会把美人靠送给适合坐在美人靠上的人。

　　唐模没有说谢谢，只说了再见。她坐上了三轮车，三轮车因为装上了美人靠而显得拥挤。她的手指又落在了美人靠上，美人靠显得无比的柔软和温顺，任由唐模抚摸。电话响了，是小安打过来的，小安兴奋的声音响了起来，说，唐模，我在楼下等了，你快点来呀。唐模想，这是一个完全沉浸在幸福之中的男人。唐模看到阳光灿烂，她就在阳光底下顺便想了想月朵和来去都显得有些匆匆的宋朝，和她有过一场潦草爱情的初恋男友，已经对她不冷不热的父亲和继母。唐模听到遥远的叹息再一次传来，然后她又听到了一种刺耳的声音。她想了很久才想起来，那一定是汽车的刹车声。当她想起这是哪一种声音的时候，她的头部正在汩汩地流着血，血水和头发都沾在美人靠的面板上。她什么话也不能说了，她只能听到自己的心跳声异常沉重，像一个人穿着靴子在走路的声音。月朵的微笑又呈现在她的面前，于是她也笑了一下。她的两只手，一手捧着美人靠上的那只圆雕鹿，一手抚着雕满动植物的靠背。

　　这是一场发生在下午的车祸。对于一座南方城市或者任何一座城市来说，这算不了什么。唐模也只是一个普通的女人，一个普通的女人的离去，并不是什么大不了的事。交警的车子和医院的车子响着不同的警报声都赶来了，交警在拍照，医生们在把唐模从美人靠上剥离开来。记者也来了，记者看到了那张美人靠和一个美丽女子挂在嘴角的最后微笑，他的任务当然就是在报纸上刊登一篇新闻稿：本报讯，本市昨日下午发生一起车祸……但是他没有发这则稿子，他一直在猜测着一个女人和一张美人靠的关系。

　　他把种种猜测写了下来，写成了一篇小说《美人靠》。这个记者就是我，生活在南方一座城市里。目前，仍然供职在报社。

战栗

一

　　黑夜来临的时候，她就抱着自己的膀子站在窗前，看黑夜是怎样从遥远的地方，像潮水一样一点点漫过来的。她穿着真丝睡袍。她喜欢真丝，因为真丝让她性感和风情万种，令她的生活更显华贵。她的手指伸了出去，指头落在窗外，像要把窗外越来越浓的夜色，当做钢琴一样弹奏。她的手指颀长白皙又不失肉感，在暮色里虚张声势地挥舞着。暮色有些凉。暮色在黑夜真正来临以前，像一个穿着灰衣服的老头。

　　楼下空地上停了一辆车。车像一只硕大的甲虫，很安静地蛰伏着。车是从另一个地方过来的，瞪着两只雪亮的眼睛驱赶暮色。车灯熄了，车门打开，一个高大的男人从车里下来。那是她的邻居，一个警察。警察也住在六楼，住在她的对门。有许多次，她和警察在楼梯里碰到，相互笑一笑。她发现警察四十来岁的人了，笑起来却像孩子。她隐约知道警察姓周，所以她在心里把他叫做警察周。

对门传来了钥匙转动锁把的声音。那一定是警察周在开门。她记得警察周的老婆好像腰不太好，两只手老是叉着腰走路，而且总给人病恹恹的感觉。警察周的女儿好像是上了高中，最起码也得上初三了。她常和警察周一起出现，那是因为警察周要送她上学。其他关于警察周一家的情况，她知之甚少，而且警察周老婆的脸，在她的记忆里一直是模糊而飘忽不定的。那是因为她从来没有用心看过这个住在她对门的，年龄和她不相上下的女人。

她的手指头仍然落在窗外，仍然虚张声势地挥舞着。手指头起先搅动的是暮色，然后黑夜像突然伸过来的一只手，握了她的手一下。她在心里叹了一口气，她想现在黑夜真的来临了。而这时候，她的手指头忽然感受到了零星的湿润，这些湿润向着她的身体蔓延。一会儿，她的手臂也湿了。是一场悄无声息的夜雨，把她伸出窗外的手给打湿了。她的心里欢叫了一下，伸出另一只手，两只手就在空中跳舞。她想握住雨，却被雨给握住了。这让她突然想起初恋时，和老公一起去一座不知名的小山时的情景。那时候他们被一场春雨包围。春雨是从四面八方包抄过来的，春雨叽叽笑着一把把他们抱在怀里说，看你们往哪儿跑。那时候她整个人都湿润了，她整个人都蜷在了老公的怀里。那时候他还是她的男朋友。男朋友在雨中把她放到了山坡的草地上。草地是湿润的，空气是湿润的，她也是湿润的。她闭着眼睛，把自己的身体彻底地打开。她是一扇打开的门，通往天堂。老公就在这扇门里进进出出，从起先的羞涩、好奇、左顾右盼，到几年以后的木然、毫无激情。她想，这是过程。

而她也是木然的。她曾经在初恋的那场春雨里战栗。她蜷在不知所措的男友身下，看到男友那因为激动而涨红了的脸。身下是湿润的草，草举着草尖扎着她的屁股、腰背、大腿，让她有一种类似虫子爬过的酥痒感。男友咬着嘴唇，张皇着寻找一条通往山谷的路。而她最后抱住了男友的头，她的身子骨在男友不得要领的占领过程中，战栗了起来。全身的肌肉都绷紧了，而且，她还发出了一声惊呼。但是几年以后，她也木然了。不知不觉的，想要不木然，都难。她想，战栗是一种美好的感觉，这种感觉早已离她而去。老公被政府派往日本深造，老公深造回来后，职位一定会往上升一级。老公职位的变化，其实和她是无关的。

很长时间里她都把手伸在窗外，伸在一堆夜色和一堆雨里。一个叫亚当的男人，正在一步步走近她。亚当是一个二十四岁的男孩子，长得高大但却不成熟。她已经三十六岁了，她比亚当大了十二岁，但是亚当却死死缠住了她。亚当给她发第一条短信时，她笑了笑，没有回，把短信给删了。亚当就一直给她发短信。她知道亚当和一个二十二岁的女孩子正在热恋着，亚当的热恋大约相当于当年她和老公的热恋吧。后来她回了一条短信，她在短信里说，你有女朋友的，为什么来缠一个老太婆？

亚当在短信里说，我可以马上就没有女朋友。

她在短信里说，你就对你女朋友负这样的责任？

亚当在短信里说，这不是责任问题，是爱不爱的问题。

她在短信里说，没有责任，何以谈爱。

亚当在短信里说，但是我想和你做爱。

她不再回复了，她的身体却有了轻度的战栗。亚当是年轻的，体形健美，而她很久都没有和男人有过亲近了。她想自己一定像一把久未打开的锁一样，锈住了。她的沉默，令亚当感到兴奋。亚当的短信一条接一条地飞来，亚当的短信里往往只有三个字：我想你。

现在，亚当一定在来她这儿的路上。这是他们的约定，亚当说，要为她过三十六岁的生日。她伸在窗外的手已经全湿了，皮肉上爬满了水珠。她终于把手从窗外的黑暗和雨阵里艰难地挣脱出来，用一块白色柔软的毛巾把手给擦干了。餐桌上放着已经做好的几样简单的菜。她想，她是孤独的，既然是孤独的，为什么不和一个男人一起共度一个夜晚？她把餐桌上的蜡烛点燃了，蜡烛插在一个法国产的银质烛台上，那是老公从法国带回来送给她的。现在，这个烛台举着蜡烛，蜡烛举着火苗，迎接的是一个叫亚当的男人。

她很安静地坐在餐桌旁，托着腮。烛火的亮光就在她的脸上跳动，像一群清晨阳光下的小鸟。女儿在一个寄宿制的贵族学校上小学，女儿十岁了，人小鬼大，对人生居然有了自己的看法。看上去，女儿比她更懂得这个世界似的。老公也说她长不大。一个三十六岁的女人，没长大？

敲门的声音响了起来。她起身去开门。亚当出现在门口，身上淋湿了。他揉了揉鼻子，那是一个高挺的、有着许多小雀斑的鼻子。她发现亚当经常有揉鼻子的小动作。亚当先是抱了抱她，用脸贴一下她的脸，然后亚当说，有干净衣服让我换吗？

她抱着自己的膀子看了看亚当。她突然想，自己让亚当来是不是一个错误。最后她还是进了房间在衣柜里拿老公的干净睡衣。老公的睡衣，好像还有温度，令她在把手伸向睡衣的时候，被灼痛了一下。她的手在瞬间有了迟疑，她甚至想把睡衣放回去，其实她并不愿意看到一个年轻男人穿上自己老公的睡衣。她总是觉得，即便她和老公一点关系也没有了，也不能在老公不同意的情况下，把睡衣贸然让别的男人穿上。亚当的衣服已经脱了，赤条条地站在客厅里，他似乎在等待着。在暗暗的烛光下，他身体的线条很好。她叹了一口气，最后还是把睡衣拿到了亚当面前。亚当换上睡衣，说，这么慢？她没有回答，只是皱了一下眉。她越来越怀疑自己的决定，为什么让亚当来一起过她这样一个寂寞女人的生日，辛苦做好菜等着一个小男人，有没有意义？

二　　　亚当穿着她老公的睡衣，走到她身边，轻轻抱了抱她。亚当说，生日快乐。她就蜷在了亚当的怀里，蜷在一个年轻男人的怀里。她的身体触到了老公的睡衣，好像那上面还残留着老公的温度和体味。很多时候，她也是这样蜷缩在老公的怀里，站在窗前看一场一场的夜雨。亚当说，来吧，我们一起吃东西。

亚当牵着她的手，他们在餐桌边坐了下来。亚当把红酒打开了，她很安静地看着亚当，她看到的是一个大孩子，脸上挂着幼稚的笑容。咚咚的声音响了起来，那是红酒落入杯中的声音。亚当举起了杯子，再次说，生日快乐。她想自己一定也举杯了，因为她听到了酒杯相碰时发出的清脆的声音。她喝了一口酒，抿抿嘴。她是喜欢红酒的，她一直以为，红酒是那种能喝出酒的意境的酒。她有一丝失望，因为亚当没有送给她哪怕价廉的胸针之类的礼物，或者是一束花。她突然感到难过，看着亚当津津有味地吃着她辛苦做的菜，她的难过越来越强烈。

只是她没有把难过挂在脸上。她在微笑，微

笑着用筷子拨动着碗里的菜。她想起春天的时候，自己开着车一个人去了郊外。她把车停在一条很浅很小的溪边，溪边是一大片草。她闻到了植物的气息，那是一种好闻的草腥味。她贪婪地吸了吸鼻子，一些阳光拨开云层从天上银针一样掉下来。她突然觉得那些银针扎进了自己的身体，并且在血管里奔走，并不时地触碰着血管壁。这就让她略略有了痛感。一双水晶凉鞋，漂亮的有着蝴蝶花搭瓣的凉鞋被她甩脱了。一双骨肉匀称的脚落入了水中，水包围着她的脚，水想要把她的脚给一点点咬碎了，吞下去。她的身子，莫名地在阳光下有了一种战栗，在这样的战栗里，她的眼泪都忍不住滴落下来。这样的战栗让她想起了初恋时，男朋友带她上山。在山坡草地上，男朋友拥着她，轻轻打开她的门，让她有了一种忍不住想惊声尖叫的战栗。整个下午，她都在那条无名的溪边度过。她坐在一块巨大的卵石上，把脚伸入水中，一直晃荡。

亚当在吃梭子蟹。亚当吃梭子蟹的样子有些不太雅观。亚当在吃一只梭子蟹的大腿，看上去他多么像是在和梭子蟹握手。他不时用筷头去捅蟹腿上的肉，用嘴巴吸时，发出了很响亮的声音。看上去他的神情很专注，似乎是要和梭子蟹斗争到底的样子。她微微皱了一下眉头，想起老公也喜欢吃梭子蟹，但是老公吃蟹时是温文尔雅的。她不再吃菜了，把头侧过来，望着亚当专注地吃梭子蟹。她突然觉得，在亚当面前，她不像情人，像妈妈。

亚当有一辆叫做"野狼"的摩托车，是那种一发动就响起很大的轰鸣声的车。现在，这种摩托车已经没有人骑了，只有亚当在骑。亚当和女友谈恋爱时，就骑着这匹"野狼"在大街小巷狂奔。他的女友留着披肩长发，坐在摩托车后座裙裾飘飘，长发飘飘，并不时地发出几声青春的尖叫。后来这辆摩托车的后面不见了女友，亚当把车停在了她的楼下。亚当给她发短信，在短信里一遍遍说着情话。她站在阳台上，看到楼下空地上站着一个穿运动服的高个子男孩。阳光拍打下来，让她有些回到初恋的感觉。初恋的时候，老公也常来她家楼下，害得她吃饭都吃不好，总是匆匆扒几口，然后一抹嘴就下楼。老爸有一次叫住了她。老爸正在喝酒，他的脸上呈现出酒精反应才会有的那种酡红。老爸说，你在恋爱了。那时候她刚到门边，坚决地摇头说，没有。老爸说，我和你妈恋爱时，也和你一样心不在焉。她没有反应，愣了一会儿。老爸接着说，楼下空地上，每天傍晚都站着的那个人，他是你男朋友吧。

老妈也笑了，慈眉善目的那种笑。她的脸红了一下，心底里却升起了一种幸福。是的，她说。是的，我有男朋友了。老爸挥了一下手，说，去吧，别把爸妈忘到九霄云外就行。那天她特别兴奋，对男朋友说，我爸妈知道你了，你什么时候去我家吧。后来，男朋友去了她家；后来他们结婚了；后来他们生了一个女儿，丈夫事业有成，他们是一个幸福的家；后来，丈夫去了日本深造，女儿上了贵族小学，她一个人在家里照着镜子数着人影。

再后来，亚当出现在她家的楼下。她在楼上看着风景，她把亚当看成了一道风景。住在对门的警察周把警车停在空地上时，会看一眼亚当。但是警察周的步子不会停，会匆匆上楼。有一次在楼梯口，警察周和她狭路相逢，他们都笑了一下。警察周说，如果有什么事情需要帮助，你尽管叫我。警察周的脸上堆满了笑容，而在她的印象里，警察周是一个不太会笑的人。她看到了警察周眼角密集的皱纹，她发现男人是不太会有皱纹的，男人常常只在笑的时候才有皱纹。她也笑了，说，好的，谢谢。然后他们交错而过。但是她一直都在想，警察周为什么要突然对她说这样一句话。

她站在阳台上看着楼下的亚当。亚当把身子倚在摩托车上，不停地给她发着短信。亚当说，你下来，我用摩托车带着你去兜风。

她想起了那时候她坐在男朋友的自行车后边，晃荡着脚在江边的一条大路上慢慢游荡的情景。她的手就落在丈夫的腰上。后来他们有了车，她的手就不再落在丈夫的腰上了。她明明知道，手能不能揽住丈夫越来越肥的腰，其实和有没有车是没有关系的。但是她仍然这样想，如果没有买车，她还会从背后搂住丈夫。

亚当在短信里说，你下来吧，你不下来，我天天在这儿等着你。

她在短信里说，你离开吧，你站在楼下，让我怎么做人。

亚当在短信里说，我不管那么多，再说别人怎么知道我等的是你。

她在短信里说，那你的女朋友呢，你的女朋友知道你在这儿等一个比你年长十二岁的女人？

亚当在短信里说，我和女朋友分手了，我对女朋友说，我爱上了一个长我十二岁的女人。

她在短信里说，那你女朋友有没有哭？

亚当在短信里说，她哭了，她说我神经有问题。

她在短信里说，我想也是，你的神经一定有问题。

亚当在短信里说，你再不下来，我就在楼下叫你名字了，我会说，我爱你。

她有些惊惶了，像一只想要躲避猎人枪口的小兔。她回到客厅里，光着脚丫来回走。她想起当年，当年的男朋友也是这样死死地缠住了自己，像一条百折不挠的蛇。最后男朋友在众多追求者中胜出，自行车后多了一位美女。有一次男朋友喝醉了，对她说，我要把你含在嘴里。那时候她感动万分，她想这一辈子就陪着这个男人平淡地活到老吧。现在，又一个男孩子，像一个傻乎乎的愣头青一样，在楼下等着她，口口声声要缠住她。

她在短信里说，不要喊，要不，你晚上再来吧。

她仿佛听到了亚当的欢呼。

亚当在短信里说，几点钟，哪儿见？

她在短信里说，十一点钟，你离我楼下空地远点，我找你。

她仿佛听到了亚当的又一声欢呼。她还听到"野狼"摩托车离去的声音，像野狼一样嚎叫了一下，声音渐渐远去了。

她觉得有些疲惫，把身子躺倒在沙发上。整个白天，她就那么懒洋洋地躺着。她的脸是热的，所以她经常用手去抚摸自己的脸庞。她在想，是不是又要开始另一场恋爱，这场地下恋爱已经让她心神不定。有时候她的心底里在雀跃和欢呼，有时候她的心底里又一片灰暗。一个在日本深造的男人，和一个在贵族小学求学的小女孩，他们的笑容，是她心底里的一道坎。想要迈过去，多难。

她把自己身上的衣裙慢慢地脱去了，然后她站到了落地镜子前。她纤白的手抚摸着乳房，乳房已经因为哺育小孩而下垂了，它是松垮的，乳头也没有了鲜活的颜色。她的手指头落在自己的脖子上，脖子颀长而性感，是令她满意的部分。手指头又落在小腹上，小腹略略有了赘肉，和当年的平坦与光滑已经有了天壤之别。小腹上还留有一道站立着的疤痕，像是蚯蚓的模样。那是当年生女儿时留下的纪念。只有屁股，仍然结实地翘在那儿，像一只苹果，性感，有光泽，对每一个男人都会构成诱惑。她的腿是漂亮的，颀长圆润不失肉感，却不胖。她穿着淡灰棉布裙子在大街上走过的时候，一阵风吹起裙角和头发，她会用手压一压乱了的头发。她感到许多男人的目光抛在了她身上，她就微笑了。她把步子迈得缓慢，像一个叫做《西西里的美丽传说》的电影里的一个镜头。男人们用内容不同的目光剥她的衣裙，那是男人们的自由。因为法律规定，目光无罪。

在镜子前站着时，她想，她是花呀，她曾经是一朵那么娇艳的花呀。她站在喷淋龙头下洗澡，往身上擦沐浴露的时候，她也想，是花呀，曾经是那么鲜嫩的花。沐浴露让她的身体像泥鳅一样滑溜，她抚摸着自己的股腹时，突然摸到了一种渴望。她把眼睛合上了，头微微上仰，喉咙里翻滚出几个呜咽的音节。很久了，没有男人亲近过她，她像是一片被遗忘的土地，长满了荒草。现在，一个叫亚当的男人，应该算是男孩子吧，拿着锄头说，他想垦荒。这算不算一件荒唐的事。

她换上了干净的棉布裙装。她喜欢棉布，所以她的身体一直都是被各种形状的棉布包围着的。换上衣裙，然后在漫长的时间里，她等待着夜晚十一点的到来。她看电视，心不在焉地按着遥控器。丢掉遥控器，她又在客厅里来回踱步，或者跑到阳台上看一看夜色。很久都没有这种异样的感觉了，时间过得如此缓慢，竟让她有了一种莫名的焦躁。她摸摸自己的脸，对自己说，怎么啦，怎么啦，你是怎么啦。

手机就放在茶几上，屏幕闪了一下。一条短信，是亚当发来的。短信说，我已在你楼下不远的一棵大树的树荫下。她的心里欢叫了一下，时间是十点四十八分。但她还是匆匆带上门就下楼了。她住六楼，当她奔到四楼的时候，放慢了步子。她对自己说，慢点，再慢点，不要让亚当觉得她很想见到他。她放慢了脚步，走出了一幢楼的阴影，跨过了一大片绿化区。然后在一棵樟树下，她看到了一个身材挺拔的男孩和一匹叫做"野狼"的摩托车。

摩托车响起了很大的声音，像是荒原狼的嚎叫。

三　　　亚当吃完了手中的梭子蟹。他往自己杯里倒了一些红酒，说，来我们干一杯。她没有举杯，只是微笑着看着这个大男孩。她在想，亚当是不是要经历无数场恋爱，这与她当年是完全不同的。当年不太流行频繁恋爱。她没有举杯，因为她不喜欢听类似的话，比如一次次地说，来，我们干一杯。她说，你是不是无话可说？

亚当愣了一下，缓慢地放下了酒杯。他在想，应该怎么说才是合适的？但是他想不起来还有什么话好说。他的脸上甚至还有了倦容，他真的想在酒足饭饱后睡下去。或者，和她做一次爱，然后再睡。她也不再说话，但是她却举杯了，自顾自地抿了一口。然后她起身去放了一张CD，是蔡琴的歌。她喜欢听蔡琴，是因为她觉得蔡琴更像一朵女人花，慵懒而风情。她不喜欢李玟和张惠妹，并不是她们嗓音不好，而是她觉得她们像机器人，在台上不知累地扭动自己。

音乐响了起来，蔡琴的声音像光脚板的女人一样在客厅里走来走去。她又抿了一口酒，开心地笑了起来。她说，不是放给你听的，是放给我听的。亚当又愣了一下，他突然开始觉得，她的情绪好像有些不太对劲。但是亚当一点办法也没有，他最擅长的是发短信和开野狼牌摩托车，当然，爱也做得不错。她端起了酒杯，在客厅里开始旋转，那是曼妙的舞姿。她的光脚丫落在了实木地板上，快速地移动着。她觉得，自己像是要飞起来，或是想要飞起来。

她记得第一次跟亚当出去，那天晚上十一点不到，她就和亚当一起离开了小区。亚当把她带到了一个荒无人烟的郊外，郊外是一片树林，是一片草地，总之是一片黑暗之中的绿色。亚当把车停下来，不由分说地就把她抱在了怀里。她想要挣扎，但是她几乎没有挣扎就被亚当吻住了。亚当的手在她身上游走，摸到了裙子的拉链。她相信亚当是经历过无数场恋爱的，不然怎么会那么轻车熟路。她并不想犯错，但是她已经做不到不犯错。在身体与身体纠缠的过程中，在衣裙还未离开她身体的时候，她的一扇门已经不由自主地打开了。她的身体扭动了一下，很清楚此时的自己是湿润的。亚当把她抱到了摩托车上，这是一次奇怪的经历，令她这一生都不能忘记。她洁白的身体，就躺在软软的车座上。亚当的裸体也很快呈现在月色下，闪着一种健康的淡然的光芒。亚当走到她身边，先是看了一会儿她的身体，然后就毫不犹豫地敲开了门。那时候她闭着的眼睛睁开了，头稍稍仰了起来，两只手一把环住了亚当的脖子。

那是一个令她愉快的夜晚。不一会儿，亚当身上的汗珠就滴在了她的胸前。她感觉有风，有花和植物的清香，有虫子的鸣叫，还有无处不在的月光。这个夜晚，她把自己最大限度地打开，她迎接着亚当，她渴望自己被亚当撕碎，撕成一缕一缕。她甚至在亚当的身下呜咽和哭泣了。然后，然后是一长串的战栗，她的身体绷紧了，眉头收紧了，眼睛闭起来了，牙关咬紧了，像被电击一般，她麻了一下又麻了一下。久违的战栗，让她愿意在瞬间死去。

那天晚上她和亚当一直在那片充满植物气息的小树林里。那天晚上，他们一直在纠缠着。直到天亮，亚当才把她送了回来。回到家，她洗了一个澡，然后瘫倒在床上，她想，她的整个身体已经被亚当拆得七零八落。而久未打开的那把锁，也已经能很活络地打开了。此后的亚当，隔三差五找她，隔三差五把她的身体打开，再合拢。亚当送来鲜花，陪着她吃饭和看电影，尽管亚当没有钱，但是她乐意付钱。她出钱让亚当买来了鲜花，她出钱让亚当买来电影票一起看电影。她出钱让亚当开房，然后在酒店里一整天不出来。她像在重演着当年的爱情，让亚当为她修指甲，给她梳头发，吻着她，抱着她，和她缠绵。她让亚当用摩托车带着她，一次次去郊外。只是她没有和亚当一起去当年她和男朋友去过的草地，那个她把自己给了男朋友的地方。她怕熟悉的地方遗落着老公当年的目光，那目光会像匕首一样刺中她。

四

她仍然在客厅里跳舞，她相信自己的舞姿是曼妙的。亚当一直看着她跳舞，后来亚当的眼神出了一点问题，他的眼神失去了光泽。慢慢地，他的眼睛合上了，他的头就靠在餐桌上打起了瞌睡。她在心里哭了一下，她后悔当初上了亚当的摩托车。但是她跳舞的步子却没有停下来。她想，这是三步，这是恰恰，这是伦巴。她一曲一曲地跳着，跳累了，她在地板上坐了下来，一只手撑着地板，支撑着自己的身体。蔡琴仍然在唱歌，但是屋子里的两个人，一个睡着了，一个坐在地板上。屋子里很安静，这样的安静里，她开始发呆。她对自己的生日过得不满意，所以她在发呆。发呆的时候，电话铃响了，是从遥远的日本打来的。她接了电话，老公的声音响了起来。

老公说，你在干什么？

她说，我在发呆。

老公说，今天是你的生日，祝你生日快乐。我在日本给你寄了一枚胸针，你收到了吗？

她说，还没有。她的心里却升起了一种淡淡的暖意，她已经不会大喜过望了，但是，她有了暖意。

老公说，半个月后我就回来了。半个月后我陪你去丽江玩，你不是一直说想去丽江吗。我先把我一个星期的时间给你，然后我再去报到。

她说，好的。她知道自己渴望着去丽江，但是在看了一眼伏在餐桌边睡觉的亚当后，她的兴趣骤减。她怎么还敢要求老公对自己那么好。

老公说，你怎么了，你不舒服？老公的声音里，稍稍有些焦急。

她说，我想哭。

说完她真的哭了。老公在电话那头听着她的哭声，她耸动着双肩，眼泪就掉在了实木地板上，掉在了她的身边。

后来老公说，你再坚持几天吧，等我回来就好了。等我回来，我要补偿你。

她说，再见。说完她就把电话挂了。

电话铃再次响了起来，仍然是老公的越洋电话。她能想象老公生活的那个岛国的样子，岛国上空一定飘荡着鱼腥味。

老公说，你让我不放心，我打电话叫你爸妈过来陪你好吗？

她说，没事，我刚才只是有点情绪。现在好了。晚安亲爱的。

老公也说了一声晚安。电话挂了。

她也把电话给挂了，她挂电话的过程很漫长，她是缓慢地把电话挂上的，好像是怕惊醒了卡簧似的。她想她真的是呆了，一直以来，老公都忽略了她的存在，让她对爱情没有了丝毫感觉。只是老公身在异域，突然在她生日的这天，表示了一种夫妻间应有的淡然的爱意。她想，老公也没有错，难道老公应该一辈子都捧着她哄着她？那么自己错了吗，自己也没有错，自己只是希望老公关注自己，对自己好一些而已。那么，是谁错了？很长的一段时间里，她没有想到答案。然后，然后她走到了亚当的身边。亚当睡得很香，流了一摊口水在餐桌上。她伸出手去，用中指轻轻摩挲着亚当的脸。亚当是一个英俊的大胡子，他把胡子刮得青青的。曾经，她喜欢亚当用下巴触碰她的脸部，有那种愉快的酥痒感。她的手指头就那么一下一下轻轻地在亚当的脸上来回往复，像一个母亲对儿子的慈爱。抬眼看钟的时候，已经十点钟了，是晚上十点。

她相信自己碰到亚当，让一朵枯萎的花复苏了。她开着车子去跳健身操，跳操的时候她才发现那么多女人当中，她的身材竟然是属于完美的。她频频光顾美容店，办了年卡，定期做皮肤护理。她家不是老板家庭，却是富裕的。她知道青春是留不住的，她只是想暂时留一下青春而已。更重要的是，她要用自己看上去仍然青春可人的形象，来拉近自己和亚当之间年龄上的距离。

在山上。那是一座叫滴水岩的山吧，她开着车带着亚当一起去山上。在山上他们看到了满眼的绿，在某一丛绿里，亚当缓缓跪了下去，他跪在她的面前，双手抱住了她的屁股，轻轻扭了一下。然后他张嘴咬住了她的小腹。隔着衣裙，她略略有了痛感，但是更多的却是战栗。她就站在原地不停地战栗着，像一枚风中的树叶。她小腹间的衣裙，被亚当的口水打湿了，而且是皱巴巴地湿了一团。那天她的衣裙像一只风筝落地一样，飘落在草地上。她洁白的裸体就藏在了山林的一片绿里。亚当也除去了衣衫，与她赤裸相对。亚当后来把自己的身体合了上去，像是盖上了一块盖板一样。他就这样站立着，似乎是在费力地开一扇门。亚当抱着她，她就在亚当汗津津的怀里颤抖，发出不成调的声音，像一头小兽。

后来他们把心情和身体都平静下来。他们穿好衣服，坐在草地上，说一些无边无际的话。那时候亚当还懂得倾诉，说一些自己大学时代的生活。她也说，但是她说得很少，她只是微笑地看着一个大男孩神采飞扬地说话。她一直以为神采飞扬和年龄有关，亚当正处在最适合这个表情的时候。亚当说着说着打了一个哈欠，亚当说着说着突然流下了眼泪和鼻涕，他的身体侧了过去，慢慢地扭成了一团。他望着她，他在她的眼睛里看到了惊恐，他想她一定把他当成了妖怪。亚当想努力地挤出一个笑容来，但是他努力了无数次，脸上的肌肉仍然是僵硬和扭曲的。亚当挣扎着站起来，走到车边打开车门，拎出了他的一只牛皮包。亚当绕着车子转到了车身后面，亚当从包里拿出了一些冰凉的东西。然后，亚当蹲下身去，当他把针扎向自己手臂的时候，眼睛微微地合了起来，像是要进行一场世纪睡眠似的。亚当睁开眼睛的时候，看到了她平静的目光。她说，你为什么不告诉我？亚当没有说话，他低着头，是因为他不知道该怎么说。她又说了，你为什么不告诉我？亚当缓慢地抬起了头，说，我告诉你的话，我发你短信你就不会回了。她冷笑了一下，但是她想亚当的话是对的。

他们快快地开车回来。身体的愉悦像浪潮一样早已过去，烟消云散了。车子回城的时候，她说，以后你别来找我了。我不希望和你在一起。亚当好像预料到她会这样说，亚当说，不行。她说为什么不行？亚当说，我要缠着你。那时候，她什么话也没有说，但是她的心里彻底绝望了。

亚当向她要过一些钱，数目不等，如果加起来，该是一笔可观的数目了。亚当和她之间，变得不太有投机的话了。现在她就站在亚当的面前，看这个大男孩，回想这个人是如何走进自己的生活的。她突然吃了一惊，因为她居然记不起是怎样认识亚当的，好像在一次舞会上，也好像是她接待一个业务单位的时候，甚至还好像，亚当是混在媒体记者里认识她的。她的手指头仍然在亚当的脸上摩挲着，在她的摩挲中，亚当睁开了眼睛。他先是看到了桌上一滩可观的口水，这滩口水令他感到有些不好意思。然后他抬眼看到了她微笑着站在面前，她的手指，仍然落在亚当的脸上。亚当想要说一句话，但是他不知道该怎么说，所以他说出来的话仍然是，祝你生日快乐。她大笑起来，闻到了亚当嘴里腐败了的梭子蟹的味道。亚当愣愣地看着她，亚当站起身来，他好像有些愤怒了。他说你怎么这样笑，你是在笑我吗。

她的笑声终于停了下来，像是一辆汽车踩了刹车以后缓慢的停顿。她收住笑容，一本正经地说，是的，我在笑你，你觉得生日晚宴可笑吗？一个睡觉，一个独自跳舞。你离开吧，你可以离开这儿了。亚当说，为什么？她本来想说，我想睡觉了，想休息。但是她想了想说，我不想见到你。

五　　　亚当发了一会儿愣。他的眼睛眨巴着，要努力想起一点什么似的。他终于说，你给我五万块钱吧。她说，为什么，为什么要给你五万块，先给个理由。亚当说，因为我会让你清静，这算是清静费。她说，你的脸皮为什么那么厚，居然有清静费这个说法。亚当笑了，说既然你说我脸皮厚，那我的脸皮就厚到底了。她说，如果我不给呢。亚当说，不给也得给，因为我手里有我们两个在酒店里的录像带。你老公不是就要回来了吗，你老公回来我免费让他欣赏。她的身子颤抖起来，嘴唇也在颤抖。她不知道说什么话了，只知道自己的身体在一点点发麻，脸上的皮肉也是，麻木得没有知觉。亚当却很平静，平静地微笑着。他轻声说，我女朋友在楼下等我呢，你快些吧。

　　她走到了阳台上。她在阳台上往下看，看到一个女孩子，站在楼下空地上。孤零零的样子，像一支蜡烛。她转回身，抱着自己的膀子，说，你和女朋友，没有分开。亚当吃吃地笑了，说我想分开的，但是女朋友不肯，女朋友又来找我。你知道吗，为了给我钱，她在卖身。

　　她的身体再一次颤抖起来，她用牙齿咬住了嘴唇。一会儿，嘴唇冒出了血丝。在大约十分钟的时间里，他们都不说话。亚当盯着她，他看到她的脸色渐渐平和，露出了笑容。她的声音也变得温柔了，她说，五万块钱拿去后，你别来烦我好吗？亚当的脸上露出了喜色，他欢快地点着头。她说，那你陪我喝酒，再陪我最后做一次爱，算是分别好吗？他站起了身子，搓着手。好，亚当说好，亚当说来我们喝酒。

她回了一次房间，补了补妆。然后他们喝酒了，他们喝了很多酒。也许因为兴奋，亚当大口大口喝着酒。然后，他的舌头大了起来，他说来，让我们最后一次做爱，相信我一定会令你满意的。这时候她哭了，她哭了足有五分钟时间。在她还没有哭完的时候，亚当慢慢地瘫到了地上。她终于止住了哭，走到亚当身边，用力地踢了亚当一脚。然后她像一个失魂的女鬼一样，披散着头发痴痴地坐倒在地板上。

她走到阳台上，看到楼下空地上的女孩在向上张望着。这个愿意为男朋友去卖身的女人，多么可怜地站在凉凉的路灯光下。她回到了客厅，先去了卫生间，放了满满一浴缸的水。她放的是温水，并且用手试了试水温。然后她去拖倒在客厅地上的亚当。亚当很沉，把他拖到卫生间里费了她很大的劲。然后她把亚当推进了浴缸，浴缸里的温水一下子漫了出来，在卫生间里流来淌去。她用两只手抱住了亚当的头，死死地按在水里。亚当醒来了，有了轻微的挣扎，然后亚当就一动不动了。亚当不动了，她却仍然死死地按着亚当的头。在这之前，她在房间里悄悄把许多安眠药弄成粉状，悄悄地把安眠药粉末放到了给亚当喝的酒中。就算安眠药没有起作用，亚当也该喝醉了。现在，亚当醉得永远都不能醒来了。她松开了亚当的手，看到了亚当丑恶的表情。她的身子开始再一次莫名地战栗，像是完成了一件伟大的心愿。她一下子倒在了卫生间满地的水里，湿湿的水包裹着她，她在水里失魂落魄。

好久以后，她艰难地站了起来。她的真丝睡衣湿透了，她脱掉了睡衣，开始洗澡。洗澡的时候，她唱着歌，用沐浴露认真地擦着自己的身体。然后，冲洗自己的身体。再然后，她擦干了身上的水，站在镜子前仔细地端详着自己。一朵花，她说，那是一朵花。她身体的曲线是迷人的，她就看着镜子里的曲线，并且伸出手去，沿着镜子中的曲线缓慢地下滑。离开卫生间以前，她看了一眼死去的亚当。她想，怎么会认识这样一个人，是不是因为自己渴望战栗，而一下子改变了人生的方向。

她回到房间里，找了一件棉布睡衣穿上。然后她坐到了梳妆台前梳妆。她为自己画眉。她从二十六岁开始化妆，二十六岁生孩子以前，她对自己的容颜很自信。她为自己的嘴唇画上了唇线，涂上了口红，然后抿了一下嘴。她再次站到镜子前的时候，看到了镜子中的美女。 是花。她说，是一朵花，是一朵暗夜里开放的花。她抬头看了一下墙上的挂钟。十一点四十八分了，马上，就是午夜。

六

她在敲对面的门。门开了，警察周来开的门。警察周看到打扮得漂漂亮亮的女邻居时，愣了一下。警察周抬腕看了一下表，这是他的习惯了，他预感到有什么事情要发生。警察周说，什么事？

她轻描淡写地说，没什么事。她的目光抬了抬，顺着警察周和门之间的空隙看进去，看到餐桌上放着热气腾腾的方便面。你刚下班吗？她说。警察周说，是的，我刚下班，你什么事吗？她仍然说，没什么事，只是想和你聊聊天。警察周笑了，说，那，你进屋？警察周这样说着的时候，闪了闪身子。她摇了摇头说，我不进来了。她接着说，今天是一个战栗的夜晚。警察周的眼睛盯着她，眼睛里忽然有了一阵精光。警察周的笑容收敛了，说，发生什么事了，你告诉我。

她笑笑，说一件小事，不用紧张的。她说很多年来，我没有战栗，我刚刚找回战栗，以后就永远都不能战栗了。警察周没有说话，他定定地看着她，他知道问什么都是徒劳。现在，他想要做的是看着这个美丽女人的下一步。她的脖颈处，留了一大片的白，警察周努力地不把目光投在那上面。但是警察周仍然知道，那是一片诱人的白嫩。她笑了起来，笑的时候，胸脯就那么颤动着。她的手举了起来，手是用来擦眼泪的。警察周发现她的眼泪在顷刻之间就落下了一大片，像一场雨。

她慢慢地退了回去，退回自己的门边。她把门留了一条缝，然后她从这条缝里看到了发呆的警察周，他的表情严肃，好像在想着什么问题。他突然像想到什么似的，回过神来向她走来。她笑了，她说我不允许你进屋的。警察周说，为什么。她又笑了，说，因为就算你是警察，也不能随便进入百姓住宅。

她就要合上门了，合上门以前，她把一句话通过门缝传了出去。她说，我杀人了，你替我报警吧。你不是在楼梯口对我说过的吗，如果有什么事需要帮助，尽管叫你。说完她就合上了门。警察周是同一时刻抬腿的，他一脚踹出去，想阻止她合上门。但是门已经合上了，现在的防盗门都很高级，十条腿也踹不开。

警察周愣了一下，在几秒钟以内，他掏出了手机。然后，他一边拨打手机一边向着楼下飞奔。

　　她站在阳台上。她在阳台上看着一个女孩焦躁地在楼下空地上来回踱步。夜有些凉意，让她抱紧了自己的膀子。她抬眼看看天，天上没有星星，是个阴天。然后，她倚在阳台的栏杆上，想着自己的老公。老公在日本深造，回来以后前途无量。女儿很听话，成绩一直是班上第一第二名。家里什么都有了，给亚当五万块钱，一点问题也没有。但是她不想给了，亚当令她反胃。她想象着身子凌空的时候，会不会像鸟一样飞翔。这样想着，她的身子就开始战栗起来。

　　雨丝又开始飘落下来，很小的雨丝。她把手伸了出去，触到了星星点点的微凉。楼下空地上，那个女孩来回走动，显得越来越焦躁。女孩终于掏出了手机，她听到屋子里传来了手机铃声，只是，手机的主人自己已经不会接听了。远远地传来警车鸣叫的声音。报上这样说，110接警中心向市民承诺接警后五分钟之内必定到达现场。这是一座小城，一辆警车足以在五分钟之内到达小城城区的任何地方。她想，果然是快的，警察周的脑子果然灵。而这时候，警察周已经跑下了楼，他出现在女孩身边，并且抬起头向上张望。

　　纵身跃起以前，她对自己说，是花，你是一朵暗夜里开放的花。是一朵，战栗的花。然后她飞了起来，轻飘飘的。她看到了日本岛国的天空那么蔚蓝，渔船就在那大片的蔚蓝之下。老公生活在岛国。她笑着向老公挥了一下手，她突然想起老公给她寄了一枚胸针作为生日礼物，她还没有收到，这是最令她遗憾的一件事情了。然后她听到一声巨响，感到自己的身子热了一热，却轻飘飘的没有知觉，好像在云雾里穿行，做着一个坐在滑翔机上的梦似的。她努力地想要笑，她不知道自己的努力有没有成功，脸上的肌肉有没有形成笑的形状。她看到了一双皮鞋，那是警察周的皮鞋。然后她听到了一个女孩子的惊叫，女孩子发出尖厉的声音，把夜空割成了碎片。然后她看到女孩子的身体，像面条一样软了下来，瘫在地上。她听到自己的心跳，异常沉闷地响着，像沉重的脚步声。接着，脚步声一点点远去。

警车呼啸而至，下来一些警察。整幢楼的灯，几乎在同一时间内打开了。许多人都探出头来，有些人还穿好衣服跌跌撞撞地下楼了。有记者赶来拍照，被警察周夺下了照相机。警察周愤怒地说，不许拍照。她想，如果她有力量站起来，应该亲警察周一下的，她发现警察周是一个可爱的好人。她听到警察周对着另一个反背双手的警察说，是自杀。那个警察没有说话。警察周又说，住我对门的，六楼。那个警察说话了，他说，上楼看看。一些警察就向楼上冲去。她在心里叽叽笑了一下，她想，警察们马上就要看到一个被水浸泡着的叫做亚当的人了。

突然，她看到了一个湿淋淋的人出现了。他摇摇晃晃地走路，他叫亚当，他是从六楼扶着楼梯一步步走下来的。他一下来就被一个警察按住了，迅速地铐上了钢铐。她一下子绝望了，她想现在一定过了午夜，最起码有零点一刻了。那么在零点一刻的午夜，她的生命做了最后一次战栗。医生刚好从救护车上跳下来，医生还没有看到她最后的战栗。她在心里说，老公，我不要平淡的生活，我要你把我当成女朋友。她的身体浸泡在一堆液体里，这堆液体本来是在她体内的，现在它存在于身体以外，并散发着一股黏黏的腥味。

这时候，她看到亚当的目光从不远的地方抛过来，落在她的身上。她的身子麻了一麻，然后她就什么也不知道了。

八

记者问警察周，你能不能介绍一下案情？警察周点了一支烟，把自己的身子靠在椅背上。警察周说，我们领导说了，暂时不能报道这个案子，等案件有了结论再说。记者说，不是说是自杀吗，自杀动机是什么？警察周一下子皱起了眉说，不是说过了吗，无可奉告。

记者是一个年轻的女孩，她刚刚从学校毕业，笔头还很嫩，但是她想写出好的新闻作品来，所以一直在这座城市里四处奔波着。她失望地掉转身子的时候，警察周突然说话了。警察周说，一个女人，在她的一生中会有次数不多的战栗。但是女人一直都在渴望着战栗。记者调转身说，那么那个湿淋淋从楼上下来的年轻人，是怎么一回事？警察周说，在本案里他是无罪的，他是受害者，但是他与另一个案件有关。记者问，那么，战栗呢，战栗与本案有关吗？

警察周想了想，他把烟蒂从嘴里吐出来，准确地落在了烟灰缸里。警察周说，战栗与本案无关，但与任何女人有关，包括你。记者愣了一下，她慢慢合上了采访本。她离开警察周办公室的时候，站在门口，身子不由自主地战栗了一下。

床单

一

　　她听到器皿撞击的声音，一种带着硬度的金属的声音。她就想，一场杀戮就要开始了。她的眼睛失去了光泽，身子轻微地动了一下。其实她可以看到医生的眼睛，光洁的额头以下，蓝色的口罩以上。那是一双好看的女人的眼睛，很专注的样子，不像传说中的那样冰冷，相反有些温和。她在心里就微微地笑了一下，她有些喜欢上这个年轻而眉目清秀的女医生。女医生的手向后伸去，护士递上了一把她叫不出名的器具。器具迎向了她，她想，来吧，来吧。她尽量地配合着女医生，把自己的身体最大限度地打开，但她的心里还是低低地呜咽了一下。

她为自己腹中的孩子呜咽。

她以前有一个很土的名字，像是父亲随便从地里捡了一把泥巴捏起来的。那个名字叫阿毛。但是进城以后她就不叫阿毛了，进城以后她叫棉。梅兰问她，你叫什么名字。她坐在床沿上，想了很久以后说，我叫棉。她的发音很低。梅兰吐出了一口烟，把烟吐到她身上，她就抬手拼命赶着烟雾。梅兰放肆地笑了起来，棉，棉，居然叫棉。梅兰的声音在烟雾里穿行，烟雾里还伸过了梅兰的一只手，梅兰在棉的胸脯上摸了一把说，挺结实的，真可惜啊！

棉笑了一下，很凄惨的笑。梅兰站起身来，在棉面前狭小的空间里走来走去。棉其实和梅兰相处没多久，就被胡个个接走了。胡个个是一个三十多岁的男人的名字，胡个个有一天让棉为她做按摩。后来胡个个坐直了身子，盯着棉看了很久，说，刚来的吧。棉点了点头。胡个个说，你跟我走。

女医生的额头有了细密的汗。棉想，女医生是个令人爱怜的女人。女医生有一双纤长的手，现在这双手戴着医用的薄橡胶手套。器械像建筑工地上的抓机，"抓机"伸出爪子，在棉的血与肉之间鼓捣着。棉想，会不会把自己捣碎了。棉能想象器械进入身体的样子，器械把她的心揪起来，肌肉揪起来，然后毫不留情地一扯，就把血肉生生地从她身上愤怒地揪了下来。棉的眼睛盯着天花板，除了灰白，棉什么也没有看到。棉想，现在胡个个一定坐在车子里，无聊地抽着烟。是胡个个陪棉来的，因为她肚子里的骨肉，是胡个个有一天不小心种下的。胡个个不可能陪她进医院，胡个个只负责接和送，并且为她的手术费买单。

棉的手触到了稍有些生硬的床单，其实那是消过毒的干净的床单。棉的手就抓了一把床单，把它抓得紧紧的。有汗珠从她的皮肤里冒出来。她的身子，多么像一口冒着汗的井。女人的身子，都像井。女人的怨气也像井一样，冰凉，并且永不干涸。棉抓着床单，心想，这床单上，有多少个女人来把自己的血肉分离。女医生嘘了一口气，她微微笑了一下，好像说了一些什么。棉没有听到，棉发现自己的听力在瞬间消失，但是她一点也没有惊慌，她乐意生活在无声世界里。后来棉在护士的帮助下，把自己整理了一下。下地的时候，她发现自己走路有些异样。她看到女医生摘了帽子和蓝色口罩，正低着身子，在白色的水池边洗手。棉停住了脚步，定定地看着女医生。女医生洗手洗得很缓慢，手上还泛着洗手液的白色小泡。那些小泡在干净的水的冲洗下渐渐逃遁远去。女医生洗完手，转过脸来，又朝棉笑了一下。棉把自己的身子靠在了墙上，她很年轻，不知道累，和胡个个缠绵时从未感到过累。但是她现在有些累了，她给了女医生一个苍白的微笑。女医生的眉目如此清秀，女医生的笑容那么美。女医生从棉的身边走了过去，走过去以前，女医生说，棉，活着就是折腾。

棉后来摸着墙壁走路。在缓慢地走向医院门口的过程中，她的脑子里一直都回响着女医生的那句话。女医生说，棉，活着就是折腾。棉走到医院门口的时候，才发现黄昏前的灰黄，已从四面八方向她罩了下来，像给她穿上一件巨大的衣裳一样。灰黄说，你抬手，棉就听话地抬起手。灰黄说，你抬腿，棉又听话地抬起腿。很短的时间里，表情木讷的棉穿上了黄昏的外套。胡个个摇下了车窗，说，上车吧。她很听话地上车，机械地扣上保险带。这是一辆黑色的帕萨特，帕萨特像一条黑鱼。棉想，我是鱼里面的一个鱼泡泡吧？

胡个个说，你痛吗？棉微笑着。胡个个说，你痛不痛？棉仍然微笑着。胡个个说，你耳朵聋了？棉还是微笑着。胡个个不再说话了，好久以后，棉才说，我不痛，但是我难过。我在想，黑暗里离去的这个生命，是像你还是像我，是男孩还是女孩？他没有来这世界，就被这个世界枪毙了。那么，他犯的是什么罪？

胡个个惊讶地望着棉，但是最后胡个个仍然什么也没有说。

二　　　　　棉喜欢棉布床单，棉有很多花色的棉布床单。现在城里人都在使用床罩了，但是棉不喜欢床罩，棉喜欢床单。有些是卡通的图案，有些是不规则的图形，有些是单一的某种颜色。棉睡在不同的棉布床单上，感觉每一天都是新鲜的。天冷的时候，她翻晒被子和床单，然后在下午把晒软了的棉被重新铺好。她伏在床单上，闻着棉布的气息，那上面附着阳光的气味，令她的身子骨散了开来。身子骨一散开，就想睡觉。棉喜欢趴着睡觉，棉一睡，就把一个下午给睡了过去。棉的日子是慵懒的，因为棉无所事事。

棉在宽大的棕床上吃东西，看电视，有时候也学城里人的模样，在客厅里跳一会儿健身操。棉的骨肉是很匀称的，但是在新居里住了一个多月后，她突然发现腰肢上多出了一团鼓鼓的肉。棉就有些慌乱，害怕胡个个会不会不喜欢她了。她记得胡个个到美容厅不远的地方等她的时候，她回头看了梅兰一眼。梅兰的眼神里，有些妒忌的内容。棉在梅兰的面前站了很久，梅兰坐在沙发上抽烟，梅兰的脸刚好和棉的小腹齐平。梅兰就一口口往棉的小腹上喷着烟。棉后来伸出了手，她把手伸向了梅兰乱蓬蓬的头发丛中。梅兰的头发，像鸡窝。棉抚摸梅兰的头发，就像是在鸡窝里摸索着想要掏出鸡蛋来的样子。后来棉轻声说，我走了，胡个个在等我。棉走出了美容厅，棉走出很远的时候，回头看到梅兰把身子半倚在美容厅的门框上。棉就对着梅兰笑了一下，然后棉就一直没有回头。她走到很远的大马路上，对帕萨特里面坐着的胡个个说，走吧。帕萨特就很听话地走了。

胡个个租了一套带家具的房子，二居室，整洁而干净。胡个个带着棉进门，并且把钥匙给了棉。棉坐在那张宽大的棕床上，那是东家留下来的床。棉就想，东家夫妇，一定在这张床上缠绵过无数回。这样想着，棉的脸就红了一下。棉的第一次是给胡个个的，棉一直都在猜测着第一次值多少钱，但是胡个个不肯说，棉就想，美容厅老板娘一定狠狠地赚了一把。胡个个让她疼痛，撕心裂肺的那种。棉忍不住叫了起来，隔壁传来了一声轻笑，棉就想，那一定是梅兰这个臭女人的笑声。棉不再叫了，她拼命地忍着。胡个个喜欢上了棉。胡个个不让棉接任何客人，他把棉接走了，他要给棉一个家。

胡个个一个星期只来一次，胡个个是个有家的男人。所以，棉的日子过得有些寂寞，她没日没夜地看电视。胡个个来的时候，棉给他做菜，陪他喝酒，然后一起洗澡和上床。胡个个伏在她身上的时候，很激动，棉就在他身下妩媚地笑了，想，这个男人怎么像少年。胡个个一个月给棉一次钱，他不是大老板，但他是一个小老板，每年花个几万块钱养一个女人，他养得起。棉的身边并没有多少钱，她不太喜欢钱，或者说，她不太在乎钱，但是她想要钱。因为她要把钱邮给家里，家里只有娘和弟弟。娘才四十多岁，但是看上去最起码有六十岁了。娘的脸上总是一副愁苦的表情，好像生活在旧社会一样。棉离开家的时候，先是走到弟弟的床边，对脸色蜡黄的弟弟说，姐走了，你等着姐给你寄钱来治病。然后棉对娘笑了一下，棉的脸藏在屋檐底下半明半暗的光线里，这样的脸显得有些不太真实。娘牵动了一下嘴角，看样子是想要挤出一个笑容来，但是最后没有成功。棉走了，她在城里找了许多工作，但是打了半年工，都没能存下一分钱往家里寄。有一天她走过一条小街，那是一条叫"万寿"的小街。她看到许多美容厅，鳞次栉比地站立着。有好多家美容厅的窗玻璃上贴着招洗头工的启事。她还看到一个倚在门框上抽烟的女人，后来她才知道，这个穿短裙的露出粗壮大腿的女人叫梅兰。她冲着梅兰笑了一下，梅兰也笑了一下，喷出一口烟。两个女人的目光，就穿过了烟雾纠缠着一起。一个目光说，要不，我留这儿打工吧。另一个目光说，好的，你要来就来吧。然后，棉就一步步顺着梅兰的目光走了过去。

棉的第一个客人是胡个个，一个儒雅的男人。棉整理着头发的时候，问胡个个，你这样的男人，也会来这地方？胡个个愣了一下，说，男人都一样，男人都是畜生。棉的目光抬了起来，她想不到胡个个会说这样的话。棉说，你也是？胡个个点了点头，然后她走出了小包房。棉后来从老板娘手里接过了五百块钱，崭新的，像刀子一样薄而锋利。棉想，钱像刀一样，是可以杀人的。棉一直抚摸着那五百块钱，棉想，我的处女身，价值五百块。她在第二天就把五百块钱寄给了家里，填汇款单的时候，她看到字迹越来越模糊了。棉在心里说，弟弟，姐对得起你了。

现在棉每月都从胡个个这儿领工资。胡个个不是棉的男人，是棉的老板。胡个个说喜欢棉。棉想，胡个个是喜欢她的身体，那么青春逼人的身体。但是棉没有说出来，棉总是很卖力地和胡个个在一起，努力地让胡个个满意。在床单上，留下了胡个个的汗水和体味，留下了胡个个的头发。胡个个来一次，棉就换一次床单。棉已经有了许多床单，她常去不远的月牙儿棉布店，从老板娘手里买下一块又一块的床单。棉把新床单浸在水里，然后捞起来晾干，然后铺到床上，等待胡个个的光临。

棉把换下的床单整齐地叠好，藏在衣柜里。无所事事的日子里，她就把床单一张张铺在床上，一张张深情地抚摸着，像抚摸着情人的皮肤一样。她喜欢这样的温软。她给娘写信，说，在一家房地产公司当售楼小姐，很赚钱。

三

那已经是很久以后了，很久是什么概念？很久是半年。半年后的某一天，棉把自己蜷缩在床单里。棉喜欢把自己的身子藏在床单里。洗完澡的时候，湿漉漉地从卫生间里出来，钻进铺好的棉布床单里。棉把床单卷起来，她的骨肉就像茧里的蚕一样了。她是一只安静的白嫩的蚕，在棉布的包裹下，她感到安全和宁静。很长的时间里，她都一动不动地蛰伏着。身上的水珠湿透了床单，凉凉地渗出来，留下一小片一小片的水的印记。棉在棉布床单里面窃喜，有时候甚至笑出声来，有时候，她抚摸和探寻着自己的身体，多么简单的快乐啊。

收到娘的来信的时候，棉坐在床沿边看信。看完信，棉起身走到了窗前，透过窗子能看到楼下的绿化带和一条马路。她仔细地看着马路上的行人，像是想要看透城里人一样。后来她去洗澡，一边洗澡一边唱歌，认真而仔细地抚摸着自己的身体，并且亲吻着唇能触及的地方。她的唇落在肌肤上，有些涩涩的水的味道。舌头伸出来，轻轻舔了一下，她想，她在舔着自己的青春。她在一寸寸埋葬自己的青春。水花从喷头上落下来，让她难以睁眼。水花的声音，单调地响着。水花的声音终于结束了，从喷淋龙头上，只落下一滴又一滴的水珠。棉在镜子里看到了自己小巧而结实的乳房，微微翘的屁股，皮肤上面还泛着水的色泽。她的手落在自己的脖子上，然后一点点下滑，鸟的翅膀一样，掠过自己的胸，落在温软的小腹上。然后缓慢地后移，落在屁股上，最后她蹲了下去，蹲下去抱住自己的身体，像一个弧度很好的小球。这个时候，她才开始呜咽，很轻声地呜咽。

从卫生间出来，赤脚踏在地板上时，有水珠从她的身上跌落。她看到了床上铺开的床单，她像是精子抱着卵子奋不顾身地扑向子宫一样，扑向了床单。床单，多么像是巨大的翅膀，棉需要这样有力的翅膀。棉把自己裹了起来，在床单卷起来的空间里，她开始一场绵长的哭泣。娘在信里说，你的弟弟已经不在人世了，走的时候，弟弟嘴里一直念叨，姐姐，我来生报答你。

棉不能不哭。棉怎能不哭。

棉就在床单形成的黑暗里，开始一场痛哭。她咬着床单哭，床单被她咬出了一个小洞，床单尖叫了一下，但是床单仍然伸出了温厚的手，轻轻抚摸着棉的身体说，不要哭，你已经尽力了，不要哭。后来棉果然不哭了，棉想，我要回家去了。弟弟不在了，我还留在这里干什么？如果这儿是家，那么也可以留下来。关键这儿不是家，这儿只是胡个个的落脚点。

胡个个的夫人，是一家医院的大夫。

胡个个打开门的时候，看到了抚摸着床单的棉。床单上是窗外洒进来的星星点点的阳光。胡个个说，你为什么那么喜欢床单。棉没有说话，而是伏在了床单上。她把身子屈起来，一动不动，像一只睡着的狐。胡个个的手落了下去，落在棉的背上。棉的身子骨动了一下。胡个个的手伸向棉的脸，他把棉的脸转过来，看到棉泪流满面。胡个个就细心地擦着棉的泪。棉扑进了胡个个的怀里，想，现在，才有了恋爱的味道，才像是她的男人。胡个个说，怎么回事？棉露出了笑容，是那种凄惨的笑容。棉说，没什么。棉开始脱去自己身上的棉布睡袍，棉把手伸向了胡个个，棉调动了胡个个，棉让胡个个沉醉在她的身体里面。一次以后，又是一次。胡个个累了，胡个个睡了一觉，醒来的时候，他抚摸着棉的脸问，你今天怎么啦？

棉说，没什么。但是棉接着又说，胡个个，我要回兰溪去了。棉的老家在兰溪，棉一直没有说起过老家在兰溪。胡个个不知道兰溪是怎么样的一个地方，只知道，很遥远，一定会很美吧。胡个个说，为什么？棉说，不为什么，想回去了。胡个个愣了很长时间，说，是不是我们不会再见面了？棉笑了，她理了一下挂在腮边的头发，她的眼仍然红肿着，但是笑容却很明媚。棉说，大概是的。我们，本来就算不了什么，只是露水鸳鸯而已。胡个个听了，把头埋在了膝盖里不再说话。

胡个个看着棉整理东西。棉把一张张床单整齐地叠好，放在拉杆箱里。胡个个说，你要那么多床单干什么。棉抬起头说，留个纪念，每一张床单上，我们都睡过的。胡个个掏出了一叠钱，公事公办地塞到棉的手里，说，这是这个月的钱。棉说，这个月还差五天，我找你钱。胡个个说，算了。棉说，不能算了。棉果然找了胡个个钱，胡个个拿着钱，说，以后如果有什么困难，你来找我吧。棉说，你对我有那么好？胡个个说，我喜欢你的，你信吗？棉说，我不知道该不该信。现在，信不信都不重要了，反正，我要回兰溪去了。

胡个个走的时候，眼睛突然就红了。胡个个走到门边，打开门，合上门。棉望着胡个个背影消失的地方，傻傻地站了好久。她的身边，是一只打开的拉杆箱，箱子里面躺着安静的床单。床单看了棉一眼，叹了一口气。

棉拉着箱子走出屋子之前，把一个钥匙放在了桌子上。钥匙触碰到桌面时，发出了喑哑的声音。棉回过头，看了一眼棕床，那上面有她的影子。

四　　　棉乘火车到了兰溪，然后又坐出租车到了村口。棉在村口下了车，然后她拉着拉杆箱进村。

村口的一棵树下，站着许多人。好像，江南的村口，都规定得有一棵树似的。棉提前挤出一个笑容，她对自己说，我在城里是售楼小姐，所以我得挤出一个售楼小姐的笑容，我得迈出售楼小姐的步伐。现在，售楼小姐棉离村里人越来越近。村里人不知道棉已经叫棉了，他们只知道，一个叫阿毛的女孩子去城里打工，又回来了。她穿着光鲜，她的头发焗过了，她和城里人没有什么两样。

村里人也在笑，他们看着一个漂亮的女孩从身边走过去，走向村子的深处。棉的家就藏在村子的深处，棉的瘦小的娘也藏在村子的深处。娘的手里，拿着一只喂鸡用的破瓷盆。一小缕阳光落下来，落在她的手上，棉清楚地看到了娘手上不小心沾上的米糠饭。娘傻愣愣地站在门口，像雕塑一样。她看着一个漂亮的女孩子，拉着拉杆箱出现在她面前。后来她的嘴唇动了一下，再动了一下。动了无数下后，她的喉咙里翻滚出几个音节，你是阿毛？

棉点了一下头。棉的鼻子忽然就酸了。娘咧开嘴，露出一嘴黄牙笑了起来，说，小毛走了。小毛就是弟弟。娘接着说，小毛走了，阿毛回来了。小毛走了，阿毛回来了。小毛走了，阿毛回来了。娘已经转过了身，却仍然不停地重复着同一句话。棉跟在娘的身后进屋，屋子里很暗，黑暗像一张嘴，一下子把棉吞了下去。棉挣扎了一下，没有挣脱。棉的眼睛稍稍适应了黑暗以后，看到了墙上的弟弟。弟弟那么年轻，其实不叫年轻，应该还是一个孩子吧。从弟弟的脸上看不出表情，只看到一双忧伤的眼睛。棉想，这是天安排的，就像天安排她去了城里，天安排她和胡个个住在一起，天安排爹早就去了，接着弟弟也去了。娘回过了头，很怪异地笑着说，阿毛，村里人说，你在做鸡？你怎么可以做鸡？

棉咬了一下嘴唇。棉的心一下子凉了，想，娘怎么可以对她说这个难听的字，娘怎么可以对女儿这样说。又想，村里人怎么知道她在美容厅待过，她只在美容厅待了几天就被胡个个接走了的。棉又咬了一下嘴唇说，做鸡不好吗，做鸡可以挣钱给弟弟治病。娘突然哭了，娘一边哭一边发出含混的声音——娘在村子里没法活了，娘被村里人的唾沫淹死了。

棉呆呆地在黑暗的屋子里站了很久。后来她掏出了一叠钱，放到小方桌上。娘不知道什么时候坐到了小方桌边，她像影子一样飘到桌边坐了下来，开始专心地数钱。她数钱的时候，不时沾一些唾沫星子在手指头上。棉不由得皱了皱眉头，但是她最后还是笑了。娘不喜欢棉做鸡，但是喜欢数棉做鸡挣来的钱。在娘的眼里，钱实在是太重要了。娘数完钱，抬起头来送给棉一个笑容，说，这么多啊？棉说，那是你女儿卖肉的钱。

棉在村里走的时候，许多人都和她友善地打招呼，但是许多人却在背后说着一个字，鸡。鸡，鸡，鸡。他们说阿毛这个人不要好，一点脸也不要的，在城里陪男人困觉，是个鸡婆。他们说，别看她穿得那么光鲜，其实都是让男人睡了以后，才会有钱买这样的衣服的。

棉笑了笑。棉一直都笑着，她知道村里有些人故意大着声音说她，好让她听到，好让她难过。棉经过一堆闲聊的女人身边时，听到女人们爆发出一阵充满内容的笑声。她们趿着拖鞋，她们卷着裤腿，她们的腿上沟沟壑壑，她们的皮肤已经被风和日头侵蚀得不成样子。但是她们有资本取笑棉。一个鸭嗓子叫住了棉，鸭嗓子说，阿毛，你在城里做售楼小姐，很赚钱是不是？棉停下脚步，迎向她们的目光，说，是的。女人们都相视大笑起来。棉清了清嗓子，目光在一个又一个女人的脸上掠过。棉说，你们就是丢到城里的大街上，免费送人，也不会有人看上你们的。不要太得意，太得意，不好。女人们一下子愣住了。

棉走了。棉回到家的时候，看到一个远房亲戚正和娘在聊天。远房亲戚拉着娘的手，装出了无比亲热的样子，棉的胃里冒起了一阵酸水。远房亲戚是一个媒婆样的老女人，她的笑容，像鸡皮一样盛开着。老女人说，阿毛，你在城里挣了钱，我想向你借点钱，给你表哥讨老婆。棉开始想表哥的模样，那是一个远房的表哥，她一点也记不起表哥的样子。棉笑了，说，没啦，我没钱啦，用完啦。老女人的脸在阳光底下渐渐阴了下来，她的声音也阴了下来。棉的汗毛竖了竖，想，多么阴的女人。老女人阴冷的话，凉飕飕地传了过来。老女人说，你在城里卖肉，会没有钱余下来？

棉走到了老女人的身边，她的脸和老女人的脸已经很近了，棉闻到了老女人嘴里散发出来的腐败的气味。但是棉没有把脸移开，棉笑着说，那你不会让你女儿去卖吗？老女人突然跳了起来，说，我才不会让她做那么不要脸的事呢。棉说，那你为什么要向不要脸的女人借钱？老女人愣了一下，说不出话来。后来她像一只疯狗一样蹿了起来，拍着屁股骂，婊子，婊子，婊子。

棉看到自己的手伸向了空中，伸得那么高远，然后又落下来，落在了老女人的脸上。棉看到自己的手又伸向了空中，又落下来。啪啪的声音很清脆，老女人的叫声突然停止，她捂着脸愣愣地看了棉很久，然后呼天抢地地奔出了院子。棉轻轻拍了拍手掌，对一旁发呆的娘笑了一下。笑着笑着，棉却哭了。

五　　棉爱上了自己家破旧的阁楼。

棉很久都没有上过阁楼了。棉是踩着楼梯上的灰尘往阁楼上走的。阁楼不太大，有些低矮。阁楼上，破碎的瓦片漏下许多细碎的光线，拍打在楼板上。棉在阁楼上看到自己童年的影子，那时候，她在楼板上爬来爬去，爬到做小商人的父亲的肚皮上。父亲很早就死了。父亲死了以后，阁楼就开始破败。娘没钱，她没有钱请人来修，阁楼就越来越破败。

棉看到光线里有许多灰尘在飞舞，像是很欢乐的样子。棉就把手伸出去，伸到光影里。棉的手心里，多了一块亮白。棉笑了一下。她用了整整一个下午的时间，把阁楼打扫干净，并且用湿布擦洗得清清爽爽。阁楼上，湿漉漉的，夹杂着灰尘的气息。棉在阁楼里走来走去，阁楼的楼板就咯吱咯吱地响着。棉坐在阁楼的地板上，闻到了潮湿的木头的气息，很好闻的温暖的味道。她的手就一次次地抚摸着阁楼的木地板。她想，这是一个人的阁楼，这个阁楼是她的。她把一双鞋子放在了木窗户上，那是一双漂亮的拖鞋，拖鞋就在阳光下泛着好看的光泽。她光着脚丫，在地板上走来走去。有时候，她会踮起脚尖，模仿芭蕾的动作。有时候，她躺倒在地板上，把身子曲起来。后来她把那只拉杆箱吃力地拎上了阁楼，打开箱子，里面是叠得整整齐齐的床单。她把脸埋在床单里，贪婪地闻着棉布的气息。黄昏一点点来临，光线显得有些无力，是很柔软的那种。棉在柔软的光线里站直了身子，轻轻解开了衣服的扣子，一粒，两粒。衣服顺着她的手滑落在地上，接下去是裤子，接下去是内衣和内裤。她的整个身子，呈现在柔软的淡黄色的光线里，半明半暗的。她的双手轻轻拢起来，轻轻捧起自己的乳房。然后，手从乳房上下滑，揽住了自己小小的腰。光影在她上翘的屁股上跳着，然后又跑开了。棉的心里开始欢笑，她找了一块淡蓝色的棉布床单，轻轻把自己的身子裹了起来。这个时候，她成了一只蚕，一只茧中的白净的蚕。她伏下身，在地板上躺倒，轻轻地蠕动着，像一场一个人的艳丽舞蹈。

娘是黄昏的时候回来的。因为棉的缘故，娘的背上也时常落下村里人的目光。娘感到背上总是火辣辣的。娘回来的时候，看到楼梯上的灰尘不见了。于是她缓慢地上楼，上楼的时候，想象着在阁楼上可以见到的情景。她终于看到一个裸着身子的女人，手里捏着一把剪刀，身边放着一只拉杆箱。剪刀在床单上剪开一个小口子，然后女人用力地撕着。她的身子，彩带一样地披满了不少棉布条。阁楼的横梁上，也挂下了许多布条，很像是飞扬的纸幡。娘揉了揉眼睛，她想起毛大的媳妇，因为和毛大吵了几句，就在阁楼上上吊死了。娘的脸一下子变白了，用惊恐的眼神望着一条条棉布。棉很轻地笑了一下，却没有说什么。她看到一个瘦小的身影出现在阁楼上，黑灰的影子。她知道是娘，她听到娘的呼吸声很急促。娘的小脚迈动步子走了过来，两条腿抖动着。走到棉的面前时，娘的腿彻底软了，跪了下去。娘说，阿毛，你不能死。

棉说，你怎么知道我要死，我什么时候说要死了。娘说，我看你的样子，就是要死的样子。棉没再说什么，把娘拉了起来。拉娘起身的时候，她感到娘的身体很轻，像只有一层躯壳。就想，娘这一生，多么不易。这时候棉听到了院子里嘈杂的声音，声音越来越响，传到了阁楼上。接着，是屋门被推开的声音，接着，是上阁楼的声音。娘尖叫了一声，然后，娘就被人架到了一边。娘看到老女人带着四个女人，一个是她的妯娌，两个是她的女儿，还有一个是她的大儿媳，她们像娘子军一样冲上了阁楼，把棉架起来就往院子里扔。

棉听到一声沉闷的声音，是自己的身体和地面接触的声音。她感受到了身体的疼痛。老女人就是想借钱的亲戚。老女人拍拍巴掌走到娘的身边说，老姐妹，这事跟你没关系，我只找这个小婊子算账，你最好不要掺和进来。娘无力地扭动了一下身子，她被一个粗壮的女人从背后紧紧箍住了。然后，几个黑影围住了棉。棉抬头看了看天，她看到天色完全黑了。她能想象村子里纷至沓来的脚步声，果然没多久，脚步声隐隐地响了起来。老女人对着院子外面的人喊，大家看看，这个小婊子居然敢打我两巴掌，怎么说我还是她的远房表姨。你们看，这个小婊子没男人玩，就自己玩自己，一个人脱光衣服在阁楼上玩。棉笑了一下，因为她看到了自己身上还披着的棉布条。接着，几双手抓了过来，几条腿踹了过来。棉没有反抗，她感到身上火辣辣的，被抓出了无数条血痕。小腹被踹了一脚，痛得她出了一身汗。棉想，黑夜来临了，黑夜来临了。黑夜果然就来临了。不久，几个女人骂骂咧咧地离去，剩下被松开双手的娘和躺在院子里泥地上的棉。

娘说，地下凉的。棉笑了起来，哈哈哈的笑声很尖利地回荡在村子的上空。棉说，小婊子不怕凉。娘说，地下凉的。棉接着笑，我不是说了吗，我是小婊子，小婊子什么都不怕的。娘说，你会不会想不开，你千万不要想不开。你爹走了，你弟也走了，剩下我们两个女人，所以你不能想不开。棉玩着手中的棉布条，棉说，娘，我怎么会想不开，我为了救弟弟，连身子都卖给人家了，我怎么会舍得死。娘，你放心吧，我不仅要活下去，而且我要活得好好的。我要让你过上好日子。我要在城里买房子，我要接你到城里住。我要把那么瘦的你，给养肥了。我，我，我现在唱首歌吧。

黑夜铺天盖地。盖住棉和她的流行歌曲。娘傻愣愣地站在一边，不知所措。

六　　棉站在院门口，对娘说，娘我走了，你等着我来接你。我说话算话的，你一定要等我。棉说完就转身走了。她拉着她空落落的拉杆箱走的。那些棉布床单都被撕碎了，挂在院里的竹竿上，像是在为灵魂超度。棉想，我已经死过一回，床单们，你们为我超度。床单们飘忽的样子显得很忧伤，它们点了点头，身子就轻轻飞舞起来。

棉在娘的视线里越走越远。棉经过村口的时候，看到村口大樟树下站着许多人。棉把自己的身子挺了一挺，然后露出微笑，一步步从村口人们的眼皮底下走过。她听到有窃窃私语的声音，但是她昂着头，拉着拉杆箱，从村口再一次走了出去。

棉回到城里的时候，给胡个个打了一个电话。手机是一个女人接的。棉说，对不起，我打错了。

女人说，你没有打错，你一定是棉。棉说，你是谁？女人说我是胡个个的老婆。棉无所谓了，说，你想怎么样。女人说，我不想怎么样，我想对你说，自古只有女人自己才会害女人。我早就知道你们的事，只是没有点破而已。就算你不承认伤害过我，都没用。现在，胡个个做非法生意，被抓进去了。有情有义的你，去看看他吧。

电话挂了。棉在火车站呆呆地坐了半天，然后起身打出租车。她不知道要去哪里，她只知道，等她赚了一点钱后，她一定会去看胡个个的，给胡个个买两条大红鹰香烟抽。毕竟，这是她生命里的第一个男人。但是，现在，她应该去哪儿呢。

梅兰喜欢靠在美容厅的门框边抽烟。梅兰看着街上的人群，像蚂蚁一样走来走去，心想，人和蚂蚁有什么分别。她吐出了一口一口的烟，把烟喷向大街，好像要和大街过不去。她的目光穿透烟雾，突然看到了一个衣着华丽的女人，她拉着拉杆箱，滑稽得像是拉着一种道具似的。梅兰想，怎么会是她。女人一步一步，步子沉稳地向她走来。走到她面前时，笑了一下。梅兰也笑了，她回头张望了一下，轻声说，你回来啦。

七　　　棉在狭小的包房里坐着。她把身子坐得很直，昏黄的光线投在她的脸上。她的手，一直在绞着床单，好像是为了排遣寂寞似的。床单脏兮兮的，是那种会令棉皱眉的脏。但是在犹豫了片刻以后，棉坚定地伸向了床单，轻轻地把玩着。空气有些浑浊，夹杂着劣质香水的味道。这样的味道，令棉打了无数个喷嚏。在一个男人出现以前，棉主要在想着两个人，一个是娘，什么时候接娘来城里？一个是胡个个，什么时候去看胡个个？

人影一晃。一个喷着酒气的男人出现在小包房里。棉抬起目光，迎向猪一样的男人。男人看着棉，看上去，他有些满意，他打了一个很满意的酒嗝。棉轻笑了一下，拍拍床单，说，来吧。

冬至

男人突然想要去玲珑足浴洗一次脚，这样的愿望越来越强烈。那时候男人站在新香园的门口送走了他的客人，然后男人走到了他的车边。黑夜很安静，黑夜让他的心也安静下来。男人在车门边站了很久，有一阵阵寒风吹来。男人没有立即上车，而是抬头望了望黑色的天空。天空没有星星，天空没有月亮，天空像一块还没写上粉笔字的黑板，一点东西也没有。这让男人有些失望，他开始想究竟要做什么。男人想了很久，没有想出个所以然来。新香园的门口又有了几个女人和一个胖男人，像突然从地底下冒出来似的。她们围着胖男人撒娇。男人笑了一下，猪头，他在心里骂那个胖男人"猪头"。猪头一定被这些美女斩去了不少钱，猪头一定有点骨头轻。猪头被几个女人簇拥着走了，四周又安静了下来。男人把身子靠在了车门上，这时候他突然觉得自己像一棵树一样，脚下生出了根须，扎入了土地中。寒意也从地底下钻上来，钻进他的脚心，然后进入他的小腿肚，进入他的身体。

男人又抬头看了看天。这个时候他已经打定主意，他是想洗一次脚，把脚洗得暖暖和和的回去睡觉。男人想起了玲珑足浴的多妹，多妹来自河南，长得健硕而丰满，力大无穷，能把他的脚按得产生强烈的痛感。男人需要这种痛感，许多时候他会痛得龇牙咧嘴。男人打开车门，坐了进去。小车在空无一人的大路上滑行。夜已经深了，劳力士腕表告诉他，现在是深夜十二点。夜深得像一口井，雪亮的车灯把夜切开了。男人觉得自己在井里滑行，他觉得自己要在井里一直向前走，直达地球的心脏。男人像一只被掐去了头的蚂蚁一样，一下子掉入了夜的深处。然后，然后就看到了远远的灯火。灯火里映出一些女人的影子，女人们不知道黑夜与白天的分界，她们涂着脂粉在夜晚为了生计而绽放出野玫瑰般的笑容。男人笑了笑，与这些女人擦肩而过。他像一条鱼在深海里经过一处珊瑚地带一样，他只是看了看色彩斑斓的珊瑚，就游走了。男人要去找多妹，他要多妹把他的脚底按得生痛，他要那种洗过脚后的温暖感觉。

车子在玲珑足浴门口停了下来。男人关上车门，仍然抬头望了望天。天上没有一颗星星，这是一个没有希望的夜晚。男人仍然在车门边倚了很久，他不知道为什么老是站在黑夜里一动不动的，为什么老是倚在车门上。好久以后，男人走进了玲珑足浴。惨白的日光灯灯光一下子把他包裹了起来，包裹了他的身体以及从外面带进来的寒意，让他有些不知所措。男人看到坐在一排椅子上的足浴女，有几个正张着黑洞洞的嘴巴在打哈欠。男人的目光快速地在她们的脸上浏览，他没有看到多妹，这让他有些失望。一个瘦高的中年男人堆着笑脸走了过来，他是这儿的经理。中年男人的眼窝深陷着，他脸上的肌肉显得有些僵硬。他说，多妹不在，她爹死于车祸，她回河南奔丧了。男人愣了一下，他突然就想，一个健康红润的农村女孩，在得到父亲的死讯时，有可能正在替一个客人洗脚，她的眼泪一下子流了下来，她的眼泪一刻不停地流着。她坚持着替客人洗完脚，坚持着说，你好，请慢走。然后她马上开始收拾行装，然后她马上去了这座城市的火车站，然后上了火车。

男人和中年男人面对面站着。这种近距离的对视让他们都感到有些尴尬或者意外。中年男人打破了沉默，他说多妹不在了，还有很多其他妹，一个多妹走了，许多多妹上来了。中年男人的话让男人笑了起来，男人的笑声很轻，像一根细小的丝线缓缓从一张桌子上飘落到地面上一样。然后，男人的笑声渐渐响亮了起来，他说，搞得像干革命似的。中年男人也笑了，中年男人转头对一个足浴女说，小华，小华你去给这位客人洗脚，这位客人是老主顾，你用点心。

小华站了起来，她有些腼腆地站在日光灯下。她领着男人走进了一个包房。男人脱掉了外套，挂在木板壁的墙上。然后他在沙发上躺了下来，看着这个叫小华的女人忙碌。她不年轻了，也不显老，确切地说，她是一个少妇。男人看着小华端来木盆，看着小华调水的温度。小华像一个影子，她总是尽量把声音放得很轻，这让他感到非常满意。他喜欢安静。然后，他把脚伸进了木盆。水是温热的，水用柔软的身体抚摸着他的脚，用自己热的力量使劲钻到他的肉体里，然后在他的体内奔跑。小华的手伸了进来，小华用手捧起一些水，水们欢叫着落到了他的腿上。小华抬起了眼睛，小华的眼睛笑了一下。小华的眼睛很漂亮，漂亮的眼睛是会笑会说话的。男人也笑了一下，他说，你是新来的，你一定是新来的，我以前没见过你。

　　小华说，是的，我才来一个月。接下来，小华就不说话了，电视里在放着两个国家打仗的新闻，有坦克开来开去，有飞机飞来飞去。男人从不去关心国家的名字，他只知道两个国家本来是很好的，后来像小孩子一样争吵了起来，争着争着就动起了拳头。他看着电视。小华就坐在一张小凳子上，像小媳妇一样，捧着他的脚。他突然问，今天是什么日子？小华愣了一下，她抬起头懵然地说，我不知道。男人不再说话了，他在想着今天是什么日子，他想，今天会是什么日子呢？

　　小华的洗脚水平一般，力度明显不足。男人不太满意，他开始想念多妹了，多妹膀大腰圆，尽管长得不是很好看，但是洗脚功夫是一流的。多妹的脸上长着许多小雀斑，像天上的星星一样。他喜欢多妹，他是来洗脚的又不是来选美的。他皱了一下眉，又皱了一下眉。他终于忍不住了，说你不会洗脚，你一点也不会洗脚。他说话的时候有些愤怒，因为他得不到从脚底板开始向身体传达的舒服感觉。他加重了语气，脚缩了回来。脚缩回来这个动作，像是一种抗议。小华的脸一下子红了，她说不好意思。她的眼里含着许多泪。他是见不得女人泪的，女人的泪让他的语气缓和下来。他轻声说，接着洗吧。

　　小华又开始接着洗，小华开始在男人的脚上涂抹一种洗面奶。男人的心里暗暗笑了一下，洗面的东西，居然可以用来洗脚。难道脚是另一张脸？男人掏出了手机，开始给一个女人发短信，很久都没有回音。他想，这个女人一定已经睡了，他就有些扫兴。他老是觉得自己的脑子里塞着很乱的一团麻，他想不清楚自己想要什么。他又开始想，今天是什么日子呢。电视里出现了一个穿得很得体的女人，说着本地普通话。这是本市的新闻频道，本市的电视节目主持人都是在市内公开招聘的，结果主持人讲的普通话都含着浓郁的地方特色。女人站在电视里，对着他微笑着。女人用地方特色的普通话告诉他，今晚可能会有一场雪降临。男人的脑子里就一下子飘满了雪，雪花纷纷扬扬地落下来，白茫茫的一片。他看了一下窗外，窗外很黑，没有一丝落雪的迹象。他笑了一下。

小华洗脚一点也不得要领。男人开始微笑地着看小华，小华长得不错，是那种很耐看的女子。男人对自己说，我不能发火的，我不能发火。但是最后他还是站起来的，这个有些突然的动作，把小华吓了一跳。小华说，你要干什么。他说，你坐上去，你坐到沙发上去。小华愣了一下，但她还是坐到沙发上了。她看到一个男人还没洗好的脚伸进了一双拖鞋里，并且在小凳上坐下来。男人说，我来教你，脚应该怎么洗。他抓住了小华的脚，很快把小华的鞋子和袜子一起脱掉了。他抓着小华的脚，就像抓着一条白色的鱼一样。这是一条形状很好的鱼，这条鱼不大也不小，白皙，温软，线条柔顺。小华显得有些惊恐，她的脚突然被一个男人的手牢牢钳住了，她的不安通过她身体的扭动传达出来。他的手法当然也是异常笨拙的，但是他的力量让她的脚板疼痛。她终于明白其实她不应该躺到沙发上的，而他也不应该替她洗脚的。小华开始怀疑这个男人的神志是不是有些问题。他很投入，仔细地端详着她的脚，仔细地洗着她的脚，仔细地按着她的脚。小华开始发出很轻的叫声，她说你不应该替我洗脚的，你是客人。她说老板看到了，老板会炒了我的。她说你这样子算什么，你把我弄痛了知不知道。男人一直没有说话。小华的最后一句话中显露出明显的愤怒，小华的声音也提高了。男人抬起了头，他懵然地张着嘴，手里仍然捧着小华的脚。他听到许多奔跑的声音，那个瘦巴巴的中年男人和一些洗脚妹一下子围到了门边。他们打开一条门缝，看到一个男人居然捧着一只女人的脚，看到洗脚妹小华居然半躺在沙发上接受一个男人的服务。他们在日光灯下面面相觑。中年男人愣愣地看着他，他也愣愣地看着中年男人，突然他们相互对视着笑了。中年男人说，走开，你们都走开，马上就要下班了，你们走开吧。你们去练指法去，你们不把指法练好，以后客人都会替你们洗脚的。你看看，今天就有客人替小华洗脚了。

听了中年男人的话，小华的眼泪一下子流了下来。小华说，你看看，老板一定会炒了我。小华的语气中有许多委屈的成分。男人说不会的，老板不会炒你的。屋子里安静了下来。他很认真地替小华擦干脚，替小华穿上袜子和鞋子，然后伸出手，把小华从沙发上拉了下来。他不知道自己为什么要这样做。小华也不知道，小华看着这个男人从墙上取下了衣服，像从墙上揭下一层皮一样。男人把衣服套在身上，向结账处走去。男人付了钱，然后走出了玲珑足浴。许多足浴女围上来，她们问小华怎么回事。小华一言不发，小华只看着那个男人的背影。那是一个很宽的背影，在玻璃门前晃了晃，就不见了。

小华下班走出足浴房的时候，看到了男人。他靠在一辆车边抽着烟，烟头在黑夜里明灭着，像遥远的灯火，遥远得像是来自童年的火光。小华抬起了头，她只是在潜意识里抬起了头。她觉得风像一把把小刀，从某部武侠小说的深处，一把一把"嗖嗖"响着向她飞来。小华感到了从天空中飘落下来的雪子，比雨点更生硬，它们落下来，落到了她的头发上，钻到头发深处不动了。雪子落到她的脸上，有些微的麻。还有许多雪子，就在男人身边的车子上翻滚着。男人笑了，男人说，气象台的消息果然可靠，真的下雪了。

男人说，我想请你吃夜宵，你想不想吃夜宵。小华想了很久，她把两只手从口袋里掏出来，放到嘴边呵了呵。男人看到了灯光下的小华嘴里冒出了一团热气，那是一团形状很好的热气。男人的眼神突然变得柔软，男人说，我请你吃鸭头，我们步行着去。小华笑了，她说我为什么要陪你去吃鸭头，我是洗脚妹，你是客人，我们是不平等的。男人想要说什么话来反驳，但是他想不出什么好的话来。过了很久，他仍然说，我请你吃鸭头。

小华跟着男人去吃鸭头。最好的鸭头排档在火车站脚上，到火车站脚是有一段距离的。雪子哗卟叫着，在他们的脚边，像一个快乐的孩子一样跳来跳去。他们走在路上的感觉就显得很奇特，仿佛是领着一群孩子在走路。路灯的光线是冷的，水泥地面也是冷的，他们都感到了这个季节带给他们的寒冷。所以，走了没多久，他们的手就握在了一起。小华的手是冰冷的，是那种与生俱来的冷。她的手躺在男人的手中，如果她的手是一个小巧的女人，那么男人的手像一床宽大的棉被，她在棉被里享受着温暖。火车站的灯火近了，看过去红雾蒙蒙的一片。他们的脚步开始跳跃，然后，他们像两头小鹿一样跳到了鸭头张的小摊前。

他们点了六只鸭头，然后又让鸭头张给热了一斤黄酒。黄酒里放了生姜，这是可以暖胃的。他们开始啃鸭头，喝黄酒，看从火车站出来的人。一辆辆夜行列车在这儿停靠，一拨拨的人在这儿上车与下车。雪越下越大了，他们坐在塑料帐篷下看着外面从天而降的雪片。黄酒是温暖的，带着一股姜腥味。小华抿了一口，热酒顺着喉咙柔柔顺顺地滑了下去。小华拿了一个鸭头，吃鸭头时抬眼看着男人。男人也在啃一个鸭头，男人啃鸭头的时候很认真，像在完成一件伟大的工作。男人的神态让小华笑了起来，是那种听不见声音的轻笑。男人头也没抬，但是他好像发觉小华在笑他似的，说，你笑什么。小华就不笑了。男人又说，那个鸭头张长得就像鸭头，你仔细看看。小华就抬眼向鸭头张看去，鸭头张也站在帐篷里，他的目光停泊在车站广场，他的两只手放在裤袋里，那一定是因寒冷的缘故。他的背显得很不挺拔，就那么驼着自己的背。他一定是在看着有哪位客人能走进帐篷里，喝黄酒吃鸭头给身体增加一点点的热量。当然，鸭头张完全没有发现一个叫小华的女人在看着他。小华笑了，小华对男人说，你一定是常来这儿的，不然的话，你不会留意鸭头张长得像不像鸭头。

男人手里正拿起第二只鸭头。他刚把鸭头放到嘴边准备张嘴，听了小华的话，就突然停了下来。他没有再说话，而是把目光抛入雪地中。地上已经有了积雪，一些白了的地面，让人感到兴奋与好奇。在这座南方城市，雪并不多见。小华的眼睛盯着男人，男人的眼里突然有了一层雾蒙蒙的东西。男人很苦地笑了一下，男人说，我认识他好些年了，你要不要听听我那时候的故事？女人没说要听，也没说不要听，女人只是又低头抿了一口温热的黄酒。

男人开始说话。男人的声音和落雪的簌簌声夹在了一起，像是有一个人站在遥远的地方讲着故事似的。男人说那时候我和一个女人常一起来这儿吃鸭头，女人是我的老婆。那时候我们都下岗了，我们在一起做小生意，做得很辛苦。那时候每次拖着疲惫的身体回到家中，我都要抱着她哭。我说，女人，你是最好的女人，我不能一辈子让你跟着我受苦。女人一句话也没说，女人只会笑，女人只会叫我傻孩子。其实我比她要大两岁，但是她却老是叫我傻孩子。后来我开始做建筑小包头，包的项目也渐渐变大。我承诺，我要给她幸福，我要给她车和房，给她钻石项链，让她的一生都在衣食无忧中度过。女人就会蒙住我的嘴，说，不要轻易承诺，承诺是最虚无的东西。但是我知道她很开心，她一定伸手握住了我的承诺，一定等着那一刻的到来。

那时候是我最苦最累的时候。我拖着疲惫的身体回到家中，我发现身体不是我的。但是我有思想，我的思想告诉我，我已经累得只能拖动身体了，而不是精力充沛的身体拖着我前进。那时候女人会抱住我，女人会把她的头抵在我的胸口哭。女人会说别再这样干了，我们不要车不要房也不要钻石项链，我们只要一起吃苦就行了。我说不行的，我一定要实现自己的承诺。我不能实现的话，我就不是一个男人了。女人就给我洗脚，每天我几点钟回家，她就几点钟给我洗一次热水脚。不瞒你说，她洗脚的功夫，不知道要比你强多少倍。

小华愣愣地听着。小华看着帐篷外面的雪，看着一座城市慢慢被雪掩埋的过程。她看到雪地中一个男人和一个女人辛苦相守的故事。男人捧着鸭头，他没有吃鸭头，他只是捧着鸭头讲故事。看上去，他已经有了诉说的欲望，他一点也不能停止这种欲望。他说有许多时候，女人在给我洗脚时，我累得睡了过去。而我的生意也越来越大了，我真的有了房有了车，我真的送给女人钻石项链，真的给女人雇了保姆。但是女人一点也没感到幸福，因为我仍然没有陪着她，我陪着客户吃饭，陪客户去洗头蒸桑拿，陪着客户去找女人。我像一具尸体一样在这座城市里行走。有一天，我不再让她给我洗脚，我说我不用你洗了，我可以在洗脚房里洗脚的。你再给我洗脚，你会太累。那时候女人手里端着脚盆，愣在了那儿，眼泪也一下子流了下来。我不知道女人为什么那么爱哭，是不是所有的眼泪，都放到了女人的泪囊中了。女人在一天天憔悴下去，有一天她对我说，我们，是一个错误。这个时候我在外边有了一个风情万种的女人，我在那个女人怀里不能自拔，我以为那是最温柔的乡村，适合我居住一生。我认为那是世界上最像水一样柔软的女人。当有一天那个水样的女人卷了我的钱卖掉了我给买的房子后，我才一下子觉得自己的整个身体空了。我没有灵魂了，我只有行走着的身体。我对自己说，我要回家，我得回家给自己的女人洗脚去。那天我喝醉了，我摇摇晃晃地回到家的时候，女人已经离开了这个世界。女人的身边放着一只药瓶，女人的睡姿很安详，女人什么话也不说，但是我却仍然记得她曾经说过的话，她说，我们是一个错误。我脱掉了她的袜子，我给她洗了一个下午的脚。那天阳光很好，从玻璃窗外跳进来，在她的脚上跳跃着。我握着她冰凉的脚，突然哭了，眼泪全都掉在了脚上。我仔细地替她洗脚，替她剪去了脚趾甲。我想，是我要得太多，是我一点爱也没有给予过我的女人。

小华看到男人眼中的雾色越来越重，雾色最后化成了一滴泪珠，先是缓慢地漫出眼眶，然后从脸上滑过，并且快速下坠。男人的手里仍然握着第二只鸭头，这是一只安静的鸭头，它保持着原来的状态，显出一种温文尔雅的样子。小华看到男人的鼻孔下面流出了一点点的清水鼻涕，那完全是因为受了凉的缘故，完全是因为在这个雪夜，有寒风吹过的缘故。男人笑了，仍然是很苦的笑。他啃了一下鸭头，又抬起头。他说，不要吓着你啊，让你这么凉的天来听我这破故事。小华举起了手中的杯子，小华说，没有，我能理解你。小华的杯子和男人的杯子在半空中相撞，撞出了很清脆的声音，一下子把正看着车站广场的鸭头张惊醒了。他像影子一样飘到他们的身边，把手从裤袋里掏出来，相互搓着。他说，再来一斤吧，黄酒可以暖身的。

于是又来了一斤。他们再干杯，再喝酒。又来了一斤，再干杯，再喝酒。他们一共喝掉了三斤黄酒，在他们喝酒的过程中，雪越下越大，从帐篷里看出去就是一块白色的幕布。鸭头张在骂娘，他在责怪某个人的妈妈，他说，他妈的，下那么大的雪，我的生意完蛋了！

男人忽然想到了多妹，男人说多妹真是可怜。小华说我不可怜

冬至

吗，每个活在世上的人，都是可怜的。小华的语气有些激动，她的脸也因为酒精的缘故而很红了。男人说，人家死了爹，人家还那么小的女孩子。小华轻声说，你不要再人家人家的了，我们都是洗脚妹，洗脚妹和来洗脚的客人是两个极端的人群。男人想了想，认同了小华的说法。他们后来结账离开了，结账的时候，鸭头张接过了男人递过去的钞票。男人说，那么冷的天，你做生意不容易，你就别找了吧。鸭头张机械地笑了一下，鸭头张又张嘴问候了一下某人的妈，他的意思是，这雪下得那么大，真他妈的。男人没有睬他，男人和小华歪歪扭扭地行走着。

他们走了很久，也没能走出多远。男人看到了路边停着一辆破旧的自行车，那是一辆没有挡泥板也没有刹车没有车铃的自行车。男人走过去，把它牵了过来。自行车很听话，自行车像个乖巧的孩子一样出现在小华的面前。男人用袖子把坐凳和后座的积雪抹去，然后男人上了车，小华也轻捷地跳上了车。自行车歪歪扭扭呈8字形向前行走，发出了吱吱嘎嘎的声音，这是一种痛苦的声音，这种声音让男人和小华都大笑起来。在这个落雪的静夜，一男一女的笑声传得特别远。男人说，好些年前，我就是用自行车带着老婆走的，她会搂住我的腰，然后就唱歌。小华伸出了手，小华也搂住了男人的腰。搂住男人腰的时候，手上传递过来的感觉告诉她，男人的腰上有了赘肉，有了一圈厚厚的游泳圈。小华想，那个死去的女人，她坐在自行车后面搂男人腰的时候，男人一定是没有赘肉的。小华也开始唱歌，小华唱的是一首叫做《至少还有你》的流行歌曲。唱这首歌的时候，小华的脑海里就浮现了一个细眼睛的香港女歌星的样子，女歌星把这首歌演绎得声情并茂，一遍遍如诉如泣地告诉男人，如果什么都没有了，至少还有你。但是，男人一定就会成为一根柱子，一堵墙，一种依靠吗？

雪地里留下了清晰的自行车轮胎印，像一条细细长长永无了断的蛇一样伸向了远方。小华的脚晃荡着，哼着那首歌。男人的声音也响了起来，他和小华合唱着这首歌。但显然男人的声音是很难听的，唱得也有些五音不全。小华没在意，小华只是把脸靠在了男人的后背上。小华能从男人的后背听到心跳，感到一种隔着衣服的温暖。她突然把一双凉凉的手从男人的衣服下摆伸进去，伸到了男人腰间温暖的游泳圈上。男人因为突然受凉，把自己的身子使劲地往上伸着，像一粒想要拼命往上长的豆芽。小华吃吃地笑了，小华说，那个时候，女人是不是也这样把手伸进来。男人重重地点了一下头，他又点了一下头。但是他的点头，小华坐在自行车后座上是看不到的。

　　终于到了玲珑足浴门口。男人和小华看到足浴店已经关门了，大街上清冷冷的。小华从自行车上跳下来，男人也从自行车上下来了。男人把自行车一推，自行车就歪倒在雪地中，像一头行将倒毙的羊。男人和小华相对着站了很久，后来小华轻声说，你抱抱我。男人愣了一下。小华又轻轻说，你抱抱我，你抱抱我。小华的声音由轻到响，她扑进了愣着的男人怀中。男人搂着小华，他们听着雪落地的声音。雪从四面八方包抄过来，茫茫的雪让他们变得渺小，变得像两只蚂蚁。男人一下又一下拍着小华的背，男人什么话也没有说，只是拍着小华的背。他们能听到彼此的心跳，在各自的胸膛里，咚咚咚地响着。很久以后，小华轻轻推开了男人。小华微笑着拢了拢自己的头发，小华说，天快亮了，我们得分开了。分开之前，我想要告诉你的是，我也下岗了，和我的老公一起下岗了。我的老公凑了钱开公司，也忙得很辛苦，也像你一样会拖着疲惫的身体回家。我给他洗脚。他给了我许多承诺，就像你给了你的女人许多承诺一样。现在他的公司并不景气，但是我在想，如果他发财了，又怎么样呢。

小华边说，边倒退着前进。说完的时候，她侧过头向他摆了摆手，意思是再见了朋友。然后小华转过身，只留给男人一个背影。小华一直向前走着，她踩雪的声音咯吱咯吱地，在这个静夜显得清晰。小华的背影，在路灯下成了一粒黑豆，最后这粒黑豆也不见了，这粒黑豆隐进了茫茫的雪中。男人呆呆地站着。男人站在他的那辆汽车边。车身上已经积了很厚的雪，他就想，等一下坐进车里的话，是不是就坐在了一堆雪的包围圈里。他突然没有了动一下的欲望，他呆呆地站在车边，站成了另一辆静止的车，或者说是突然伸出根须的树。因为有了骑车和行走，他的脚底是热的，涌着一浪一浪的热。他索性就甩掉了皮鞋，赤足立在雪地里。雪很快让他的脚变成了红色，他感到了一种从未有过的快感从脚底板往上升，很像是一条叫做幸福的蜈蚣在沿着他的身子往上爬。

男人开始想一个他从走进玲珑足浴时就开始想的问题，他的脑筋在急速地转着。他在想这个问题的时候，飘落的雪把他的头发变成了白色，把他的眉毛和稀疏的胡子也变成了白色。男人就成了一个孤零零的雪人了。男人终于想起，今天是十二月二十二日，是冬至。在去年的这一天，他按照冬至的传统习俗，为自己已经过世的女人在地上洒过一杯酒。但是今年忘了，今年他在玲珑足浴洗脚。

男人的身子动了动，有些微的雪开始扑扑往下掉。男人蹲了下去，男人蹲在车边的雪地上，轻声对自己说，今天是冬至。男人的声音有些变了调，他再一次轻声说，今天是冬至……后来他钻进车门，车被雪包围着，他也就被雪包围了。

纪念

纪到胜利电影院的路程大约是一里多，纪其实已经有很久没有留意这个破落的电影院了。纪从链条厂里下了岗，有些无所事事。某一个清晨纪一早就醒来了，醒来了坐在床沿上发呆。他看到老婆梅像要去买菜的样子，就对她说，今天我去买菜，今天让我去买菜吧。梅愣了一下，她还有些睡眼惺忪的样子，她说纪你怎么啦，你怎么突然想买菜啦。纪轻轻地笑了一下，纪说，我快闷死了，我想去买一回菜。

那个雾蒙蒙的清晨，纪走向了菜场，走在一堆缠缠绕绕的雾中。纪觉得心情好了许多。他喜欢被雾包围着，人看不清人，只能看清有一个影子在不远的地方飘过。这是一座多雾的小城，纪在这座城市生活四十多年了，纪的儿子可可已经上了初中。可可有一双旱冰鞋，他像一个运动员一样，躬着身穿行在城市。许多时候纪听不到声音，一点也听不到，他只看到可可很像一把年轻的匕首，把大街刺啦啦地划开了。可可不太爱说话，这有点像纪，纪也不爱说话。纪从可可这个年纪开始就不太爱说话了。其实纪有许多话想说，但是话到嘴边，纪就忍住了，纪觉得说了没意思。纪走在雾中，走在去菜场的路上，这时候，纪看到了胜利电影院。纪走过电影院的时候，突然停住了步子。电影院像伸出了一只柔软的手臂一样，或者像是抛过来一根藤将他缠住。他走到了电影院陈旧的木门前。

纪想起了这其实是一座废弃的影院，纪在影院门口站了很久。纪自言自语地说，这儿，这儿应该是一个小窗口，专门卖票的，窗口里坐着一个胖乎乎但是笑容和蔼的阿姨。这儿，是贴招贴画的，《春苗》、《卖花姑娘》，许多许多。这儿，是一个棒冰摊子，一个流鼻涕的老头守着摊子。薄雾仍然一团一团向他袭来，他就那样站着，然后他开始扳着手指头计算自己与电影的距离。纪吓了一跳，因为纪已经十多年没看电影了。他记得很清楚，那时候厂里发了两张电影票，他带着梅去看的，就是在这家电影院。梅那时候大着肚子，等梅生下小孩后，他们就生活在一堆孩子的哭闹声里。很多时候，纪被尿布微温微腥微臊的气味围住，还有锅盆碗瓢的声音，哪里还有心思看电影。纪喜欢为儿子洗尿布，喜欢把在清水里漂洗干净的尿布挂到一根铁丝上，再用一只只小夹子夹住。在阳光下，那些尿布蒸腾着一种热气，像是一种生命一样。纪甚至在有一天，把脸贴在了尿布上，闻那种略臊的，夹杂着布的温软味道的气息。现在，儿子可可好像被风一下子吹大一样，已经是一把年轻的匕首了。

纪就愣愣地站在影院门口。纪有些像是一棵即将在秋天枯黄老去的草，立在雾中，有些无助的样子。纪后来醒过神来，太阳已经升得老高了，他想起他是代梅去买菜的。梅一直只会买些便宜的菜，她神经衰弱，有轻微的忧郁症，一直在居委会拿着每月一百多块钱的低保。纪下岗后，梅的病情似乎有些加重了。纪半夜醒来的时候，会看到已经不再年轻的梅，蓬乱着头发，呆呆傻傻地坐在一堆从窗口漏进来的月光里。纪说，梅你怎么啦，你怎么不睡觉？梅诡异地笑了，她的笑容呈青色。梅说纪，你说有一天我们这座城市会不会被水淹没？纪吓了一跳，拿手在梅的额头上按了按。过了很久以后，纪才说，不会的，怎么可能会被水淹掉呢。你睡下吧。梅说，但是报上说了，今年的天气受厄尔尼诺的影响，会发生水灾的。纪跌入冰窟里，一句话也不想说。

纪知道梅的忧郁症和自己的下岗也有一定的关系。纪打算买一条鱼，从小到大纪一直以为鱼是营养最好的，生活在水里，吃那么多的微生物，营养会不好吗。纪买回了一条胖头鱼，还买回了一块豆腐，还买了西红柿、鸡蛋和青菜。纪买菜回来的时候，仍然路过了胜利电影院。这时候电影院已经完全呈现在阳光下了，它陈旧的面容更加清晰地呈现，墙上斑斑驳驳伤痕累累，像一个年老色衰的妇人。电影院四周其实是很安静的，不太有行人。电影院不远处是一个弄堂，弄堂里飘出许多生煤炉时产生的烟雾，有一些细碎的咳嗽声透过烟雾传来，像是一条偶尔从树叶间隙漏下来的阳光。纪又在电影院门口站了很久，纪离开电影院的时候，始终感觉这座废弃的电影院就像一个人一样，也有着两道目光。目光落在纪的背上，纪感到后背有些凉飕飕的。

纪走到自己家门口。纪的家在老城区还没有拆迁的一个弄堂里。纪看到了撅着屁股的梅正在生煤炉，梅肥硕的背影让他想到了她浮肿的眼睑。但是纪还是心动了一下，这个屁股曾经令纪在某一个年龄段着过迷，所以纪拍了一下梅的屁股。梅吓了一跳，一回头看到了纪的笑脸，梅就白了纪一眼。纪说梅，今天我们吃鱼，鱼的营养是很好的，我要给你补一补。梅说你买这么贵的鱼干吗，你发神经了你。后来两个人都不说话，一个使劲地扇着煤炉，一个在家门口的自来水龙头下剖鱼。梅突然问，纪，你说会不会有一天发大水，把这座城市给淹了？纪不再理她，只是回头看了她一眼，纪的眼神里几乎有些绝望了。很久以后，纪才举着已经开膛破肚、鲜血淋淋的胖头鱼说，如果发大水了，我们就做鱼好了，鱼能游泳。梅这才笑了，说那就做鱼吧，鱼又淹不死的。她看到纪手中的鱼挣扎了一下，这个时候，念还没有出现。念其实也是和胜利电影院有关的，只是，念还没有出现而已。

　　梅托了娘家人为纪找一份工作，哪怕是看传达室也可以。纪不太愿意坐传达室，在链条厂里，纪是公认的技术骨干，每次技术比武总是拿第一名。现在，纪最风光的时候过去了。纪想坐着总不是办法，也托了朋友为自己找工作。在漫长的等待一份工作的过程中，胜利电影院牵引了纪的脚步。纪在一个夜里醒来的时候，就再也睡不着觉。纪把双手枕在脑后，想，怎么一下子就没有工作了呢。儿子可可仍然不声不响，早上起来穿上旱冰鞋就滑进这座城市的雾中。纪转头看到了老婆梅的脸。梅的脸已经不再年轻了，梅已经四十岁，她的脸上有了皱纹，皮肤松弛，头发也变得粗糙了，而且眼角挂着眼屎，嘴角流着口水。梅睡得很香，而且时不时发出梦中的呓语。其实在年轻的时候，梅也是这样的，但是那时候纪一点也不觉得老婆丑。纪睡不着，纪就想起来，纪披衣起床，打开门，像一个梦游者一样，来到了胜利电影院门口。纪想，我怎么喜欢上这破旧的电影院了？

离天亮还有一段时间，天气有些微的寒冷，所以纪就紧了紧自己的衣衫。纪开始抚摸电影院，实际上他只是抚摸着电影院的一扇木门而已。木门有些松动，纪轻轻摇了几下，锁上的一些细小铁锈掉了下来。纪的心里忽然热了一下，他开始摇晃木门，像抓住一个仇人的衣领，想要把他吃掉一样。门打开了，纪闻到了一股夹杂着阴冷气息的霉味。纪走了进去，合上门，这时候纪完全站在一堆黑暗中。纪开始想象电影院里是什么样子，一排排陈旧的木质椅子，老鼠和蜘蛛在这儿自由生活。灰尘们一动不动地躺在地上椅上，台上还挂着一块变成灰黄色的或者已经破烂的电影幕布。纪的眼睛终于渐渐适应了光线，他看到极黯淡的月光从屋顶一个大洞中漏进来。纪在电影院里小心地走动，纪老是要想起一些什么来，但是又老是想要拒绝想起一些什么。纪后来坐在了一张椅子上，纪被一片巨大的安静和黑暗吞噬了，像掉进一个深渊里。在急速下坠的过程中，纪找到了一种快感。纪想，这儿真好，像一个天堂。

　　纪离开电影院的时候，天还没有大亮。他把木门弄成平常的样子，一点也看不出来这门其实是透明和虚无的，随时可以进出。他把门照原样弄好以后，一转身看到了一个女人。女人穿着一件棉质的袍子，齐肩的长发，头发好像还稍微烫了一下。女人不年轻了，也不显老，三十七八的样子。女人对纪笑了一下，女人说你是从里面出来的吗。纪看了她一眼，纪说我从里面出来关你什么事。女人又笑了，很柔顺的，像一根软软的草一样的笑容。女人说，你叫什么名字？纪想了一下，说我叫纪。女人说，我叫念。

　　念终于出现了。他们在胜利电影院门口的一小块空地上站了很久，其实他们并没有说话，他们只是那样站着。天开始渐渐亮起来，念转身走了，离开之前又向纪笑了一下。纪被念搞得一头雾水，他朝家里走去，拐进他家所在的弄堂之前，看到一个十多岁的少年弓着身子疾行，那是他穿着旱冰鞋滑行的儿子可可。然后，他看到了一个在家门口自来水池里洗脸的女人，这是他的老婆梅，梅把自己的整个头都伸进水池了。梅一转身，看到了灰头灰脸的纪。梅说，你死到哪里去了，你去偷东西了？怎么一脸都是灰。纪看到梅的脸上还挂着水珠，他笑了一下，没说什么。

纪后来常去胜利电影院。电影院附近有一条弄堂，电影院的正门口有小块的空地，空地上还长着一棵枝繁叶茂的法国梧桐。许多时候纪就站在法国梧桐的阴影下。纪第二次见到念，就是在这棵树下。念穿了一件短袖上衣，下身穿了一条米色长裤。念说你一定不认识我了吧。纪说，你叫念。念说，你是不是小时候喜欢看电影，所以才一次次跑到电影院来？纪想了想，他终于想起小时候喜欢看电影，常顺着屋顶一个天窗爬进来，在电影院楼上的座位里看电影。纪说是的，我喜欢看电影，但是我有十多年没看电影了。纪说话的时候搓着手，天气还没有寒冷，但是他却搓起了手。念说，我以前也喜欢看电影，后来不喜欢看了。他们仍然在法国梧桐下站了很久，都没有说话，但也没有离开。终于，念打破了寂静，念说你在哪儿上班的？纪说我没有班上了，我以前是在链条厂里上班的。你呢，你在哪儿上班？念说我在棉纺厂里上班，我以前是个挡车女工，现在不挡车了，厂子都快关门了。

又是一长串的沉默。沉默以后，念将了将自己的长发，看着纪笑吟吟地轻声说，你带我进电影院好不好，我想看看电影院里是怎么样的。念的神态有些娇嗔，这激活了纪的某根神经。纪觉得刚才念看他的眼神都有些暧昧，这让他想起了家中并不显老旧但是已经毫无光泽的老婆梅。显然这个念和梅是完全不同的两个女人，或许，应该说梅不解风情更确切些。有风走过去，又有风走过去，纪在风中沉思了好久以后说，好吧。

纪去开门，纪轻易地把门打开了。电影院门口很少有路人走过，就是有，他们也不会在意有没有人在开电影院的门。他们一定以为这人是文化局的什么人，开门进去一定是有什么事。念跟着纪进了门，门又合上了，这让他们的视线在短时间内有些不适应。过了一会儿，他们看清了电影院里的一些细节，比如一根根粗大的木质柱子，比如一张老旧的分不清什么颜色的幕布，比如积满尘土并且已经有许多缺胳膊断腿的椅子，比如游走在空气间的让人忍不住打喷嚏的酸霉气味。纪和念果然开始打喷嚏，先是纪打了一个喷嚏，接着念也打了一个喷嚏，念的喷嚏显得有些细碎，然后他们接连打了好几个喷嚏。

纪说，你让我带你进来干什么，你想要干什么？念把两只手绞在一起，轻声说，我不想干什么，我就想在这儿看看，坐坐。后来纪和念都找了一张椅子坐了下来，念变戏法似地从她随身带着的包里拿出了两张报纸。接过报纸的时候，纪愣了一下，感到念进电影院在一定程度上是一种预谋。纪把报纸铺在椅子上，然后两个人坐了下来。他们没说话，他们先是抬头看了看电影院的顶部，顶层上有许多破碎的小洞，漏进的光线就像是点亮的一颗颗小星星。有些小光斑落在了他们的身边，光斑里浮动着一些灰尘。念把手伸进光斑里轻轻挥动。那是一双白皙的、充满质感的手，这双手令纪感到惊讶。念说，你看，我抓住了灰尘。纪没说话。念又说，你看，灰尘是不是有生命的，它们游浮在空气中，多么像是一条条细小的鱼啊。纪好像被触动了一下，想了好久才想起来，他想吃鱼。

电影院里太安静了，是一种可怕的安静。纪老是觉得这儿像是一座鬼楼，到处都会有看不到的鬼从他们身边走过，说不定还在望着他们俩偷偷地笑呢。纪老是回头看，纪想会不会突然之间，身后站了一个穿袍子的看不到腿的绿毛女鬼呢。念很轻地笑了一下，念说你是不是怕鬼？纪摇了摇头，说我怎么会怕鬼呢，鬼怕我才对。但是纪的话显得有些苍白，明显的中气不足。念又笑了一下，她忽然把手按在了纪的手上柔声说，我就是鬼，我是诱你进入电影院的女鬼，你怎么不怕。纪的心一下子跳到了喉咙口，脑子里突然空了，什么都没有。过了很久，他才感到了念的手传递过来的温柔，这让他回过神来，并且壮壮胆说，有什么好怕的，鬼有什么好怕的。他知道鬼的手是冰凉的，他也知道其实自己已经起了一身的鸡皮疙瘩。

后来纪不知道念怎么把身子靠在了他的身上。念的身体是柔软的，温暖的，像水草一样。念微闭着眼，说我有些困了，纪你可不可以给我讲讲故事，纪你是不是以前常来这儿看电影。纪不说话，但是纪的记忆被勾了起来，像是在一块土地上挖起小时候埋下的一个玩具一样。纪看到了自己少年时的影子，有些像弓着腰在这座城市里滑行的儿子可可。纪说，你想听什么故事？念说，你讲什么，我就听什么，我困了，最好是你讲着讲着，我就睡着了。我想睡一觉。纪就开动脑筋想，讲什么故事好呢。其实纪是一个不会讲故事的人，纪想了很久，终于说，很多年以前，有一座电影院。电影院是新的，许多人都喜欢看电影。对了，那应该是七几年的时候，有一个男孩子也喜欢看电影……

男孩望着排队买票的人，但是他没有钱，也就用不着去排队。男孩看到售票窗里那个笑容满面的胖阿姨，她是一个很受欢迎的阿姨。七十年代的天空下，男孩有些落寞的样子。男孩站在一棵小树的身边，那是一棵法国梧桐，有时候男孩觉得自己和法国梧桐一样落寞。男孩没有钱但是他必须要看电影，他寻找着每一个入口。终于在一个闷热的午后，穿着汗背心的男孩爬上了高大的电影院的屋顶，他进入了一扇木窗，翻身进入木窗，那里面有狭小的通道。他就蹲在那个通道里往下看电影。他看了许多场免费的电影，他没有把这个秘密告诉任何人。有时候他还可以俯视看电影的人群，看着他们吃东西、说话，看着一个男人的手摸向女人的大腿，看着那个女人挣扎了一下，最后却不动了。看着电影散场时人们离开时的情景，看着那个扫地的男人，一个个子很高但却并不显得挺拔的年轻人，扫除一场电影放完后电影院里多出来的东西。比如瓜皮果壳，比如遗落的电影票，甚至还有装着一些零钱的塑料袋。

男孩有时候连续看几场电影，有时候看着电影就睡着了，但是他仍然无比热爱那个从楼上小洞洞里射出来的光柱。这些光柱变幻莫测，投在了屏幕上，屏幕上的人就有了声音，就活了，就打仗、谈恋爱、破案、吵架、喝酒……好像是在看着别人的生活一样。男孩有时候睡着了，做个梦，睡醒了就接着看。男孩看朝鲜电影《卖花姑娘》的时候，流了许多的眼泪。他不知道自己为什么有这么多眼泪，他只是怀疑自己身体里怎么会有那么多的水分。男孩能看到楼下座位上那个用手绢擦眼睛的人，他突然想，电影怎么会那么厉害的。他看到了屠夫吴大，这是一个粗枝大叶的男人，他就坐在头排，他把整个身子窝在座位上，这是一种很难看的坐姿。吴大老婆被淹死的时候，吴大很想哭的，但是吴大一点也哭不出来。县城里的人都在背后说，吴大看样子一定是巴不得老婆死了，怎么一滴眼泪都没有流出来。就算是鳄鱼，也会流一滴眼泪呀。就是挤，也要把一滴眼泪挤出来呀。但是吴大就是挤，也没能挤出一滴泪。男孩却在电影院里看到吴大哭了，他先是把那个难看的坐姿纠正了，然后坐直了身子，一直盯着银幕。然后，他突然开始用手擦眼睛，他一直都在用手擦眼睛。这时候窝在楼上那条小小通道上的男孩就想，看来朝鲜人拍的电影，比中国电影要厉害多了。男孩一共看了八场《卖花姑娘》，男孩把自己看得头昏脑涨的。男孩从电影院里溜出来，走在阳光底下的时候，突然觉得有些不适应，像一条鱼搁浅在岸上一样。他走路都有些东摇西拐了，许多看到的人都问他，你怎么了，你这么小的年纪一定是偷偷喝酒了吧。男孩不愿抬头看阳光，阳光太刺眼，会把他的眼睛刺痛，会把他的头劈开。

男孩爱上了电影院屋顶的那条小小通道。在一个落雨的日子，男孩又窝进了小通道里。男孩就那样半躺着看一部叫做《春苗》的电影，里面有一个赤脚医生，好像形象很高大。那天下了雨，雨就落在男孩头顶的瓦片上，距离如此之近。男孩觉得很惬意，他想，如果住在这儿该有多好。在雨声里，男孩睡着了，等男孩醒来的时候，电影院里很安静。电影散场了。男孩看到了那个扫地的年轻人，只是这个年轻人这时候并不在扫。男孩又看了看他爬进来的那个小窗口，窗外的天气告诉他这已经是一个雨天的黄昏。男孩躺在一堆黄昏里，身子骨突然一点劲也没有了。

男孩看到那个年轻人没有扫地，而是在做着另外一件事情。一个长头发的女人，娇柔地被他拥在怀里。在这个雨天，男孩的身子开始发热，他想为什么这么热呢，他解开了自己衣服的扣子，希望能有风吹到他的身体里面去。他看到年轻人蹲下身子，不紧不慢地脱女人的鞋子，不紧不慢地解女人的扣子，不紧不慢地解女人的裤带。后来男孩只看到两团白光，这让他的呼吸突然急促起来。他看到那个女人，是豆腐店里的阿芳。阿芳的老公在当兵，阿芳带着一个女儿一起生活，但是阿芳现在抱着一个年轻男人的头，阿芳发出了咿咿唔唔的声音，像是被人谋害了似的。这些声音像一条条小虫，这些小虫一张嘴就咬住了男孩的神经。男孩不敢看座位上的人影，两团白光合在了一起，渐渐模糊成一团光。男孩的手在墙壁上摸索着，他觉得自己身体上长出了一种关不住的东西，像要从体内冲出来。他不知道自己什么时候握住了自己，那是潮湿的自己。这个黄昏，男孩子像一个运动员冲向终点一样，让自己得到了一次宣泄。他看到墙上明显多了一些东西，这些东西在瞬间冷却，他一直盯着这些自己制造出来的东西看，心中突然升起一种失落感。他觉得自己像一团棉花一样，一下子轻了不少。阿芳和年轻人已经从座位上起来，阿芳在走出电影院的侧门以前，又被年轻人顶在了墙上，阿芳仍然发出了含混不清的声音。年轻人的手在阿芳身上摸索着，阿芳一把抱住了年轻人，男孩感觉年轻人就像一只百足虫一样，他的脑海里，到处都是年轻人上下乱动的手。男孩从那个小窗口下来，一级级往下爬。然后，男孩开始奔跑，男孩越跑越快，他像一把小剪子一样冲向黄昏，把一堆黄昏给撕裂了。就像是多年以后的可可，穿着旱冰鞋滑行在这个县城一样。

男孩在上课的时候，脑子里仍然晃动着那双手，那双上下乱动的手。男孩有一天站在了电影院门口的那棵幼小的法国梧桐树旁，对梧桐说，阿芳怎么可以这样，阿芳怎么可以这样呢？男孩仍然去偷偷看电影，直到有一天那儿的一扇窗被封死，男孩无法再进入电影院的内部。那是因为，男孩对别人说，他可以看到免费的电影，可以看到一个叫阿芳的女人和一个年轻人在电影院里干事。当许多人笑着向他围拢来，一定要他告诉他们关于阿芳的细节的时候，男孩才吓坏了。他突然觉得这些人都那么可恶，他们究竟想要干什么？

有一天，老师把男孩叫到办公室里，两个满面笑容穿着呢制服胸前插着钢笔的人，问了他一些问题，并且迅速地在纸上记录着。男孩一直看着墙上的毛主席像，由于墙壁受潮的缘故，毛主席像的一角明显地泛黄了。男孩不知道说了些什么，只知道后来他出汗了，他一下子说了许多话，把什么都说了。然后他跑出办公室，跑向操场。他不知道自己在操场上跑了几圈，反正他跑累了，他看到许多同学都在诧异地向他张望着，并且指点着什么。这让他有些愤怒，他对着他们吼，你们想干什么？！你们想要干什么？！

念好像睡着了，她半躺在纪的怀里，一动也不动，连睫毛也没有抬一下。纪轻轻搂住了念，纪觉得念有些像孩子，纪的心里一点杂念也没有，只是搂着念。纪轻声问，念你睡着了？念支吾了一下，念说没睡着，但是很想睡，你接着讲吧。纪就开始接着讲。

其实纪很快就把结尾讲完了，纪把结尾讲得很潦草。纪说阿芳突然被挂上了一双破旧的鞋子出现在大街上，她穿着花衣服笑吟吟地在豆腐店里卖豆腐的样子已经不见了。那个年轻人，突然被剃了头。他们都在心里寻找着一个神秘的男孩子，他们抬头望着天的样子，像是要把天望穿。总之，阿芳和年轻人像鬼一样生活着。终于有一天，人们发现了阿芳和年轻人，他们在老鹰山的一棵树下躺着，身边放着一只打开的瓶子。瓶子里溢出了刺鼻的气味。他们的眼睛大大地睁着，望着天空。这是一件令县城里的人足足谈论了一个月的事。据说阿芳的老公从部队赶来了，在阿芳的墓地前一站就是一个下午，像一枚钉子一样。

纪讲的故事潦草收场，但是纪的故事是完整的。纪惊奇地发现，并不热爱说话的自己，竟然讲了那么一大堆话，像是吐出了一地的瓜子壳一样。念在纪的怀里动了一下，抬起了头，微微睁开眼睛，像睡不醒的样子。念说，那个男孩就是你对不对？纪点了一下头。

纪和念走出电影院的时候，念拉了一下纪的手指头。念拉的是纪的中指，念说，谢谢你给我讲故事。那个时候已经是黄昏了，纪被拉住指头的时候，有了许多感慨。他发现自己有些喜欢上了棉纺厂女工念。他们走出了电影院，走进这个县城的黄昏里。电影院前有人走过，也有自行车驶过，他们都没去看纪和念一眼。纪和念走出电影院的样子，就像夫妻双双要到朋友家去吃饭一样，锁上门，离开家。

几天以后纪又去了胜利电影院。纪想今天会不会碰到念？纪走
到电影院门口的时候，看到了念。这一次念穿了一套黑色的棉布裙
子，她的皮肤很白，所以看上去念就是一个黑衣美人。念就站在那
棵法国梧桐树下，用那双纤秀的手抚摸着树上的一个疤，就像抚摸
陈年往事一样。念笑了一下，露出一排白牙。念说，我知道你会来
的，我等了你好多天。纪也笑了一下，纪用无声的笑代替了和她打
招呼。纪仍然打开电影院的门，两人大摇大摆地进去了，他们连门
也没关。没有人去关心他们，没有人去关心这个白天有人打开了电
影院的门。路人们肯定以为，这两个人一定是文化局或是电影公司
的，来看他们的业已废弃的产业。

念跟着纪走进了电影院，走进昏暗的空间。她忽然皱了一下眉
头，她说，纪你看看我们的电影院怎么这样脏，到处都布满了灰尘
和蛛网。纪也皱了一下眉头，因为他不习惯念说这个电影院是我们
的电影院。电影院是国家财产，怎么变成我们的了。所以纪没说什
么，纪想脏就脏吧，有什么关系。但是念却接着说，纪，不如我们
来搞一次卫生吧，我们把电影院打扫干净怎么样。纪想了想说，如
果你一定想搞，那么我和你一起搞。

纪和念借来了皮管，借来了扫把和拖把，他们开始光着脚丫用
水冲，用拖把拖。一连一个星期，他们都在电影院里干着活。有些
人过来看，都说这个电影院是不是又要派上用场了。念说是的，电
影院要租出去了，给一家服装厂租去了，马上要改造成厂房的。纪
和念打开着门搞卫生，一个星期以后，电影院里没有了灰尘，没有
了蛛网，很干净的样子。他们还把台上的幕布取下，换成了一块棉
白布。最后一天他们把门关上，坐在干干净净的椅子上歇息。

纪说，我们累了一个星期了，一分工钱也拿不到。念说，累

一个星期有什么关系，我们以后可以安安静静地在这儿坐着，我可以在这儿听你给我讲故事。纪说，我没有那么多的故事，再说我这个人不适合讲故事的。念说，你上次的故事不是讲得很好吗，我就喜欢听这样的故事。纪就无话可说了，纪总觉得要讲些什么来打破这样的宁静。纪想起了他看了八次的那场电影《卖花姑娘》，纪就说，你有没有看过《卖花姑娘》？那个花妮和顺姬多苦啊，她们要给地主还债，要为母亲治病，所以她们就要去卖花。她们的哥哥被地主抓去坐牢，妈妈被地主踢倒，含恨死了。双目失明的妹妹顺姬又被地主推进山沟，姐姐花妮历经了磨难，终于等到了当上革命军的哥哥。他们重逢的时候，悲喜交加。念，我好像又听到花妮在唱卖花歌了，我好像又看到了那个眼睛并不大的漂亮女演员。那个演员叫洪英姬，现在一定成了一个老太婆了，但是那时候她那么年轻漂亮善良，她让我流了许多眼泪。念说，花妮虽然可怜，但是我们就不可怜吗，我们就活得舒心吗？念说这些话的时候有些气呼呼的，这让纪感到有些奇怪。

纪在黄昏的时候和念告别，纪说，我要回去了。念拉了一下他的手指头，念好像有些喜欢拉纪的手指头。念说，今天晚上再来这儿给我讲故事好吗，我要听你给我讲故事。纪想了想，他想不起来自己还有什么故事好讲，但是他最后还是点了一下头，他至少还可以给她讲讲卖花姑娘花妮。念说你先走吧，我想在这儿多待一会儿，这儿多安静，这儿像一个天堂一样。纪转身走了，他听到念一直在念叨着什么，纪没有听进去。纪打开门，又合上门。外面已是黄昏，但是光线比电影院里强多了。他先是在法国梧桐树下站一会儿，不知道为什么，他爱上了这棵梧桐。这个时候他看到了一个滑旱冰的少年，少年从他面前经过，又停下来，向他滑来，在他面前停住，看着他，说，爸，你在这棵树下干什么，你有些莫名其妙。

纪想要发火，他认为儿子可可是不可以说这样的话的。但是他想不起来该怎么样发火，这个时候可可已经一转身滑远了。

纪是步行回家的，走到离家不远的弄堂口时，他看到了老婆梅。梅穿着一件宽大的汗衫，汗衫上印着她以前没下岗时的厂名。她正拉住一位年纪稍大的女人问，大姐，你说我们这个县城会不会被水没掉？那个女人温柔地捋了捋梅的头发，梅的眼神里有一丝绝望，女人好像在安慰着梅。这时候纪却真正绝望了，纪抬头望了望弄堂口的那座高楼，那是这个县城的财税大楼，一共有十七层。纪想，如果从十七层上跳下来，那么一定会像一只鸟一样，有飞的感觉，耳朵里会灌满呼呼的风。纪被自己的想法吓了一跳。

晚上梅又躺在床上问纪，梅说，纪报纸上都说了，今年可能要闹灾，你说我们这个县城会不会被水没掉？纪静默了一下，突然坐直身子对着梅吼了起来。纪不知道自己吼了些什么，纪只知道，自己发火了，自己不想再听到如此无聊的话。梅显然是受了惊吓，她开始哭了起来，她的头发蓬乱着，皮肉耷拉着，她已经不是一个年轻女人了。她是一个臃肿的、不太令人注意的女人。纪有些后悔了，他不该对着这个可怜的女人吼。纪一翻身睡下，这时候念的笑容跳进了他的脑海，念向他招了招手。念一招手，纪就睡不着了。半夜的时候，纪披衣下床，纪听见梅粗重的呼噜声，纪就皱了一下眉头。纪走出家门很远了，好像仍然能听到梅的呼噜声。

纪看到了念。念仍然站在法国梧桐树下。很远的地方亮着一盏路灯，光线斜斜地投过来，让念看上去有些单薄和苍白。念手里拎着一只硕大的纸袋，念仍然笑了一下，去拉纪的一个手指头。念用了一下力气，让纪感到些微的疼痛，疼痛从手指头的神经末梢传到纪的脑部，但是却让他的心脏也痛了一下。他们没有说话，进了电影院。

这一次他们不用在椅子上垫报纸，因为他们的电影院是干净的。念仍然像上次一样，倚在纪的怀里。念说，你今天给我讲一个什么故事。纪想了想说，我想不出来我可以讲什么故事了，我不太会讲故事，要不我给你讲一个黄色的笑话。念拍了拍掌说，好呀好呀，黄色的也没关系的。纪就开始讲，纪其实讲得并不生动，但是总算还是表达完整了。纪说有一头白色的母狼，去一个地方。在第一个岔路口碰到了一头黑狼，母狼问路，黑狼说我为什么要告诉你，除非你让我搞一下。母狼就让黑狼搞了一下。母狼继续走，又到了一个岔路口，碰到一头黄狼。母狼问路，黄狼也说，我为什么要告诉你，除非你让我搞一下。母狼就又让黄狼也搞了一下。快到目的地的时候，母狼要生产了，现在要问的是，母狼生的小狼应该是黄颜色的，还是黑颜色的？纪说，你猜一猜吧，你把答案告诉我。念就开动脑筋想，念想的过程中，纪感到寂静之中忽然有一些外来的力量，让他感到害怕。念想了好久也没能想出来，念说，那你告诉我，究竟是什么颜色的。纪笑了，纪说，我为什么要告诉你，除非你让我搞一下。

念大笑起来，她的笑声在电影院里回荡，让纪有些害怕。纪捂住了她的嘴，纪说，轻点你轻点，让电影院外面的人听到，还以为这儿闹鬼了。念突然脸色一沉说，你知不知道，我就是鬼啊，我是一个女鬼，我是一个冤死的女鬼。纪的脸一下子白了，但是他不相信念是一个女鬼，因为念的身体是热的，而且他能听得到念的心跳。鬼能有心跳吗？纪只是被念的这句话吓了一跳。纪有些后悔在半夜三更的时候跑到电影院里来了。

念变戏法似地从纸袋里掏出一瓶酒和一包牛肉。念说，今天我们一起喝酒吧，念又变戏法似地掏出两只高脚玻璃杯。纪听到了酒倒入杯中的咚咚声，纪看到一只白皙的手伸了过来，手中举着一杯酒。月光很好，月光隐隐漏进来，月光下纪看到了两只安静的淑女一样的酒杯，两只酒杯碰了一下，发出清脆的声音。纪是不太能喝酒的人，但是他把杯中的酒喝尽了，并且咂了咂嘴。念说，现在开始，你给我放一场电影吧。纪说怎么放，念说用嘴巴放啊，你用嘴巴解释，用嘴巴放片。纪说这有什么意思。念说这怎么就没意思了？念的眼光斜斜的，有些意乱情迷。念说，我有一个同学在建设局工作的，他告诉我，明天，就会有一队人马开到这儿，明天，这座电影院就不见了，就要变成平地。你给我放一场电影，算是纪念吧，纪念我们的少年时代，纪念我们的相识，纪念曾经发生在影院里的故事。

纪突然感到有些惋惜。纪想这个电影院怎么说拆就拆了呢，这时候他才想起其实半年前，电影院的墙上就写上了一个大红的"拆"字。纪主要是为了自己白白在电影院搞了一次卫生感到惋惜，一个星期就白忙了，只是为了在这个晚上和一个女人能在干净的电影院里喝一次酒。纪说，好的，我给你放电影吧。

纪开始放电影，从倒片开始，嘀嘀嘀机器转动的声音，他都描绘出来了。纪说，观众进场，吵吵闹闹的，电影院顶上的大灯都开着。纪说，开始放音乐了，是运动员进行曲，然后，放幻灯，放了许多幻灯，最后出现了一个大大的"静"字。然后影片开始了，大灯熄了，观众席里有窃窃私语的声音。纪说，朝鲜电影《卖花姑娘》开始放了，花妮受苦，花妮卖花，花妮向老百姓们哭诉，花妮的妈妈死了，花妮的妹妹顺姬被地主推进山沟，花妮找到了参加革命军的哥哥。对了，花妮的卖花歌响了起来，观众们都哭了，都开始掏手绢，都在心里痛恨着万恶的旧社会。对了，念你知不知道，我当年看八遍《卖花姑娘》的时候，流了八次眼泪，把我的眼泪都流干了。对了，念你知不知道，《卖花姑娘》是金日成亲自编剧的呢。

念一直没有回答，她将脸贴在纪的胸口。纪觉得胸口有些凉，就用手摸了摸念的脸，他发现念的脸也湿了。纪问，念你是不是也被感动了。念说没有，念说我在想，那个时候，屋顶窗口下那条小小的通道里，蜷缩着一个想看免费电影的少年。他看到了一个男人和一个女人偷情的场面，他害了一个男人和一个女人，其实他应该是一个罪人。纪的脸一下子白了，纪说，你别提好不好，你一提这事，我就难受。这事是我的心病了，你别揭我的伤疤。念说，你信不信，我就是那个女人，我化成了鬼，这些年一直都在这儿游荡着。纪闭上了眼睛，纪仍然不相信她会是女鬼，纪说，如果你就是她，你就把我带走吧，我也没觉得活着有多少快乐。

念笑了，拍了拍他的脸，念说，你也是无意害我的，我放过你吧。念站起身来，在电影院里来回走动，看上去她快速走动的样子，有些像是飘飘欲仙。纪开始真的怀疑念是一个女鬼了，纪望着从屋顶破洞里漏下来的月光发呆。纪想，怕什么，已经碰上她了，不怕什么。纪突然想到了一个问题，纪说，那你的身体为什么是热的。念笑了，念说，屈死的冤鬼身体都不会冷去。纪不再说话，而是拎起酒瓶咕咚咚地灌起酒来。纪的酒量并不好，也不喜欢喝酒。纪抨了一下嘴巴，把酒瓶扔掉了，酒瓶落地破裂的声音，很刺耳地在电影院里响了起来。

念站到了他的身边，把他揽在怀里，替他拭去了挂在眼角的一滴眼泪。念把纪的头贴在自己的胸前，很快，她的胸前就被纪的眼泪打湿了。纪开始哽咽，甚至是轻微的号啕。念俯下身来，吻着纪脸上的泪水，念说好孩子，我不说你了，我不怪你了，你也是一个苦孩子。纪抱紧了念，纪哽咽着，开始解念的扣子。纪不知道自己为什么会这样做，纪一寸一寸地剥去了念的衣衫，纪把自己的脸埋在念温软的胸口，纪仍然在低声哭泣着。念像面条一样软下来，她坐在纪的腿上，她让纪进入了自己。两个人在夜里颤抖，并且一起哭泣。念的头忽然朝后仰去，然后一下子抱紧了纪的头，她的指甲陷入纪脖子上的皮肤里。

纪和念就这样，哭了做，做了哭，他们都不知道自己为什么会这样，这个场景让纪想起了自己当年看到的一幕。纪始终觉得有一双眼睛，像当年他盯着另一对男女一样盯着他们。纪抱起了裸体的念，纪把赤脚的念放倒在墙边。然后纪把念顶在墙上，吻她，抚摸她。纪想，多年以前的电影院里就是这样的，就是这样的。这时候一扇门忽然无声地打开了，一些淡淡的光线涌了进来。一个女人青色的脸出现在门口，她一步步向纪走来。纪停下动作，站在念的面前。念没有离开，也没有去拿衣服，念知道门口有了淡淡的光线，那么一定是天快亮了。念的长发遮住了自己的脸，但是她的目光仍然可以透过头发的缝隙看到一个脸色青青的女人。女人有些臃肿，头发蓬乱，还散发着一股女人睡觉后的才会有的体味。女人走到他们面前，女人凄惨地笑了，女人说，纪，你是不是嫌我老了，嫌我不中用了，才会去干别的女人。纪和念同时皱了一下眉头，他们都不爱听"干"这个字，他们都不理解他们刚才的事，怎么可以说成是"干"。女人对念说，你知不知道，我们的日子都不长了，报纸上说今年有厄尔尼诺现象，我们这个县城很快会被水淹没的。

女人走了，走向门口一堆淡淡的光线。纪坐下来，一言不发。纪觉得自己一个晚上经历了一生所要经历的事。念很慢地穿衣，梳头发。念走的时候没有带走酒瓶，念说我走了，再过几个小时，工程队就要来拆房了。谢谢你，谢谢你让我纪念了一下过去。我告诉你，我是棉纺厂的女工，我让我们厂长老婆把厂长的脸挖破了，厂长想吃我豆腐，我就让他瞧瞧我的厉害。我已经快四十岁了，但是我还没结婚，我不想结婚。男人有几个是好东西。我妈就是让两个男人害的，一个是和她一起在老鹰山上喝药死的，另一个就是你，是你杀了他们俩。

念走了，迈着不紧不慢的脚步。纪坐在安静的电影院里一动也不动。纪像一个呆子一样，想象着《卖花姑娘》，想象着当年他所看到的一切，想象着一个男人和一个女人的故事。纪不知道自己坐了多久，纪只感觉到门没有关，感觉到有光线进来并且越来越强，感觉到有人声传来，有一些人进来了。有人奇怪地说，怪了，这儿怎么这么干净。然后他们看到了呆呆坐着的纪。他们看到纪站起身来，纪从他们身边走过，纪一言不发，纪目不斜视，纪走出了电影院。然后，纪像一个失去知觉的人一样，一脸木然地站在电影院门口的法国梧桐树下。推土机和铲车轰鸣起来，他看到墙被推倒，灰尘涌起来，看到许多工人在忙碌。他的眼睛闭了一下，像要隔断一段往事一样。他的手搭在梧桐树干上，他抚摸着树皮，他想，这棵树，不久也会被砍掉的。许多工人不再理会纪，他们想，这个人的脑子一定是有了问题了。纪站在梧桐树下，一下子觉得自己变得苍老了，像过去了十年。他想，自己的头发一定已经变白了。他想，自己用一个夜晚的时间，纪念了一段往事。

纪往自己家中走去。纪想回到家告诉老婆梅，纪想对她说，他曾经在少年时代害苦了一对男女，纪想对她说，如果不想一起过，就散吧。纪的眼前浮现出梅青色的脸，浮现出梅闯进电影院时的情景。纪突然想到，梅是一个忧郁症患者，那么她怎么可能在晚上睡得那么死，可以让他从容地半夜起床来到电影院呢。想到这里，纪才发觉，原来自己才是最笨的人。

纪一直向前走着，没有去看任何人，只是凭直觉往前走。快到弄堂口了，他看到弄堂口围了一群人，正抬起头指指点点地说着什么。纪一抬头，看到财税大楼上的一个人影。纪就想，一定是梅了，一定是梅了。警车、救护车都开进了他的视野。一个穿旱冰鞋的少年滑到纪的面前，看了纪很久，又滑走了。纪把自己靠在一棵树干上，他看到许多人都对一个警察说着什么，然后警察向他走来。警察说，你叫纪？是楼上那个女人的丈夫？纪微笑着点了一下头。警察说，你昨晚在哪里，居民们说这个女人一早就出现在楼顶了，你昨晚在哪里？纪说我昨晚在胜利电影院里。警察愣了一下，过了好久才说，你跑到那个废弃的电影院里去干什么，你发神经啊？纪蹲了下来，纪想如果从财税大楼十七楼跳下来，一定像一只飞翔的鸟一样，耳边能听到呼呼的风声。纪想，其实他像梅一样，也想爬到楼顶去。纪突然哭了起来，像一个小孩子一样地哭。警察说你别哭了，我在问你呢，你跑那个破电影院去干什么？纪抬起头来，他的脸上都是泪水，他很清晰地对警察说，为了纪念。

青花

　　房间里摆放着两件青花瓷器。屋子收拾得很干净，德国的真皮沙发、山水迷你音响、进口的台灯、康柏笔记本以及摆放在洗手间里的整套的兰蔻化妆用品。这是单身公寓，第十八层。一切，很现代，所以那两件青花瓷放在床头柜上，显得有些不伦不类。一件是元青花扁壶，壶身上盘踞着一条张牙舞爪的青龙；一件是清康熙的青花盘，盘上是一个坐着的微笑着的女人，蛾眉淡扫，显现着一种贵气。两件青花瓷住在十八层的高楼上，显得有些寂寞。透过窗的一角，它们偶尔能看到飘过的云，它们最多只能看到飘过的云。

　　主人是一个叫花无衣的女人，一家外资公司

的技术总监。每天晚上她都回来得很晚，她脱掉那件黑色的风衣时，会随风飘起淡雅的香水味和淡淡的烟味。然后她打开台灯，灯光有些昏暗，只能把房间照得半明半暗，花无衣就在半明半暗里走来走去。她走到厨房，倒一杯开水。她端着杯子喝开水，把身子靠在窗边，两条腿交错着站立。她换上了一双棉拖鞋，鞋上绣着两只小猫，小猫在夜里显得很安静，像是睡着了。我知道花无衣的每一个章节。花无衣在洗手间冲热水澡的时候，门总是半开半掩的，热气像一团云一样，从那半扇玻璃门涌出来。花无衣穿着棉布睡袍出来，她用干燥柔软的毛巾擦着头发。她的头发染成了栗色，一种安静而又不本分的颜色，像水底下涌动的暗流。花无衣抽烟，她抽的是驼驼牌，一般女人都不抽这个牌子的烟。香烟壳是黄色的，有骆驼在画面上呈现。花无衣就幻想，自己骑着骆驼穿过了撒哈拉，穿过了尼罗河。花无衣像一朵瘦弱的花，升腾的烟雾就在花的旁边。暗夜里，有着昏暗灯光的暗夜里，烟升腾的样子，有些像一匹扭来扭去的绸缎。

　　我本来不知道她叫花无衣。但是有一天一个男人叫她"花无衣"了，我才明白原来这个常在深夜出没的女人，有一个与花有关的名字。花无衣二十六岁？二十八岁？女人的年龄是你不太能准确猜到的。但是不管她是几岁，总之不会超过三十岁。花无衣常去蹦迪、喝酒和泡吧。她从十八层高的房间里出去，然后走出这个花园小区的大门，走出大门口保安的目光，隐没在车流中，隐没在城市的灯光中。花无衣像一滴高贵的水，在每一个夜晚来临时隐入一条河里。有时候花无衣会醉眼惺忪地回来，洗澡，泡一杯玫瑰花茶，打开碟机看文艺电影，有时候也看韩国的三级电影。花无衣是寂寞的，看三级电影的时候，她会躲在被窝里，发出轻微的声音。夜是一件黑色的衣裳，我看到了这件巨大的衣裳，把整幢楼都包裹起来。我想我是爱上了花无衣，我的目光充满着爱怜的成分。

花无衣有时候会带高高大大的帅小伙进来。他们在床上亲热。这样的时候，往往是花无衣酒喝多了的时候。小伙子亲她的裸体，她的裸体像是白瓷。小伙子有多大了，二十？二十二？小伙子俯下身从花无衣的脚趾头开始亲，然后是小腿，然后是膝盖，然后是大腿，然后是小腹，然后是胸部和脖子，再然后是她的额头。小伙子会把头埋在花无衣的股腹间，发出咿咿唔唔的声音。花无衣也会发出这样的声音。花无衣在这个时候还抽烟，她让小伙子替她点上烟。她有一只ZIPPO的女士火机，很精巧的白板打火机。小伙子伏到她身上的时候，她就不停地吐着烟。花无衣还会拍打小伙子瘦小的屁股，像赶着一匹马，像对马说，你跑快点就给你加草料。花无衣还会用双腿夹紧小伙子的腰，花无衣就像在草原上奔马。

我不太记得清小伙子的脸，是因为在烟雾里小伙子的脸显得有些虚幻。小伙子一律都很高大，身材匀称且浓眉大眼的。小伙子一般都会在清晨离开，走的时候，他们会在窗口微弱的晨光下点钱。钱是从花无衣手里递过来的，花无衣的手从被筒里伸出来，递过一只黑色的钱包，说，拿走你应得的部分。小伙子穿上名牌衣裤和皮鞋，高高的身影晃动了一下，就开门走出去了。一年之中，这样的情况会发生四五次，直到有一天男人出现了，才没有小伙子们的出现。

花无衣长得并不是很好看，但她性感和妖媚，这不是装出来的，是自然流露的。有一次她被她的上司堵在电梯里，上司先是向她微笑，然后伸出长长的手，把她揽入了怀中。上司是个老外，老外坚硬的美国牌胡子扎痛了花无衣。花无衣的脸涨红了，她愤怒地推开了老外，愤怒地用手中捧着的资料狠狠击打着老外的头部。老外摸摸头笑了，花无衣也笑了，花无衣说，我对你没兴趣，所以以后请别惹我。但是花无衣对男人有兴趣。男人大概已经四十岁了，或许还不止。男人是个大胡子，他的大胡子刮得青青的，给人干净的感觉。他不太说话，花无衣就喜欢着他的不太说话。花无衣和他是在一个酒会上认识的，花无衣喝醉了，是男人把她送回家的。花无衣喜欢男人的眼神，男人的眼神很忧郁，像一个叫尼古拉斯·凯奇的影星。

男人常来，轻轻地敲门。花无衣就像一只燕雀，飞到门边打开门。男人和风以及烟草的气息一起进门。男人也抽烟，男人抽的是国产烟，一种叫白沙的香烟。这种香烟会让人想到一双像翅膀一样柔软却有力的手，那是电视广告里的一双手，这双手舞动的时候，有一个沉沉的男低音响了起来，鹤舞白沙，我心飞翔。一个下午花无衣跪了下来，花无衣跪着去解男人的皮带扣。花无衣的脸却是仰着的，她在看着男人的表情。男人在微笑，男人的大手罩下来，罩在花无衣的脸上。花无衣就张嘴咬住了男人的手指头。裤子掉了下来，是男人的裤子，一条笔挺的圣宝龙裤子。裤子掉下来，像是电梯的急速下坠。男人的腿上多毛，像水草一样。花无衣就把脸贴在了水草上。然后，男人弯下腰，他把花无衣拉起来，然后开始解花无衣的衣服。花无衣的衣服和裤子，就像一片片枯叶一样飞起来，然后又落下去。一会儿，枯叶就凌乱地落满了房间。男人抱起花无衣，他们进了卫生间，拉上玻璃门洗澡。他们出来的时候，身上还有来不及擦干的饱满的水珠。

男人和花无衣在床上做爱，很长时间地做爱。他轻易地滑入了一片温暖的沼泽地，然后他就在沼泽地里走来走去。男人走出沼泽地的时候，听到了花无衣无所顾忌的大叫。男人的走路方式和速度，令花无衣满意。花无衣唱歌，嘴里念念有词，说着一些不着边际的话，或者问男人一些问题。花无衣问男人，你老婆现在会想到现在你正在另一个女人的身体里面吗？男人哑然失笑，男人说，不会想得到的，她很信任我。然后他又说，你怎么问这么奇怪的问题。花无衣也笑，说，我一定不会是你妻子以外的第一个女人，而奇怪的是你老婆对你如此放心。女人既敏感又迟钝。

渐渐安静下来，他们就坐在床上抽烟。他们赤着身子，一人手里夹着一支烟，一人手里拿着一只法国产的玻璃烟缸。国产烟和外烟的烟雾就在床上纠缠在一起，升腾着。他们相互往对方的身上喷着烟，花无衣说，你的皮肉上留着骆驼香烟的气味了，好像骆驼踩了你一脚。男人也说，那要这么说，你的乳房上留下了白沙烟的气味，难道可以说成是一只白鹤在你的乳房上咬了一口？花无衣就笑了起来，很轻的那种笑。抽完烟，花无衣翻身上了男人的身子，继续做。他们停停做做，就等于是停停走走，他们的样子，好像是要到很远的一个地方去，比如从这座城市出发，去一个叫伊犁河的地方。

他们终于累了，累得不能再动的那种累，眼皮还能勉强张开。他们不吃东西，只喝水和抽烟。然后，男人看到了风卷窗帘的样子，看到了窗帘扭捏着，不时把光线漏到屋子里。然后，男人还看到了元青花扁壶和清康熙年间的青花盘，它们并排站在床台柜上，它们被擦得很干净，透着一丝丝青亮。男人说，你的房里为什么有青花？花无衣笑了，花无衣笑起来的时候，眼睛弯弯的像一轮新月一样。花无衣说，我喜欢青花。

男人常来。结识男人以后花无衣的脸色变得更加红润，精神也好了许多。男人像是一场雨，男人的雨是从江南的某个野郊的亭子边上飘来的斜雨，男人的一场场斜雨令花无衣感受着做女人的幸福。在十八层的屋子里，他们在微露的晨光里做爱，在黄昏夕阳照进窗子的时候做爱，他们的皮肤也泛着爱的颜色，光亮、柔软而细腻。他们其实都是安静的人，所以他们才会安静地吸烟和喝水。他们再一次赤着身子坐在床上抽烟的时候，男人的声音响了起来，男人的声音穿越烟雾，男人说，你的青花瓷是祖传的吗？花无衣看到男人的目光，就落在了两只安静的青花瓷上。花无衣说，是我祖母留下的，我祖母是大户人家的女儿。

花无衣说，我不懂青花瓷的，康熙青花盘里那个女人的表情，从容而恬淡，我想她的生活一定安逸，我渴望像她那样的生活。离开你以后，我想要嫁人。我总有一天会离开你的是吗？花无衣的手缠在男人的身上，男人的皮肉因为年龄的关系，已经略有松弛了。花无衣说，我祖母说，这是一只名贵的青瓷盘，而那只元青花扁壶，可以说是稀世珍品了。你知道在元朝不到百年的历史里，能留下的极品瓷器是少之又少了。报纸上都说了，两大故宫，皆无重器。据说八件传世扁壶中，有七件流失国外。

男人吐出一口烟。男人说，那你的意思是国内仅存的一件，就是你房里的这一件了？女人妩媚地笑了，说，我不知道，是不是珍品并不重要，我只是把这两件东西，当做是对祖母的纪念。我小时候，是祖母带大的。男人再一次把目光落在了扁壶身上，这是一只扁长方形的壶，上面有着一个筒形的小口，卷着唇。扁壶的两侧圆弧形的肩膀上，各有一个龙形的双系。男人看到花无衣的手伸了过去，落在了龙形系上。手指头爬过去落在壶口，再爬过去，又落在了另一个龙形系上。手指头像一只白胖胖的蚕宝宝，它在扁壶上慢慢爬动着。男人看到壶口已经呈出略微的黄色，那是岁月打磨的痕迹。壶口以下的壶身上，是一个青色的如意图案，再下面，才是张牙舞爪在云里翻滚的龙，才是翻腾着的水。男人看到了一种遥远的力量，来自于七百年以前的岁月，来自于一座民间的窑，来自于一双粗糙的手。扁壶是用来灌酒浆和水的，男人就闻到了酒的清香，从壶口丝丝缕缕地飘出来。花无衣的手指头落回到男人胸前的皮肉上，让男人感到有些微凉。微凉是一种好感觉，它不是冷，也不是温热，它是让人清醒的微凉。男人笑了起来，他的头侧过来，唇盖在了花无衣的唇上说，你想什么时候离开我？花无衣支吾了一下，她的嘴被堵住了，这让她发不出声音来。舌头与舌头在一片温湿里相遇。花无衣推开男人时，才说，总有一天的，难道不是吗？

男人终于不见了。男人是一个月以后不见的，男人和花无衣都喝醉了。他们醉倒在床上，一会儿，就都睡着了。花无衣醒来的时候，是一个安静的清晨。她看到了风吹开的窗帘。掀开被子的时候，她才发现自己是裸身的，身体上落满了斑驳的光线，让她看上去像一条花蛇。这时候，花无衣才想起男人是和她睡在一起的，现在男人不见了。然后花无衣的目光落在床头，花无衣看到康熙青花盘和元青花扁壶都已经不见了，花无衣就傻傻地愣在了床上，很久都没有动一下身子。两件青花瓷，一定都是和男人一起消失的。花无衣后来把手伸向了床边的红色电话机，花无衣拨男人的手机，手机说，机主不在服务区内。花无衣就想，恐怕不会再拨得通男人的手机了。而除了手机号码以外，花无衣不知道男人的任何联系方式。花无衣在床上坐着，抽烟，看烟雾飘来飘去。花无衣一直坐到黄昏，黄昏的时候她才起床，趿着拖鞋去洗手间冲澡。花无衣在热水龙头下冲着自己的脸，抬头的时候，她突然大喊了一声，王八蛋你不得好死！

男人在花无衣的生活中彻底消失了，这令花无衣感到寂寞。女人离开男人，就会很快枯萎，花无衣感觉自己就快枯萎了。她和朋友们去蹦迪，出一身汗回来，把自己放到热水龙头下冲着。她坐在床上抽烟，看碟，把夜搞得支离破碎。她的床头柜上，出现了一只鼻烟壶，一只青花的鼻烟壶。鼻烟的出现年代并不久远，那么鼻烟壶当然也是近期的青花瓷了。花无衣在一个静夜里抽着骆驼牌香烟的时候，电话铃响了。花无衣接起了电话，是男人打来的，男人的声音从扬声器里传出来，在夜里很响亮。男人说，是我。花无衣说，我知道是你。男人说，你想到我会打电话给你吗？花无衣说，我想到的。男人说，你那两件青花瓷是赝品，你被你祖母骗了。我找的那位专家说，如果是真品，价值将是几千万。男人的声音里充满了可惜的成分。花无衣淡淡地说，我知道，我祖母没说过那是真品，我也没说过那不是赝品，是你把它们当成真品了。男人沉默了一会儿说，我想你。花无衣就笑了，花无衣说，你的一句我想你，真廉价，随口就来。你还有事吗，我想休息了。男人迟疑着说，我能来你那儿吗？花无衣说，永不可能。花无衣把电话挂了，她看到香烟已经自燃了很长的一截，白白的烟灰下垂着，终于掉落下来，掉在被子上，像一具灰色的尸体。花无衣看着这灰色的尸体，发了一会儿呆。

花无衣仍然常常很晚才回到家里，她又回到了以前的那种生活。打开十八层这间屋子的门，把皮鞋胡乱地甩开，倒水，趿着拖鞋走动。目光就一寸一寸地落在地板上，目光像水一样把地板浸湿。有时候花无衣拿起床头柜上的鼻烟壶，放在鼻子下抽闻着。她抚摸着烟壶光洁而滑溜的表面，上面的青花是不规则的花纹，没有具体的图画。一个很合适的软木塞子，一个可意的舀匙。花无衣不知道是什么时候的哪位贵人，曾经使用过这只烟壶，很时尚地在年代久远的从前闻着鼻烟。那些细小匀称的烟的细末，加入了香料或药草，温和地进入鼻腔，让人会突然间兴奋起来。鼻烟壶就躺在花无衣的手中，握紧，松开，再握紧，再松开。在花无衣无所事事的每一个夜晚握紧与松开鼻烟壶的过程中，一个瘦而高的男人出现在花无衣的生活中。

男人叫子归。男人的名字多少有些怪，他居然叫子归。我听见花无衣坐在床边说，你为什么叫子归？子归说，没有为什么，就叫了子归了。子归又补充说，子归是一种鸟，一种很苦的鸟，它的另一个名字叫布谷，就像我，也很苦的。我不知道子归是怎么认识花无衣的，反正花无衣把子归带回了家。子归也抽烟，他抽的是中南海。他和花无衣一起抽烟，就像以前男人和花无衣抽烟一样。有时候他们拥抱，接吻，一起坐在床上看碟。看文艺电影和韩国三级片。但是他们从不做爱。男人有时候在屋子里走来走去，烟就跟着他走动，他就在烟里面晃动，或者穿行。更多的时候，他抱着花无衣，好像花无衣没有了他的拥抱会就会感冒一样。当坐在床上的花无衣伸出手，把床头柜上的鼻烟壶拿过来，放在鼻子下面闻的时候，子归很淡地说，这个东西，值几百万。花无衣笑了，斜着眼睛，轻佻地笑。花无衣说，子归你怎么知道。子归说，因为我在博物馆工作。我像一件古董一样，生活在博物馆里，我和古董们成了朋友，我经常和它们说话，我也可以和你的鼻烟壶说话。

鼻烟壶是花无衣的祖母留下来的，而元青花扁壶和清康熙青花仕女盘却是花无衣从陶器市场买来的。花无衣让它们都出现在房间里，房间里就充满了青花的气息。花无衣常对着鼻烟壶说话，有时候她掀开窗帘，跪在窗口下的一堆光影里，对着手里捧着的鼻烟壶说话。花无衣把鼻烟壶当成了祖母，花无衣说，奶奶，我想嫁人，我寂寞，我已经三十岁了，我想要一个孩子。青花鼻烟壶就发出了一声叹息，像是从遥远的地方传来的。花无衣又说，我骗过男人，男人也骗过我，我不知道骗来骗去，我的一生会骗到几时，我要找一个不会骗人的人做我的朋友，我还要找一个可以为我挡风遮雨的人做我的老公。青花鼻烟壶又叹了一口气，在遥远的天边叹气，并且伸出了一只手，那只手抚摸了一下花无衣的头发。花无衣的身子，就一下子暖起来，像细软的麦芒扎遍全身。

我的日子很平静。我是花无衣白领岁月中男女恩怨的见证人。

我看到子归来了好几次，来了，就坐大沙发上静静地抽烟，他把整个身子都埋在沙发里。他们认识了好几个月了，子归甚至有了花无衣房间的钥匙。我无数次看着子归用钥匙开门进来，然后为自己泡茶，坐在沙发上看碟。我也无数次看到花无衣回到屋子里，第一步必定是去看那只青花鼻烟壶，捧在手里摩挲着，好像长长地舒了一口气似的。一转眼就到了秋天，十八楼看不到秋天的颜色，十八楼只看得到风的颜色。秋天的风，它的颜色有些灰黄。子归就一次又一次被灰黄的风吹拂着。花无衣站到了子归的面前，花无衣说，子归，我要嫁人了。子归愣了一下，说，这么快？花无衣说，我想嫁人了，我已经三十岁，我想要个孩子。我的未婚夫是个皮草商，我们认识才两个星期，但我们已经在酒店里上了好几次床。子归吸了吸鼻子，他点了一支烟，吐出一口烟说，怪不得我闻到你身上有一股皮草的气息。子归说完，眼角有了一滴泪。他用食指把那滴泪擦掉了。

花无衣也坐下来，坐在子归的腿上。花无衣点上了一支骆驼烟，她吐出的烟和子归吐出的烟纠缠在一起。花无衣轻声说，子归，你多大了？子归说，我二十六。花无衣转过身，现在她是面对着子归的脸坐在子发的腿上了，她吻了一下子归，说你还那么小啊。子归说，不小了，我每天和博物馆里的老古董在一起，已经不小了。花无衣扭了一下身子说，对我来说，你还是小的。子归没有说话。花无衣在子归脸上喷了一口烟，花无衣说，你叫一声姐。子归就叫了一声姐，子归说，姐。花无衣把嘴放在子归的耳边，轻声说，想不想要姐，姐在结婚前还可以给你。子归想了想，轻声说，姐，你是我姐，我就不能要你。花无衣的眼泪突然就下来了，说，子归，我想送你一样东西，我把青花鼻烟壶送给你。还有，我搬出去嫁人以后，这间屋子给你住。产权是我的，但是你拥有使用权。

答应我子归，我想让你住到这儿来，和青花鼻烟壶住在一起，它很寂寞的。

子归答应了花无衣，他本来就租住在一间狭小的房子里，花无衣让他住，他很开心。花无衣说，子归，我是怎么认识你的，我已经忘了。子归说，我也忘了，怎么认识的并不重要。花无衣说，子归，你有没有女朋友？子归说，有过的，但是她嫌我穷，我在博物馆的收入，只有八百块钱一个月。花无衣坐在子归的腿上，开始计算自己的收入和子归的收入，她的月收入，相当于子归月收入的十多倍。花无衣苦笑了一下，她想，没办法的，收入就是那么悬殊。

花无衣终于嫁人了。走的时候，只带走一只皮箱和几件衣服。花无衣走的时候，穿着红色的毛衣和银灰的风衣，下面穿着一条黑色的长裤，一双咖啡色的靴子。花无衣离开十八楼的房间以前，把鼻烟壶拿在手里，轻声说着什么。我不太能听得清，我只是大概听出她在和奶奶告别，她在诉说着什么，说她曾经无缘无故跟人上床，只是为了感官的刺激。说她曾经骗得男人晕头转向，也被男人骗得晕头转向。说她爱得累了，累得苦和痛并且哭了。花无衣迈出家门的时候，子归就站在门口。子归把身子靠在墙上，右手指间夹着一支烟。花无衣从屋里出来，子归就说，我在这儿站一会儿，算是送你走上嫁人的路。花无衣放下皮箱，抱了一下子归，然后拍拍子归的背，把子归推开了，她在子归额上留下了暗红的唇印。花无衣说，子归，你和青花鼻烟壶做伴吧，那里面，装着我无数的心情和心事，装着我的爱恨和情仇。花无衣说完就走了，拖着皮箱就像拖着她从前的岁月一样。子归仍然把身子倚在墙上，他的手里多了一串钥匙，他的目光斜过去，罩在花无衣的背上。电梯的门开了，花无衣走进去，像是走进一张大嘴。电梯门又关了，花无衣就消失在电梯里。

子归的生活很平静。子归是一个忧郁的年轻人，许多时候他都坐在床上吸烟。当然他也看碟，在夜深人静时，看花无衣留下的那些文艺片和韩国三级片。子归后来有了一个女朋友，她是一家工厂里的女工，长得不好也不坏，却性感。女工是个实在过日子的人，她为子归打扫房间，她对这套十八层上的小套很满意。她说，花了多少钱？子归笑了起来，说，不是我的，一个朋友让我住的。我没有房子。女朋友愣了一下，但是很快就笑了，说，我也很穷的，但是穷没有关系，照样能活着。子归突然就愣住了，他看了女朋友很久，他后来紧紧抱住了女朋友，把嘴贴在女朋友的唇上。女朋友后来推开他说你怎么啦？子归说，你是好人，我怕我对你不够好。女朋友说，傻，你真是傻。

女朋友看到了床头的青花鼻烟壶，问这是什么东西？子归想了想说，鼻烟壶，以前人们在烟壶里装上一种不用点火的烟，拿着放在鼻下闻的。可以算是古董吧，我是博物馆工作的，我知道如果是真的，这个年号生产的鼻烟壶很值钱。可惜是赝品，赝品懂吗，就是假货。女朋友惘然地摇了摇头说，不懂，我也懒得去懂。后来，子归就抱起了女朋友，把她抱到床上。他慢慢脱掉了女朋友的衣服，在进入女朋友的时候，女朋友轻声说，子归，你得对得起我。

这是我亲耳听到的一句话。

第二年初夏。我实在不是一个讲故事的高手，明明是秋天的，就算是深秋吧，怎么就一下子到了第二天初夏。我应该讲讲漫长的落雪的江南冬天，或者是江南那绿油油的，连风都是绿油油的春天。但是我却一下子讲到了初夏，不如接着讲吧。花无衣在初夏回了一趟十八楼的屋子，她穿着宽大的孕妇装，她明显地胖了不少。她推开门的时候，看到子归盘腿坐在床上看碟，看一张叫做《宠爱》的韩国三级片。花无衣笑了起来，子归也笑了，他从床上跳下来，光着脚站在花无衣的面前。他的手伸过来，触摸着花无衣的肚皮。他还蹲下了身子，用耳朵贴着花无衣的肚皮，轻声说，让我听听，让我听听小皮草商的声音。好像里面的孩子，是他的孩子一样。花无衣的目光抬起来，她在搜寻着什么，她看到了那只青花瓷鼻烟壶，那是一只价值不菲的正宗的古董。她和子归都很清楚。当子归站起来的时候，花无衣吻了一下子归的脸说，你是好人。又吻了一下他的脸说，我爱你。

初夏的风从窗口急急地赶来，掀起窗帘。子归坐在床边，花无衣坐在沙发上，他们都没有说话，他们看着十八层的窗外。子归的女朋友出现了，她出现在门边，敲了一下门，然后就走了进来。子归和花无衣看了她一眼，都没说话。她也就没说话。女朋友走到了窗口，她看着窗外好久，然后口齿清晰地说，子归，这个方向以南一百八十里的地方，是我的故乡。她的声音那么纯明，她转过头来，看看花无衣和子归，她的目光也那么纯明。花无衣笑了起来，说，子归你女朋友吧，你女朋友叫什么名字。子归说，杜鹃。

花无衣说，杜鹃，你真好，我也爱你。杜鹃是小地方来的，不会说爱，杜鹃的脸就红了一下。这时候子归把青花鼻烟壶拿在了手里，对着鼻烟壶轻声说，还记得你的前世和今生吗，你看时光那么快，我们正在等着老去呢。子归说话像诗人一样。我想起了多年以前，一个做官的人把我捧在手里，拿到鼻下闻了闻，他的脸上就漾起了红光。我，就是那只青花鼻烟壶。

青烟

青烟已远，还记得墙角，一朵梅花？爱爱恨恨有几人，在你耳边有回声？青烟已远，风带你回到，旧时堂前。一生一世几个爱，都化作一缕青烟远。青烟已远……

——流行歌曲《青烟》

一

谷谷在夜半醒来的时候，听到不远处传来的火车轰鸣声。雪亮的车头灯射出的灯光，会在谷谷逼仄的房间里一闪而过，留下一抹转瞬即逝的白亮。那只柏龙牌调频收音机的绿灯还在亮着，就放在谷谷的枕头边上。他觉得手臂有些麻了，手臂木头一样地连在自己的肩头。手臂上枕着婉君的头，她的头发卷曲而蓬松，像一只大尾巴的松鼠一样。她睡得很死，谷谷喜欢自己睡死的样子。谷谷缓慢地小心翼翼地从婉君的脖子下抽出了自己的胳膊。他在婉君的脸上亲了一下，这时候他闻到的是温暖的女人的体味。

婉君很女人。熟睡中的她正散发出女人的气味，这种气味在夜色中穿梭，混合着一个叫小燕的节目主持人的声音，她在主持着龙山夜话。她一会儿放歌曲，一会儿和听众谈心。她的声音绵软而略有弹性，有些让人昏昏欲睡。谷谷喜欢这样的声音，他总是在脸上挤满微笑，望着那黑暗中传来的一点绿色。那是收音机上的频道显示。谷谷不止一次地猜想，这个叫小燕的女人，一定在抽烟，一边抽烟一边主持着节目。而婉君是一个真实的女人。婉君结过婚，有一个两岁的儿子。她离婚了，因为她的丈夫老是在赌输的时候把她打得鼻青脸肿。有一天，婉君和一个女人坐在了谷谷的对面，女人说这是婉君这是谷谷。那是在浣江茶楼里，茶楼里的陈设，是那种崭新的陈旧，是一些仿古的桌椅。但谷谷还是喜欢上了这些桌椅，他不时地呷一口上好的绿剑茶，不时地用手指头掠过桌椅的板面，好像是在抚摸一个孩子的脸。女人后来走了，留下了婉君和谷谷。谷谷望着女人远去的背影，那是一个酷似古代媒婆的背影。谷谷孩子一样笑起来，他说婉君，我是一个河南的农民。

现在这个河南的农民就躺在婉君的身边。婉君的身子玲珑剔透，谷谷在床上抱着婉君睡觉的时候，就有很男人的感觉。他想女人真是好东西呀。婉君长着一双大眼睛，不高不矮，不胖不瘦，只是脸上有几粒不太显眼的小雀斑，此外就是脖子有些短。但是这并不妨碍她成为一个在床上风情万种的女人。谷谷在刚开始的时候被婉君吓了一跳，婉君很狂热，一场暴风雨一般，把谷谷搞得晕头转向。后来谷谷才慢慢地适应了，他想婉君在喝茶时，是很淑女很文静的呀，怎么在床上就会像野兽一样又撕又咬又吼。但是谷谷还是喜欢着婉君的一场场暴风雨。谷谷想，暴风雨啊，你来得更猛烈些吧。谷谷感到疲惫而幸福。

谷谷住的房子是租来的，就在老鹰山脚，是一梯两户的小户型。那是二十世纪七十年代造的老房子吧，谷谷在楼下空地注视小楼陈旧的墙面的时候，总是感觉到在看一位同一时期出生的兄弟。谷谷从河南邓州来，他已经三十岁了，他从十八岁开始外出打工，打了十二年的工，但是手头却没有多少积蓄。所以在很多个夜里，他捧着收音机，老是觉得悲伤。他悲伤地想，自己的一辈子，是不是永远只能养活自己，然后就老死。谷谷的对门，住着一个女医生。女医生恐怕也有三十岁了吧。女医生出现在楼梯上的时候，总会带来一阵淡淡的香风。谷谷喜欢这样的香风，在他的眼里，女医生是个美女。女医生好像还没有成家，她偶尔会带不同的男人回家过夜。谷谷在猫眼里注视着这一切的时候，总是感到脸红。但是他仍然会在门口有响动的时候，把眼睛贴近猫眼。这是因为，女医生是个漂亮女人。谁不喜欢漂亮女人？

谷谷睡不着的时候，就起床抽烟，或者是站到窗前，看不远处的火车轨道。轨道上亮着或红或绿或橘黄的灯光，在夜色里很鲜艳，像是妖怪的眼睛。隔一小段时间，就会有一辆火车，咆哮着穿过夜色。谷谷喜欢火车雪亮的车头灯，喜欢火车上一格一格的灯光。他总是想着火车里的人在干些什么？打哈欠、吃桔子、打牌、睡觉，或者是一个小偷在偷一个老头的包裹。如此等等。窗口的夜风总是有些凉，所以谷谷会把自己的膀子抱起来。看上去，这是一个多么瘦弱的剪影，像一棵快要掉尽叶片的秋天的树。婉君在这个时候翻身，或者呢喃，或者微微睁开她美丽的眼睛。她会看到一个剪影，她总是觉得这个剪影不像是一个公司的员工，而像是一个古代的诗人。她会把脸放在枕头上，侧着身子静静地看这幅剪影。她喜欢谷谷的温文。谷谷一点也不像农民。

谷谷在浣江茶楼第一次见婉君的时候，说自己是一家制药公司的员工。那是女人让他这样说的，女人说，你只有这样说，人家才肯和你交朋友。女人后来收了谷谷的五百块钱介绍费。女人走的时候，像一只江南水塘里刚刚上岸的母鸭。她的脚是八字脚。谷谷后来和婉君也走出了茶楼，他们在浦阳江边的长堤上慢慢地走着。安静的水声，不断地轻拍着他们的耳朵。耳朵里，就灌满了水的声音。谷谷知道了婉君在雄城超市上班，谷谷就开始想象婉君在超市里的货架边站立时的样子。明净的日光灯映照着那些货物和它们散发出的气味。婉君就站在那堆气味里，不时地打一个空洞的哈欠。后来谷谷把婉君送到了家。其实那是婉君的娘家，婉君离婚后就回到了娘家，从此那还没有成家的弟弟，就成天对着婉君唉声叹气。婉君装作不知道，婉君想，这也是我的家。

谷谷没事的时候，就去接婉君下夜班。超市夜班十点钟下班。婉君跟着谷谷走，到了谷谷的家，像回到自己的家一样，洗漱，上床，然后开始一场暴风雨。婉君很老练，好像波澜不惊的样子。每次都是谷谷把脸埋在婉君的胸前，好几次他的鼻子都酸了，想要哭出来的样子。婉君轻轻拍着他的背，哄小孩一样地说，没事没事，没事没事。

有一天在暴风雨后，谷谷还在喘着瘦骨嶙峋的粗气。婉君说，我们还是什么时候去登记吧，我不愿再听我弟弟唉声叹气了，再说，登了记我们怎么样都是合法的。谷谷本来想说，不登记也不犯法。但是他没有说出来，他想说的话，被自己粗重的喘气声给吞没了。后来他感觉到累，就什么也没有想，沉沉地睡了过去。他睡过去的时候，感到婉君还紧紧地用手拿捏着他，好像是捏住了一张婚姻保证书。

谷谷喜欢黑夜。他喜欢一个人坐在黑得发亮的夜里，坐在那张金丝绒的陈旧的沙发上。那是房东留在屋子里的陈设。房东是一个老头，他有着一双混浊而哀伤的眸子。那天，那是一个春天吧，反正谷谷听到不远处铁轨边的青草都在欢叫。谷谷跟着老头来看房子，老头把门打开了，他沙哑的嗓门也随之打开。他说，这是我和我老伴很多年前住过的房子。谷谷闻到了灰尘和家具霉变的气味，他一下子喜欢上了这间小屋。一间小厨房，一间有喷淋的小卫生间，一间卧室，没有客厅。这儿适合安放谷谷。谷谷在老头沙哑的嗓音里，把房租交到了老头的手上。谷谷喜欢那张陈旧而结实的木板床，喜欢那张金丝绒沙发。谷谷想，这沙发上，一定坐过一个蜷着腿的慵懒的女人。

谷谷是在高中毕业没有考上大学的时候离家远行的，他站在土埂上的时候，仍然能看到自己家的黄泥小屋，和小屋门口的父母以及妹妹。起先谷谷每年年底都会回去，后来变成两年一次，他辗转的地方，也越来越多。他打电话的时候，会把电话打到离他家不远的小店里，然后让小店里的老乡去叫他的父母亲。不管是父亲还是母亲，他们对着话筒的第一句话永远都是，你有什么事？后来他从灌满风声的话筒里，得知妹妹也出门远行了，去了温州，据说是在鞋厂打工。谷谷后来来到了一座叫诸暨的县城，从火车上下来，看到不远处铁轨旁边的老鹰山时，他就知道自己要留在这里了。他喜欢铁道旁边的这座山以及山脚下凌乱的居民区。他觉得这样的地方，才像是人间。这个时候，他的包里，塞着几首他的诗歌。他的诗歌，曾经在一本打工杂志上发表过。但是认识了婉君以后，他不愿意再写诗。他觉得最好的诗歌，就是躲在黑夜里听调频台小燕说龙山夜话；就是在黑夜里站到窗前，看一辆辆火车从他的视野里开过；就是在黑夜里，按住真实的女人婉君，用汗把这个女人和夜晚，都浸得湿透。

谷谷其实不是药厂的员工。谷谷在十里牌的殡仪馆工作。他有一个师傅，那是一个清瘦的师傅。师傅像一根竹竿一样，在他面前飘动，他的脸上挂着瘦弱但却亲切的笑容。师傅递给他一件青色的褂子和一只口罩。师傅的声音有些尖厉，这也许与他身材高瘦有关。师傅说，以后，你跟我好好学。你知道什么人最不怕鬼吗？除了医生，就是我和你。

谷谷笑了一下。谷谷其实从来就没有怕过鬼。在少年的时候，他就经常出没在老家村庄不远的坟地。他喜欢站在新坟前，看那些被雨水浸泡而显得溃败的纸花。纸花顽强地把自己的身体攀附在花圈上。纸花的身体，被雨打湿，沾上了泥。那些泛黄的泥土，也会在一场雨水过后，慢慢地沉下去。谷谷会呆呆地站在坟前，想象里面躺着的一个，本来还经常在村子里走来走去的人，竟突然之间变得如此安静。谷谷到了殡仪馆以后，跟着师傅烧尸体。第一次烧尸体的时候，他是看着师傅烧的。师傅说，你看着。他看到一具尸体顺着轨道推了进去，那是一具年老而且有些干瘪的尸体，脸上罩着色彩艳丽的妆容。他的嘴微微开着，好像还有话要说却又说不出来。那是一张干瘪的嘴，可以塞进一只鸡蛋。然后，师傅合上了仓门，按动了电钮。在监控器上，谷谷看到了一个人变成灰的过程。熊熊的火焰，在尸体上像上蹿小跳的小兽。柴油和尸体一起燃烧，令谷谷感到眼睛在片刻间就花了。谷谷愣愣地看着，他看到那骷髅头，烧着烧着，像烟花一样，哗地爆开。很久以后，师傅打开了仓门，他看到了白色的骨灰。师傅笑了一下，说，每个人都会变成这样。然后，师傅举了举手中的耙子。

谷谷轻而易举地学会了火化这一工作。这是看上去很简单的一项工作，但是要把尸体烧得干净，要把骨灰烧得很白，要把头盖骨烧得像烟花一样盛开，却需要像师傅一样的本领。好些时候，看到师傅在操作，谷谷会突然开小差跑出来。他会跑到殡仪馆的那片空地上，看着高高举起的烟囱，愤怒地指向蓝天。看到烟从烟囱里钻出来，谷谷就想象，这是人的灵魂，从烟囱爬了出去。

谷谷喜欢这样的烟，他像送别亲人一样，目光长久地滞留在那青烟上。

其实，谷谷的收入不错。谷谷尽管只是一个聘用工，但是谷谷的工资，比在雄城超市上班的婉君要高出好多倍。谷谷是一个不太会用钱的人，他领了工资以后，理发，买洗衣粉什么的，用去一些，此外的钱，他不知道怎么用。他也不去享受，他的享受，就是在黑暗里抱着那只收音机。抱着收音机，就等于抱住了美丽的小燕。

有一天他把自己深深地埋在金丝绒沙发里，听小燕讲最近发生的一些事。小燕说，一个二十来岁的年轻人，住在北庄新村的，死了两年了。他死在床边，好像是突然死去的，最近才被人发现。现在居民楼里有人说，怪不得两年前常常能闻到臭味。小燕说，年轻人的亲人们，怎么就不知道寻找一下自己的孩子呢。小燕后来放起了一首歌，那是一首女人唱的叫做《不想睡》的歌曲。谷谷听着这首歌有些难过，他也不想睡了。他认为人死了一定是要找到一个去处的，不管是被埋到地底下，还是从烟囱里爬出来。这个年轻人，其实就是谷谷烧的。那是公安送来的一具尸体，直到现在，年轻人远在外地的亲人还没有找到。师傅说，谷谷，今天你来烧。谷谷看到的其实已不是尸体而是一具骨头，那具骨头被谷谷推进了仓门。骨头烧得很快，半小时就烧完了。谷谷打开仓门的时候，师傅说，不错，不错。师傅说的不错，就是说谷谷已经很熟练地完成火化程序了。

没过几天，小燕又在收音机里告诉谷谷一件事。小燕在收音机里的声音，有些像冬日下午三点的太阳，温暖但却没有力量。谷谷想，我要是能见一次小燕该有多好哇，小燕是一个在午夜出没的妖怪。收音机上的绿色指示灯，就是妖怪的眼睛吧。小燕在收音机里告诉谷谷，有一个患了忧郁症的女人，曾经是棉纺厂里的厂花。她和丈夫离了婚，没多久她就死在了自己的屋子里。那间屋子，竟然有五年没有打开。五年以前，有人收过她的水费。这五年里，前夫没有找过她，孩子没有找过她，父母兄弟没有找过她，或者说，找不到她。厂里更没有找过她，因为她下岗了。一个人被遗忘了五年，就算她没有死，也和死去差不多了。谷谷想起了这个女人，这个女人也是以一具骨头的形式出现在他的面前的。师傅叹了一口气，说，长得很漂亮的一个人。谷谷说，你怎么知道。师傅说，我看电视了，看到电视里在播她的新闻，她房间的床头柜上有一张照片。告诉你吧谷谷，她生前的时候，头发是卷的，眼睛很大，双眼皮，有酒窝。我不说了，就凭这些，你也该知道这是一个漂亮的女人。

谷谷认定她是漂亮的女人了。漂亮女人，也得烧掉。于是，谷谷漫不经心地开仓，推入尸骨，关上仓门，按动电钮。他木然地站在化尸炉边，手里举着那个耙骨灰的耙子，好像是守在南天门的打瞌睡的武士一样。当小燕在收音机里把这些告诉谷谷以及所有的听众时，美丽的女人早就化成了青烟，在谷谷的帮助下升入了天空。谷谷捧着收音机，在金丝绒沙发上发着呆。他的身体，深深地陷入了沙发中。那是因为老式沙发巨大，而且弹簧已经坏了，坐上去时吱吱叫着，就像不小心压住了一只老鼠一样。谷谷害怕自己这样陷下去陷下去，会把自己陷没掉，会把自己也陷成一缕青烟。

谷谷捧着柏龙牌收音机，和收音机里美丽的小燕，和小燕美丽的声音。他在发呆。小燕为了配合谷谷的发呆，放了一首很舒缓的音乐。谷谷不知道这是什么音乐，但是这并不妨碍谷谷在这样柔婉的音乐声里，想起自己的亲人。他想起了父亲，那个瘦小的有着黝黑皮肤的男人。他想起了母亲，那个目光呆滞，脸和鼻头都很扁平的母亲。他还想起了妹妹，他离家时妹妹还是一头黄毛，现在应该学会涂口红了吧。这样想着，他就趿着拖鞋抓着收音机去楼下的公用电话亭打电话。他把磁卡插进卡座的时候，才想起离自己家不远的那家小店，一定早就关门了。然后，他就听到小燕也在收音机里和大家说再见。小燕说再见时，声音很性感。性感得令谷谷在夜色里哆嗦了一下。

谷谷没有马上上楼。一辆火车开了过来，巨大的灯光铺天盖地地罩向了谷谷。钢铁摩擦的声音，有一种硬度，强硬地闯进了谷谷的耳朵。谷谷又发了一会儿呆，他突然之间感到有些凉，于是他又趿着拖鞋上楼。在楼梯口，他看到了住在对门的女医生。女医生的头发，棕褐而卷曲，柔软如波浪一样爬在她精致的头颅上。女医生身上淡淡的香味，在楼道里慢慢地游走。经过谷谷的身边时，那香味轻轻地抚摸了一下谷谷的脸。谷谷举了一下手里的收音机，说，喂。女医生回过头来，一张漂亮的脸出现在谷谷的眼前。谷谷笑了，眯起眼睛笑，说，最近你和你的亲人们联络多吗？女医生诧异地看着他，她觉得应该给邻居一个笑容才对，于是她笑了一下。她的手在飞快地动作着，手快速动作，是想要快速打开门。这时候一个声音又响了起来，如果你和亲人们联系不多的话，你要多联系，比如，常回家看看什么的。

门打开了。

女医生和她身上的淡香跌撞着进入了她的房间。谷谷手中举着的收音机还没有放下来，他脸上的笑容，慢慢地退了下来。他觉得自己一定是吓坏了女医生，或者说女医生一定把自己当成了精神病。这令他有些扫兴，他快快地进了自己的房间。

很快他又重归于黑暗。他能听到隔壁女医生的声音，穿着拖鞋走路，烧水，洗漱。他喜欢这样的声音，其实，他是喜欢着女医生这样的女人。这样的女人难以接近，因为他一直认为自己只是一个来自河南邓州的农民。只有婉君，才是他生命中真切的女人。

三　　婉君其实不太关心谷谷的工作。她只知道谷谷不用上晚班，工作很清闲，好像收入也还可以。婉君有一天见到了谷谷，确切地说是见到了谷谷的眼睛。在殡仪馆的骨灰堂，婉君看到了匆匆而过的谷谷。婉君是去参加一位同事的追悼会的，那时候她看到一个不高不矮的男人，穿着青色的工作衣，戴着口罩，像黑社会一样匆匆而过。婉君看到了他的眼睛，婉君认识那双眼睛，笑起来就会眯成一条线。婉君说，站住。谷谷就站住了，回转头，他的目光很平静。他其实已经看到了婉君，他想如果婉君不叫他，他也不提这事。但是婉君说，站住。谷谷回过身去，他的眼睛浮起了笑意。婉君的心一下子就凉了，她熟悉这样的笑意。婉君说，是你吗？

大概有一分钟时间，两个人就那么对视着，不说话。一分钟以后，谷谷把手从大褂口袋里取出来，他什么话也没有说，摘掉了脸上蒙着的口罩。

婉君笑了一下，她的笑容有些苍白，她说，我，知道了。谷谷点了一下头，他看了看自己的脚尖，半新的皮鞋上，积了一些灰尘。谷谷说，知道了就好。然后谷谷很缓慢地转过身去，很缓慢地离开了。他重又把手插在了青色的大褂口袋里，风吹起了大褂的下摆，像吹起一片青色的树叶。

后来，婉君来找过谷谷一次。那时候谷谷把自己的身子蜷在金丝绒沙发里，他把收音机贴在耳朵边上，听着收音机里传出来的音乐。婉君打开门进来了，谷谷没有起身，只是在黑暗中笑了一下。婉君顺手打开了灯，那是一盏昏暗的灯。灯泡摇晃了几下，那光线也跟着摇晃了几下。婉君走到谷谷的身边，她的手伸出去，抚摸着谷谷略微有些卷曲的头发。后来，谷谷的手就无力地垂了下来，那只收音机被他放到了沙发上。收音机的声音，像被什么东西捂住了似的，发出一阵呜咽。谷谷把自己的脸，贴在婉君略微有些发福的小腹上。他的手环抱着婉君的屁股，他开始轻柔地抚摸她的屁股。后来他抱起了婉君，把她轻轻放在床上。

那天晚上，婉君一直在兴奋地呜咽。谷谷也是，把头埋在婉君的胸前，眼泪打湿了她的皮肤。

婉君离开的时候，已是凌晨四点了。谷谷说，别回了，明天回吧。婉君说，不，我要回去了。谷谷就送婉君回去。他们经过铁道口的时候，远处正奔来一辆咆哮的火车。谷谷站在枕木上，发呆了，他在想，如果我站着不动，那么几天以后，我就是一缕青烟了。婉君一把拉住了谷谷的手，她的脸上有些愤怒的表情，她说怎么不走，想找死？！谷谷笑了一下，车头灯的强光，把他的身体映得透亮。

婉君把谷谷的身体从那堆强光中拉到了铁道边，火车呼啸而过，一头冲向远处的黑暗之中。火车是一块巨大的不知疲倦的铁。

青烟

谷谷这样想。然后谷谷把婉君送到了城南，那儿是婉君的娘家。诸暨是一座不大的县城，安静、冷清，当然也安逸、宁静。诸暨其实很适合生活。谷谷把婉君送到了楼下，婉君说，再见。谷谷也说，再见。谷谷看着婉君上楼。这时候，天色已经开始亮了，淡淡的光线，像一层半透明的塑料纸，把谷谷和清晨一起罩在了其中。谷谷望着婉君的背影想，婉君不会再和自己见面了。婉君，一定是和自己分手了。这样想着，谷谷开始忧伤起来。但是他没有落泪，他只是掉转身子，落寞地回到自己的住处。

这天清晨，谷谷打电话给自己的父母。母亲接的电话，母亲说，你还好吧。如果外面辛苦，不如回来。谷谷笑了，说不辛苦，我在医药公司里做销售代表呢。母亲说，你妹妹在温州，已经三年没有回来了，我们也不知道她怎么样了。她偶尔打个电话回来，说是过得不错，还处了对象。你呢，你有对象吗？

谷谷想了想说，我刚才还有的。母亲没有听懂，母亲说，难道现在没了？谷谷就笑了起来，说，妈你不用搞得太清楚，我的事，自己会管好的。后来，谷谷就挂了电话，挂电话的时候才突然想起没有问爸爸身体怎么样。于是谷谷又拨电话过去，小店的店主说，你妈走了。

谷谷在这一天开始想念妹妹。两年前谷谷回家过年的时候，妹妹没有回去，说是太远了，工作忙。现在，妹妹已经三年没有回家了。奇怪的是，谷谷居然没有妹妹的电话号码。谷谷就想，我要去买一只手机，我要找到妹妹。

谷谷当天就去买了一只手机。但是找到妹妹就有些难。他找了一个温州的老乡，那是一个有文化的老乡。老乡说，要不登报试试。谷谷说，多少钱？老乡说，八百。谷谷的心就有些痛了起来。谷谷的心大概痛了五分钟左右，他咬了一下牙关说，好的。

谷谷的特殊工作，让他有抽不尽的烟。他本来不抽烟，后来开始抽了。他收丧主的中华烟。丧主说，帮我们把尸体烧得干净些，谷谷就点头，说，保证保证。然后，就会有烟递过来。谷谷学会了抽烟，他窝在沙发上边抽烟，边摆弄刚买来的手机。谷谷的日子，波澜不惊。

谷谷后来又谈恋爱了。那个女孩来自邓州，和谷谷是老乡。谷谷是去洗脚的。他从来没有去过大桥路的良子足浴，但是有一天他突然想起了要洗脚，他想知道洗脚到底是什么滋味？他就进去了，就有一个叫珍珍的健康结实的女孩，端了木盆进来。珍珍给谷谷洗脚，把谷谷的脚紧紧抱着，又搓又掐又按的。谷谷躺在沙发上，看着女孩红扑扑的脸，觉得很滑稽。他总是觉得，从他这个位置看过去，就像是这个女孩想要吃掉他的脚似的。谷谷问，你叫什么名字？女孩说，我叫珍珍。谷谷说，你是哪儿人？珍珍说，河南的。谷谷说，河南哪儿人？珍珍说，邓州。谷谷说，我也邓州的。珍珍说，骗人。谷谷说，骗人不是人。珍珍说，那你说一句河南话听听。谷谷就说了一句河南话，再说了一句河南话。谷谷说了无数句河南话，珍珍信了。

谷谷后来常去洗脚。洗脚的时候，捧着个收音机。如果珍珍正在忙着，谷谷就坐在一边的沙发里，等珍珍帮客人洗好脚，再洗。珍珍说，你为什么老是捧着个收音机，像个老头似的。谷谷说收音机里的声音好听，你听，有歌曲。歌曲的声音，从收音机里跑了出来，果然是好听的。一个叫任贤齐的男人，在唱着太平洋是很伤心的。珍珍喜欢谷谷，她觉得谷谷是个实在人，她喜欢和实在人一起聊天，甚至一起生活。她二十四了，在老家农村，她的年龄也老大不小了。谷谷约了她吃饭，看电影，然后在浦阳江边溜了几圈。他们，就像是恋爱中的男女了。

　　珍珍说，你干嘛的？你好像很有钱？谷谷迟疑了一下，说，我是医药公司的。珍珍说，你怎么三十岁了还没有女朋友，你不会是在老家讨了老婆的吧，你不要骗我。谷谷眯眼笑了起来，说，你看着我的眼睛。珍珍就看着他的眼睛。谷谷说，我像是骗你的吗？珍珍说，不像。珍珍接着说，你还一套一套的。谷谷突然问，珍珍，你和家里人联络多不多？你要多打电话给家里的。珍珍说，我打的呀，我还寄钱给家里呢。你寄吗？谷谷的脸就红了一下，他记得自己在外边好些年了，只往家里寄过一次钱。谷谷又说，在诸暨你有好朋友吗？珍珍说，有呀，有好多老乡呢。谷谷就"噢"了一声，说，这我就放心了。珍珍笑起来说，有什么好不放心的。

　　那天晚上，谷谷在金丝绒沙发上听收音机的时候，听到了门外的响动。他把眼睛贴在猫眼上，看到女医生穿着淡灰的风衣，正在开门。谷谷很想和女医生聊几句，于是他打开了门，把正在开门的女医生吓了一跳。女医生说，你想干什么？谷谷眯眼笑着说，我没想干什么。他举了举手中的收音机，说，你听，是小燕，她的声音那么好，她一定长得很漂亮。女医生说，你以后别吓我了，我经不起吓。小燕的声音好是好，但是她在小城里头的名声可不怎么好。谷谷说，那，我问你一下，你和你的亲人们，联络多不多？你应该多联络的。女医生显然是烦了，她打开了门，很快钻进了屋子里，就像是她突然之间被门吸了进去一样。

　　谷谷在楼梯口发了一会儿呆。小燕仍然在收音机里和人谈心，她正在安慰一个失恋的女孩子。小燕说，失恋是你的人生经历里的财富。谷谷想，怎么成了财富了？这时候，他才发现自己穿着的竟然是棉毛裤和拖鞋。他拿着收音机进屋的时候，想象着现在女医生在干些什么。

　　第二天清晨，太阳照进了谷谷的屋子里，洒在他的脸上。谷谷醒来了，他看到躺在枕头边的那只诺基亚手机，屏幕上显示已经八点。谷谷忙起床，他想，一定要迟到了。谷谷想起今天上午要烧一个自杀的女人。女人的手腕上，留着很深的一道刀口。女人其实很美丽。谷谷就想，为什么女人越美丽，就越容易自杀。谷谷冲出门去的时候，撞了一个男人的身上。男人是个大块头，他一把抓住了谷谷，轻易地把谷谷提了起来。谷谷在空中俯视着男人，他看到男人有很大的下眼袋，像两枚小鸡蛋。他说话的时候，嘴里露出两枚金牙。他的嘴巴边上，还有一粒很大的痣。谷谷还看到站在男人身边的女医生，女医生笑了一下，说，以后你别再老问我和亲人有没有联络，你要发神经病，在你自己屋子里发。女医生说完妩媚地笑了一下。谷谷就狠狠地闭了一下眼，想，多美的女人呀。谷谷后来被放了下来，男人拍拍谷谷瘦削的脸说，小心我把你的头拧下来。男人接着说，如果你继续骚扰你的邻居的话。

男人和女人慢慢地往楼下走。谷谷想要超过他们，他知道一个美丽的女尸正在十里牌的殡仪馆里等着他。但是他不敢越过男人和女医生，他害怕男人把他再次提起来举过头顶。终于，谷谷下了楼，他冲向了自行车。由于匆忙，他抬腿上车的时候，重重地摔了一跤，自行车的车把撞在他的胸口上，差点没让他背过气去。谷谷听到了男人和女医生的笑声，他们的笑声很愉快，在阳光底下像一道白光，一闪而过。谷谷的心里，就悲鸣了一下。

四　　　　冬天了。

谷谷站在黑暗中的窗口前，会望到一列列的火车在开往冬天。谷谷披着厚重的军大衣，他有些怕冷。他想，如果和婉君睡在一起的话，可以取暖。想到婉君玲珑而温暖的身体，谷谷的心里就有一条虫子在慢慢蠕动。但是婉君不会再在他的生命里出现了。谷谷想起了珍珍，他就拿着收音机，去接珍珍。

老鹰山到大桥路的良子足浴，大概要走二十分钟。谷谷在小燕的声音里，走到了良子足浴。午夜十二点，小燕在收音机里对谷谷说再见的时候，珍珍从良子足浴走了出来。珍珍和伙伴们有说有笑的，他们的嘴里，呵出很冬天的热气来。有人推了珍珍一把，珍珍就看到了谷谷。她看到一个男人，举了举手中的收音机。珍珍笑了，和同伴们说了几句，就走向了那只收音机。她对收音机身边的那个人说，谷谷。谷谷说，珍珍。谷谷接着说，珍珍，我想请你吃夜宵，中水门那个老头做的炒粉丝不错。珍珍说，好。珍珍就和谷谷一起走了，他们走得很缓慢，好像是害怕把冬天的夜给踏碎了似的。他们终于走到了那个老头身边，老头的背有些驼了。老头说，两碗粉丝来了。

老头不会做其他的，他只会做粉丝。所以看到有两个人走向他的时候，他就会说，两碗粉丝来了。

吃完老头做的粉丝，谷谷郑重地说，珍珍，我想和你说一句话。珍珍说，说两句也可以。谷谷说，我是认真的。珍珍的表情也变得认真了，说，那我认真地听。谷谷把收音机放在了桌子上，他用两只手握住珍珍的两只手说，冬天来了，我怕冷，你能不能住到我那儿去，这样就不冷了。

珍珍愣愣地望着谷谷。她慢慢地把手从谷谷并不温暖的手里退了出来，然后她仔细地拢了拢自己的头发。后来，她脸上的笑容慢慢露出来，说，走吧，我跟你走。

谷谷带着珍珍和收音机走了。他们的冬天变得不再寒冷。晚上，谷谷听到了隔壁传来的声音，珍珍说，是什么声音？谷谷说，是女医生。珍珍说，怎么哼哼叽叽的。谷谷就在珍珍耳边说了一句话，珍珍的脸一下子红了，说，不要脸。谷谷说，不要脸就不要脸，反正，谁都会发出这样的声音，不用学。

谷谷搂着珍珍睡觉，他们什么也没有做，只是不停地说着话。他们都感到温暖，他们是冬天里最温暖的两个人。不时有火车车头灯的光线射进来，把屋子搞得像白天一样明亮。珍珍笑了起来，说，你这屋子真有意思。谷谷说，是的，我很喜欢。我老是想，那张金丝绒的旧沙发上，一定坐过一位已经老去的美人。珍珍吓了一跳，说，你不要吓我。谷谷把眼抬了起来，望了望那张沙发。谷谷说，呀，我没有看到美人，我看到一个脸色雪白的瘦弱的年轻人，他的脖子上有一双手，他正瞪着眼看着我们。珍珍大叫一声，救命呀。谷谷大笑起来，说，怕了吧，救什么命。这时候，谷谷好像听到了一个女人的声音在喊救命。声音像从遥远的天上掉下来似的。谷谷问珍珍，你又叫了一声？珍珍摇摇头说，没有。谷谷就一下子安静了，不再说话，瞪着眼望着车头灯射进来的一抹又一抹的灯光。

第二天，珍珍就把她的行李给搬来了。谷谷开门的时候，看到珍珍阴郁的脸色，问，怎么啦？珍珍抽了抽鼻子说，没什么。我就是觉得，不对劲。谷谷把珍珍拉进了屋子里，他们在靠近窗口的一小片阳光底下喝茶聊天。珍珍给谷谷买了一件套头衫，她让谷谷穿上了。谷谷的头套在毛衣里还没有钻出来的时候，鼻子一下子就酸了。出门打工十多年了吧，谷谷从没有收到过女人送他的衣服。谷谷的头从毛衣洞里钻出来的时候，脸上浮起了笑意。他抱了抱珍珍，轻轻地拍了一下她的背。谷谷说，珍珍，我以为我会照顾好你，没想到是你先照顾我。我们在外边，不容易。珍珍笑了，什么话也没有说，只是抬眼看着一列阳光下的火车，莽撞地向这边奔过来。珍珍说，什么时候我们也乘上火车，回老家去。谷谷说，年底吧，年底，我一定要回去。

一周以后，谷谷正在卫生间里洗一个热水澡，那是一个无比幸福的热水澡。谷谷预想着洗下自己的一层皮来。小小的卫生间里，充满了热气。他隔着热气望着镜子中模糊的自己。这时候他听到了敲门的声音，他没有去理会，只是说，谁呀？他以为是收水费的。他慢条斯理地洗澡，最后他终于穿上棉毛衫裤走了出来。他把小卫生间的门打开的时候，一股热气也跟了出来。谷谷打开了房门，看到一个穿黑色制服的警察。谷谷愣了一下，他感到有些冷，冷风穿透了他的身体。谷谷说，什么事？谷谷看到对门的门打开了，有许多警察在进进出出。

警察皱了皱眉头，说，你在搞什么名堂？谷谷笑了，说，没搞名堂，我在洗澡。警察说，不要嬉皮笑脸的。谷谷就不笑了。警察又说，最近，你对门的邻居有什么反常吗？谷谷说，出什么事了？警察说，是我在问你。这时候一个警察牵着一条警犬从对面过来，进了谷谷的家。警察推开了谷谷，狼狗在屋子里闻了一会儿，又带着警察向楼下蹿去。

谷谷好像忘了自己只穿着棉毛衫裤，他没有感到寒冷。他慢慢地踱到了金丝绒沙发边，缓慢地坐下来，托着自己的下巴想着一星期前的事。他终于想起了什么，对警察说，对了，我听到一周前的半夜，有个女人在喊救命。我以为是我女朋友在叫，就没有在意。听那声音，像是从天上掉下来似的。警察拿笔在记录着。警察说，那你，有没有发现陌生人出现在她家里？

谷谷说，有，有一个大块头，他的下眼袋很大，像两只小鸡蛋。他的嘴边还有一粒痣。对了，他的嘴里有两粒金牙，估计是28K金的。警察笑了一下。警察后来在谷谷的床沿上坐了下来，他们像两个老朋友一样，在从窗口漏进来的一点微弱的阳光里交谈。警察知道了谷谷是河南邓州人，警察查看了谷谷的身份证。身份证里，谷谷很傻帽地笑着。警察临走的时候，握了握谷谷的手说，你是在哪儿工作的？

谷谷愣了一下，说，我在殡仪馆工作，我是化尸工。警察"噢"了一下，说，有什么情况你及时通知我，这是我的名片，上面有我的电话。谷谷接过了名片，他把警察送到门口的时候，突然说，你和你的亲人们，常联络吧。警察愣了一下，随即笑了，说，你真会开玩笑。

一直到晚上，谷谷对门才安静了下来。谷谷陷入了一片无边无际的安静中。他没有开灯，窝在沙发里，听调频台的节目。深夜的时候，珍珍推门进来了。她站在门口，开亮灯，一团淡黄的光线掉了下来，抱住了她和谷谷。她什么话也没有说，只是静静地看着谷谷。谷谷举了举收音机，收音机里正播放着周华健的歌曲。周华健唱着，花的心藏在蕊中。珍珍笑了一下，她走过来，走到谷谷的身边。谷谷说，那么早，我打算来接你的。珍珍说，我提前回来的，请假。我想你。珍珍的话让谷谷感到温暖，他拉过珍珍的一只手，贴在自己的脸上。珍珍的手是一双洗了无数双脚的手，洗脚需要用油，用油就使得珍珍的手无比光滑。谷谷被光滑包围了。

后来珍珍打来了一盆热水。她蹲下身子，替谷谷洗脚。谷谷的脚泡在热水中，温热的水像是无数条小虫，钻进了他的皮肤，让他感到温暖和熨帖。谷谷伸出了手，他把手插入珍珍蓬松的头发，轻轻抚摸着。珍珍的手浸在水里，她把温热的水浇在谷谷的腿上。谷谷笑了起来，轻声说，珍珍，你知道吗，对门的女医生被杀害了，她一直单身，单位找不到她，这才报了警。珍珍的身子，轻轻颤了一下，但是很快恢复了平静。谷谷的声音再一次温柔地漫了过来，谷谷说，珍珍，我想要你嫁给我，我们好好在一起，相互照顾。你要给我生一个孩子，我们一起把他养大。

珍珍笑了笑，什么也没有说，专心地替谷谷洗着脚。后来他们上了床，他们抱在一起，感觉很温暖。谷谷把收音机放在了耳边，他要等待美丽的小燕的声音响起来。让小燕的声音，温柔地漫过整个黑夜。这时候，放在枕头边上的手机响了一下，是一条短信。短信悄无声息地穿透黑夜潜入到谷谷的身边。短信说：哥，是你登报找我吗？

谷谷的眼前，就浮起了黄毛丫头的样子。他的眼睛，罩上了一层薄雾。珍珍说，谁的短信？谷谷的声音，在黑夜里很清晰地飘落到地面上。谷谷说，是小麦。珍珍说，小麦是谁？谷谷说，我的妹妹，在温州的鞋厂里做工。也许你穿的皮鞋里，有一双就是她做的。珍珍笑了，说，你告诉她，让她有空来诸暨玩吧。不远。谷谷说，好的，我告诉她，你有嫂子了，来看看嫂子吧。

五

一列火车在黑夜里前行，它隆隆的声音响起来时，它雪亮的灯光穿透黑夜钻进谷谷的屋子里时，谷谷听到了龙山夜话的主持人小燕的声音。小燕的声音，从天际掉下来，亲切而又温暖，暧昧而又迷离。谷谷好像看到小燕就坐在他屋子里的那张金丝绒旧沙发上，抽着烟，温和亲切地和自己说着话。

一会儿，谷谷听到了雨声。这场雨，把小燕的声音盖住了。这是一场温暖的冬雨，温暖得拥着珍珍的谷谷，在被窝里幸福地颤抖起来。

龙山夜话先播放的是音乐，音乐穿过雨阵，抵达老鹰山脚下谷谷的房间。

小燕的声音响了起来：你听过歌坛新人海啦啦的新歌《青烟》吗？如果你没有听过，那么让我们在这小城安静的雨声里，一起分享这首歌。在你听歌的同时，想一想，是什么，会像青烟一样飘散？这首歌糅合了戏曲风格和流行曲风，你会在繁华里听到无边的苍凉……

　　青烟已远，还记得墙角，一朵梅花？爱爱恨恨有几人，在你耳边有回声？青烟已远，风带你回到，旧时堂前。一生一世几个爱，都化作一缕青烟远。青烟已远……

手相

一

在一家叫做尚典的咖啡吧里，我认识了一个会看手相的女人。

南方小城的秋冬，仍然有着绵密的雨水。我们都是生活在雨水里的人，这样的雨水，让我感到欢快。我常常撑着伞，走在小城的一条江边。江面上迷迷蒙蒙地飘着雨，有那种虚幻的感觉。尚典就在江边的一条马路上，尚典微笑着说，你进来一下吧。我就收拢伞走进了尚典。咖啡的清香长了脚似地跑过来，抱住我的胳膊和腿往里面拉。服务生没有微笑，他的眼泡肿胀着，一定是昨晚没有睡好，或者是和女朋友有了过度的纠缠。服务生说，先生你跟我来。我跟着服务生走，穿过一条长廊，到了

9号包厢。包厢门上，是红色的阿拉伯数字"9"，像一条红色的大肚皮蝌蚪拖着尾巴。我迟疑了一下，推开门。门里跳出一团昏黄的灯光，无比泛滥地往我身上靠着。

女人笑了一下，她在抽烟。她像一朵盛开的罂粟花，穿着暗红色的旗袍。她有些像港台片里一个叫李丽珍的演员，脸形也是圆的。我站在门边，给她取了一个名字，就叫李丽珍。她当然不叫李丽珍，但是我在心里叫她李丽珍。李丽珍说，我知道你会来的。李丽珍的声音很圆润，像珍珠落地的声音。我在李丽珍的对面坐下来，我一直在注意着她暗红的旗袍。旗袍上绣着艳丽的牡丹花，有些妖冶，也有些阴森。她的脸看上去有些青，也许是因为昏黄灯光的缘故，也许是她的脸色不是很好。她吐出了一口烟，重复了一句，我知道你会来的。

我叫了蓝山。但是据说，这儿的蓝山并不纯。小城里的东西，假货太多了，连女孩子都有很多是假的。我小口品着假蓝山，头低着，眼睛却在看着李丽珍。她的眼睛很大，向上看时，有那种妩媚的味道。她已经有了眼袋了，也许是晚上迟睡的缘故。她应该有二十八岁了吧，二十八岁的女人，我有把握拿捏得住。很长时间里，我们都没有说话。她喝的是一杯绿茶，是一种本地产的叫做绿剑的茶叶。大部分时间里，李丽珍都在抽烟，把烟吸进去，又吐了来。小小的包厢里，都是烟的味道。我觉得眼睛有些不适应，眼睛敌不过烟，眼睛最后流下了一些眼泪。李丽珍笑了，说男人不抽烟，简直不像男人。我点点头说，你说对了，我不像男人。李丽珍把烟蒂在烟缸里揿灭了，她的手指头很长，白而纤细。烟灭了，但是烟雾却没有散开去。烟充满了包厢。

我说，为什么是9号包厢？李丽珍说，我喜欢9号，我们都是需要拯救的人。我说，你怎么知道我一定会来？李丽珍笑了，说，因为男人好色。来过9号包厢的人，太多了。我说，你都替他们看手相？你都不认识他们？李丽珍说，是的，都不认识，我只是随便地乱发短信，碰到是男的，我就说，我会看手相，你来尚典9号包厢好不好？和你一样，几乎所有的男人都会来。有一个男人接到短信后没有来，后来我才知道，他躺在病床上，刚动完小肠气手术。我笑起来。李丽珍说，你严肃点，看手相是一件严肃的事。我就不笑了。

　　一个小时以前，我还在屋子里看一部三级片。我经常和女朋友想想一起看三级片，看着看着，我们就自己演三级片，把自己都演得很累。我一直以为，有段时间我持续耳鸣是因为我的体力跟不上想想的缘故。但是一个小时以前想想不在我身边，她接了电话后出去了，说老同学找她聚会。现在，她一定在某个茶楼里发出响亮的笑声，和同学们谈笑风生。一个人看三级片，让我有些百无聊赖。这时候一条短信，像一条鱼悄悄潜进深潭一样，潜进了属于我的水域。鱼闪着蓝光，鱼说，我会看手相，你来尚典9号包厢好不好？我说，你发错了。鱼说，没有发错，找的就是你。我说，你男的女的？鱼说，女的。我对着鱼笑了，说，好的，我来。

　　出门前我看了一下窗外。窗外飘着绵密的秋雨，或者，应该算是冬雨了吧。我盘算着一场艳遇的发生，这让我又重新回味了一下三级片里的情节。我挑了一件灰色的风衣，挑了一把画着广告的伞。广告上说，有一种方便面很好吃，我就顶着方便面的图案在街上行走。雨拼命拍打着方便面，却始终没能把方便面给泡涨。然后，服务生领我进了9号包厢。然后，我见到了一个艳若罂粟的女人。李丽珍的眼睛扑闪着，微微上吊，像狐狸的眼睛。李丽珍是一匹红色的狐狸，在看到她露出妩媚的笑容时，我更坚定了自己的想法。

　　李丽珍又点了一支烟。李丽珍是一个抽"圣罗兰"的女人，她划亮了一根火柴，像个老烟鬼一样，拢着手，拢着一星点的火。火把烟和她的脸照得红彤彤的，火让我看清她眼角的鱼尾纹和脸上细微的雀斑。但是，她仍不失为一个漂亮的女人。我等待着这个女人来到我怀里，像等待一次成长一样。李丽珍像老烟鬼一样吐出一口烟。右手轻轻甩了甩，火柴的火焰给甩灭了。火柴半黑半白的身体躺在了烟灰缸里，像一具尸体。李丽珍很轻地笑了，向我喷了一口烟说，别介意我抽烟。我摇了摇头。她又说，我给你看手相好吗，让我来给你看手相。

　　我的右手伸了出去。李丽珍摇摇头。我缩回右手，伸出了左手。李丽珍说，男左女右都不懂？她的声音在烟雾里穿行，她的声音和她的长相是一种完美的组合。李丽珍伸出了一只手，这是一只没有骨头的手，白嫩，绵软，有着极好的形状。我相信，她的手，比想想的手好看一倍以上。我的手躺在了她的手中，就像我躺在她的怀中一样舒坦。她的绵软，是一种力量，可以轻易摧毁坚硬。我的手以前很粗糙，因为我经常干活。现在好多了，因为我经常背着一只包在做生意，生意不大也不小，够小康。小康让我的手也变得小康。现在小康的手躺在了李丽珍的手中，幸福地颤抖了一下后，平静下来。

　　李丽珍一边抽烟，一边替我看手相。她找出了我的生命线和爱情线。我相信，我的掌心，有着的是零乱的纹路，所以我想这辈子我一定会吃许多苦。李丽珍说，你的生命线我不感兴趣，让我看看你的爱情线。她的声音很平缓，像从遥远的天边掉下来的一样。她说，你看看，你的爱情，有那么多分岔的地方。你在中学的时候，爱过一个女同学。我点了点头。她又说，这之前，谈过两至三次恋爱。我又点了点头。她说，你现在也在恋爱，或将要恋爱。而你以后，会有无数次恋爱，婚内和婚外的。她的大眼睛盯着我，仿佛在急切地等待我的肯定。我笑了一下，我说，你这不叫看手相，每个男人都会有这样的经历。李丽珍显出了失望的神色，说，不叫看手相，叫看什么？我说，叫胡闹。你应该看出我以前受过苦，因为有那么多还来不及隐匿的老茧。李丽珍内容惨白地笑了，说，我确实不会看相，我只是在玩着游戏而已，你一定知道，我很寂寞。

李丽珍是寂寞的。那么，谁是不寂寞的。

李丽珍放开我的手时，我却一把抓住了她的手。我说，现在轮到我给你看手相了。我移开了假蓝山的杯子，然后把她的手拖到我的面前。我用左手握住她，右手的食指在她掌面的纹路上走着。她的手指头匀称绵长且白皙，能隐约看到青色的血管。她的手指甲留长了，闪着淡色的光。后来我把脸埋在了她的手中，她想挣脱，却没能挣开。我的脸埋在她手中时，嘴巴发出了一声呜咽。然后我抬起了头，问，你二十八？她坚定地摇了摇头说，错了，我三十七岁。我说，你属什么。她说，属猴。今年，是本命年。她的另一只手，在脖子处抓了抓，终于从怀里抓出一块玉猴。玉猴的身体，和一根红色的丝线连在一起。玉猴说，我是玉猴，相当于一岁，十三岁，二十五岁，三十七岁，四十九岁……我相信她三十七岁了，但是，她看上去最多只有二十八岁。

我缓慢地放开了李丽珍的手。李丽珍回复了常态，又对我喷烟了。李丽珍的话和李丽珍的烟，同一时间抵达我的面前。她说，失望了吧。我盯着她的眸子看，有挑衅的味道。我说，不，兴趣很大。李丽珍的眼帘，就迅速地低垂了下来，长长的睫毛一闪。

这个雨天在尚典的9号包厢里，我和一个妖冶而寂寞的女人面对面地坐着。我们都没有说话，我看着她抽烟，喝那种叫做绿剑的茶。茶叶在长长的杯子里浮浮沉沉的，像一群绿衣少女的舞蹈。她有时候用双手托腮，有时候在椅子上斜坐着，有时候把整个身体都靠向椅背，有时候定定地看着我。我像一个木头人，我在想，想想，她现在一定很开心地和同学们在一起。李丽珍在十一点的时候站起了身，这时候我才发现，原来她的个子很高，足有一米七，这让我显得有些局促。面对一米七的女人，估计一米八以上的男人才有足够的自信站在她的身边。她笑了一下，轻柔地说，你送我回家吧。她的声音在包厢里飘散了，像一场烟。她的声音，让我浮想联翩，有了暧昧的感觉。我在等待一场艳遇的发生。

二　　　　我和李丽珍走在雨中。我在想，此刻想想是不是正开车往回赶。我们有一辆白色的本田飞度，十万多一点的价格，是最便宜的那一款。李丽珍没有带伞，她抱着膀子，我的手就落在了她圆润的肩膀上。雨不大也不小，丝丝缕缕的那种。她把身子往我身上靠了靠，在我们走路的时候，就有了髋骨间的相互碰撞。这种有意无意的碰撞，让我的胸腔里充满了柔情。我搂着她肩膀的手，加大了力量。她终于把头靠在了我的肩膀上。

有很长一段时间，我们在铁道上行走。浙赣线通过了这座小城，让小城也有了一个小小的站台。铁道旁边长满了杂草，我们能闻到杂草的气息。很久了，都没有一辆车来，我们踩在枕木上，高一脚低一脚地行走。信号灯泛着红色的光，一团雨雾就在光晕边停留着。我们的身子靠在了一起，而且，我们的身子，显然至少有一半已经打湿了。我不知道我们为什么不说话，我想，一定是因为我们本来是不认识的，而现在仅仅是刚认识而已。但是她是一个性感妖冶的女人，她的妖冶令我蠢蠢欲动。

一套小别墅坐落在铁道旁不远的山脚下。别墅背后，是黑黝黝的山。我很深地望了黑黝黝的山一眼，我在想，黑暗里一定藏着一些什么，比如一场阴谋、一个妖精、一种力量。别墅的铁门上有着斑斑的锈迹。李丽珍把自己靠在了铁门上，她抬起眼睑看着我，她已经袒露在雨中了。李丽珍说，上去坐坐吗？我点了点头，我想这话里有诱惑的味道，所以我点了点头。李丽珍把身子转了过去，她掏出钥匙开铁门。她手里，是一大串的钥匙，握着钥匙就像握着一只刺猬一样。然后，铁门开了，我们进入了铁门，像进入另一个世界一样。

在别墅的二楼大厅里，李丽珍让我坐在一张椅子上。我看到她匆匆进了房间，一会儿，她又出来了，她一定刚刚洗了一个热水澡，现在，她穿着的是淡色的睡袍。她坐在我的身边，说，你先洗个澡吧，我给你准备睡衣。她的头发，是湿漉漉的。她在用双手整理着头发，一些细小的水珠，就相继落在了我的脸上。我的手伸过去，落在她的头发上。她的头发染成了微褐的那种，稍稍有些卷曲。我摩挲着她的头发，她抬眼看看我，眼神里含着笑意。她轻声说，去吧。

我也冲了个热水澡。我的衣服全湿了，衣服被我扔在地上，像是蛇蜕下的皮。它们是潮湿的，它们让空气也变得潮湿。我穿上了温暖绵软的棉睡衣，穿上了棉拖鞋。李丽珍为我扣上了扣子，李丽珍说，这是我老公的睡衣。我说，你老公呢？她说，出差了。我说，去哪儿出差？她说，你管不着。她说管不着的时候，显然对我的啰唆有些不耐烦了。我没有再说话，她看了我一眼，说，很远的地方。

这是一个干净的黑夜。客厅里开了暗暗的灯。我们坐在真皮沙发上，我一直都抓着她的手。我喜欢她的手，我相信她不是一个合格的看手相的人，但是她却是一个合格的美女。她比我大了七岁，但是我一点也没觉得她比我大多少。后来她离开了我，她坐到了大厅的钢琴前，她开始弹琴。我突然想起一部叫《夜半歌声》的电影，望着她的背影，望着她的睡袍，望着她披散着的长发，我突然想，她会不会不是人。钢琴的声音响了起来，是《月光曲》。但是这个时候没有月光。我走到了窗前，一列火车刚好轰隆隆地开过来，它的灯光穿过雨阵，再顽强地穿过玻璃窗，投在客厅里。火车头的强光，在李丽珍的脸上一闪而过。我突然发现，她的脸色那么青。我想，我的脸色也一定青了起来，我想，我可能撞到了一个女鬼。这个时候，我还看到了客厅上方的蛛网，一只硕大的蜘蛛缓缓移动了一下身体，又不动了。

琴声停止了。我回过头去，只看到李丽珍的一只眼睛，她的半边脸，被长长的瀑布一样垂下来的头发遮住了。她的眼睛空洞地毫无内容地望着前方，然后在很久以后，再发出一声轻微的叹息。她说，家邦，你不应该喝那么多酒的。我在努力地想着，刚才我握住她手的时候，她的身子靠在我身上的时候，是不是有温度的。我想，她的手是温热的，她应该是一个人。但是，楼下别墅的大门为什么是锈迹斑斑的，大厅里为什么四处是蛛网。这儿，是不是废弃的别墅。我又看到了我脱下的那些湿衣服，它们透着一股凉意，它们像我的一层皮，被剥下来扔在了地上。我想，我完了，我大概回不到想想的身边了，大概不可能再和想想一起看三级片和缠绵了。我的喉咙有些干，眼睛发直。我已经不知道该做些什么了。而我垂在腿边的双手，分明是在颤抖。

李丽珍离开了钢琴，她走到了我的身边，她依偎在我身上。这时候我又感受到了来自她身体的温度，让我的心稍稍安了一下。然后，她的一只手捉住我的右手，另一只手，拍打着我的手。李丽珍说，你结婚了还是有女朋友了？我说，我有女朋友，她叫想想。李丽珍说，你要对她好。我说，我对她很好的，我们常在一起看三级片。李丽珍哑然地笑了，说，我没问你有没有看三级片。

后来我们又坐在了沙发上。我们都没有说话，我们能听到偶尔开过的火车声，火车车头灯的强光，会在大厅的墙上转一圈，然后跑掉。除此之外，就是窗外沙沙的雨声。南方的小城，一年四季里，有很多这样的时候，被雨水浸泡着。把南方人的性情，也浸泡得很温和了。她一直牵着我的手，她的手指头仔细地抚摸着我的指节，一节一节，像是在进行一场清点。我计算着和想想之间的距离，计算着我和尚典咖啡的距离，我觉得我和现实已经很遥远了。李丽珍开始摸我手上正在渐渐隐去的老茧，她会在老茧上停留很长时间。她说，家邦以前也有过很多老茧的。我问，家邦是谁？李丽珍笑了，说，是我先生。

李丽珍老公的名字，原来叫做家邦。我总是觉得这个名字很熟悉，或许在某一场电影，或是某一本小说里出现过。我突然想，现在想想怎么样了，想想是不是已经回家了。天色渐渐亮起来，李丽珍悄悄离开了我，一会儿，又出现在我的身边，手里托着干净的衣服，柔声说，你换上我老公的衣服走吧，天快亮了。

我知道天快亮了，但是天快亮了有什么关系。我说，你怕我出去时被人看到。她想了想，她把两只手藏在了身后，身子靠在了酒柜上。她说，不是，因为我是鬼，天亮了，我就要消失了。我故意大笑了几声，突如其来跌落在大厅里的笑声，把她吓了一跳。她失望地说，我真的是鬼，是一个怨鬼。我说，那你的身体为什么是热的？李丽珍愣了一下，随即又说，其实我没有完全死去，但我总是灵魂出窍。在一年前的一个雨夜，我就成了鬼。你要相信我，我经常出现在尚典的9号包厢，你想一想，9号包厢是不是有一点阴森和潮湿，没有窗户，幽暗？

我开始相信这个女人的话，如果她的话是真的，那就是我遇到了一个女鬼。我没有接过她递给我的衣服，我快速脱掉了睡衣，赤条条地出现在她的面前。她没有回避，只是安静地看着我。我迅速地把地上的湿衣服穿在了身上，又套上了灰色的风衣，然后抓起了我的那把印着方便面广告的雨伞。李丽珍没有送我下楼，她只是在我经过她身边时，突然伸出了手。她的手和我的手碰在一起，手指头相互勾着。我分明能感觉到她的手指传递过来的热量。然后，她松开了我的手，我下楼了，我出了院子，走出了铁门。然后，我站在别墅的门口，看到一辆火车举着雪亮的灯光轰隆隆地开过来。灯光穿透了我的身体，把我照得通体雪白。我的眼睛眯了起来，在强光下有了瞬间的黑暗。等我回过头去望那别墅的二楼时，发现本就暗淡的灯光，已经熄了。一个黑影，在窗前闪了一下。

我被湿漉漉的衣衫包裹着，这令我走路的时候放不开脚步。在天明之前，我还是赶到了住处。打开门，进入卫生间，脱掉衣衫，再冲了一个澡，换上干净的睡衣。上床的时候，我愣了一下，想想到现在还没有回来。她或许在她同学家里睡了，凌晨，我不应该打电话吵醒她。我觉得我的身体无比虚弱，像遇到了一场大劫。我相信，我的脸色一定很难看。我沉沉地睡了过去，一直睡到第二天黄昏。醒来的时候，想想站在床前，歪着头笑。我也疲惫地笑了一下，拉了一下想想的手。想想跌倒在床上，她就躺在我的怀里。我闻到了她头发丛中的烟味，有时候，想想也抽烟的。我说，你抽烟了？她点了点头。

三

那天傍晚，我带着想想去铁路边散步。夕阳抛下许多柔光，柔光令钢轨闪闪发亮。我和想想的脚就落在钢轨上，我们故意把笑声遗落下来，多么像一场电影里做作的爱情。后来我就一直拉着她的手，我想去的地方，是那幢小别墅。

小别墅的背后，仍然是山。我牵着想想的手，站在锈迹斑斑的铁门前。铁门上有一块蓝底的门牌，龙山路9号。我对着这块门牌发愣。想想拉了一下我的手，说，你怎么啦？我说，你觉得，这幢别墅住不住人？想想坚定地说，不住。我把眼睛贴在了铁门的缝上，我看到了小院子里的荒草，荒草中间，是一条石子路。昨天晚上，我就是从这条石子路上进别墅，又从这条石子路上出来的。

一个老头走了过来。老头的腰弯得很低。在小城，我们把这叫做乌龟风。这是一种病，这种病令老头子抬头都显得吃力。老头的眼睛是浑浊的，我在怀疑老头这样一双眼睛，能不能看清我和想想的长相。他的嗓音也是喑哑的，他说，这里没人住的。我们没问他这里有没有人住，他却说，这里没有人住的。他又说，这是李家邦的宅子，已经一年了，没有人住。我说家邦是谁？他说，你居然连家邦也不知道啊，他是本地的大老板。一年以前，他就死了。他又仔细地看了看我，说，年轻人，你碰到不干净的东西了，你得注意啊。

老头子弯着腰离开了。我也牵着想想的手离开。在回去的路上，想想迟疑了好久说，你是不是心里有事？我笑了，说，没事。想想说，你的脸色不太好，你应该好好休息一下了。我说，好的，我会注意休息的。然后我们就无话了，和想想间的无话，令我感到别扭，但我实在是想不出应该说些什么。我想，是一个会看手相的女人，让我的一切，开始有了些微的变化。

几天以后，我仍然一个人在看碟。我没有看三级片，我忽然对三级片没有了兴趣，对想想身体的热情，也比以前消退了。想想有一天半夜里弄醒了我，盯着我的眼睛说，你老实告诉我，你是不是有了别的女人？我坚定地摇头说，和你没谈恋爱时，有一些，和你谈恋爱后，就你一个人。想想委屈地说，但是我觉得我们好像不对劲了啊。我的心里有了一些歉疚，于是试着往她身上靠。她终于放开了自己，接纳我。但是我突然发现自己满头大汗，却仍然不行。想想为我擦着汗，想想说，会好的，你可能太累了，以后会好的。后来想想睡了过去，我却睡不着。我想，一个会看手相的女人，让我的生活发生了那么大的变化。我想要再次找到她，我想要知道，她究竟是个什么人。

我在看着一部叫《旅程》的碟时，又收到了李丽珍的短信。短信仍然像一条蓝色的鱼，蓝色的鱼说，我会看手相，你来尚典9号包厢好不好？影碟正播放着一条一望无际的公路。我想，如果我走在这条望不到头的公路上，我是不是会绝望？我又抬眼看了一下窗外，窗外又在飘雨了。李丽珍一定是一个喜欢雨水的女人。我赖在沙发上，又看了一会儿碟，但是我看不到碟的内容，除了一条公路以外，我只看到李丽珍的笑影。一个大我七岁的性感的女人，她的眼神像一条丝带，丝丝缕缕地缠过来，将我的手足和灵魂捆绑。我相信我是喜欢她的，喜欢她的安静。

我仍然穿着灰色的风衣走进了雨中。走进雨中以前，我给想想

发了一个短信。短信说，和同学聚会，可能要晚点回来。这条短信
发出去的时候，我愣了一下，因为，这是想想曾经给过我的一个理
由。手机屏上，短信被打了一个勾，好像是被枪毙了一样。我走在
了雨中，雨中有清凉的风，清凉的风挟持着我前行，这是一种愉快
的挟持。

服务生仍然把我领到了9号包厢。我想，包厢里的李丽珍，一
定在抽烟。果然，打开门的时候，首先迎接我的是"圣罗兰"的烟
雾。李丽珍笑了，她比上次精神了许多，穿着一件蓝色薄毛衣。一
件灰色的女式中长风衣，挂在衣帽架上。我把风衣脱下来，也挂在
了衣架上。两件灰色风衣发出了欢呼的声音，好像在庆祝一次相
遇。我坐了下来，仍然点了那种据说是假的蓝山，当然，也有可能
是真的。但是，真与假，有时候有什么区别呢。

我说，你是不是还要给我看一次手相，你分明不是一个会看手
相的人，却老是要给人看手相。李丽珍吐出了一口烟，她吸烟的姿
势，有着贵妇人的味道。她说，因为我寂寞。我不说话了，我想，
其实每个女人都寂寞，每个女人都比寂寞的男人更寂寞。李丽珍没
有给我看手相，只是伸过来一只手，像一种动物的爬行一样，或
许，是一只出生不久刚学会走路的白兔的爬行吧。一只白兔爬了过
来，另一只白兔也爬了过来。白兔盖住了我的手，白兔温柔。

我们的手就相互地绞在了一起，后来她把我的手心摊开，她用
手指头在我手心里挠着，像是兔子在刨土一样。我感到了酥痒，于是
就笑了起来。她的头侧了过去，斜着眼睛望着我。她说，你看看你的
手纹，你这个人，会有很多女人。我说，这也是命吗？她说，这也是
命。我说，你觉得改变好，还是不改变好？她叹了一口气说，有些东
西，无法改变。后来我拉住她的手，把她拉了过来，拉进了我的怀
里。她就坐在了我的腿上，我的脸贴了她的脸一下，我想，这大概是

一场调情的前奏，我看到她的目光里开始积蓄一潭清水，我就想跳进潭水里，来一场游泳。我的手落在了她的腰上，轻轻抚摸着。李丽珍突然哭了，是令我措手不及的那种哭。我的手迟疑了一下，最终还是没有停下来。我的手爬上了她的胸。她已经三十七岁了，她刚好是本命年，但是她的胸却好像还只有二十五岁。我轻轻抚摸着她，我的抚摸让她闭上了眼睛，又有一串眼泪挂了下来。眼泪流到了她的腮边，她用舌头轻轻一舔，眼泪就落进了嘴里。她把头伏在了我的肩上，泣不成声。她轻声在我耳边说，你知道吗，那时候家邦也是这样抱着我的。我的耳朵边荡漾着她嘴巴喷出的热气，但是心却一下子冷却了很多。她又提起了她的先生，她念念不忘的，是一个叫做家邦的男人。那么，我最多只是一个替身。

我不愿意做替身。但是我不忍心推开她，也不愿意推开她。她是一个鲜活的女人，如果我是牛，她无疑是一丛绿的充满生机的草。我不能因为草对着我说她怀念羊而转身离去。我仍然抱着她，并且告诉自己，忘掉她提的家邦。李丽珍也紧紧抱着我，胸脯就贴在我的肩上，让我无限幸福。李丽珍说，那是一个雨夜，那个雨夜，有一辆奔驰车在公路上开出了在高速公路上也很少开的速度。那个雨夜，一辆奔驰车开到了一百八十码。它钻进了一辆停着的货车的底下，车子一下子扁了，开车的人死了。我说，是不是家邦，开车的是不是家邦？李丽珍咬着嘴唇说，是的，那时候，我正在家里给他煮汤，边看电视边等着他回来。就在我带你去过的那幢别墅里。我们结婚迟，都是曾有过婚姻的人，那时候我们想要一个孩子。但是家邦没能喝到汤，他和朋友一起喝醉了酒，酒后驾车，一声巨响，把坐在货车里的那个安徽驾驶员吓了一大跳。

我拍着她的背，我说都过去了，你别沉湎在过去了。她坐直了身子，笑了一下，然后匆匆去了一下洗手间。我知道，她一定用清水洗了一把脸，果然回来以后，她用纸巾擦着脸。现在，她平静下来了，她又坐回到我的对面去。她微笑地看着我说，对不起，我失态了。然后她说了两句话。第一句话是，你对你女朋友好一点。第二句话是，你知道吗，和家邦一起遭遇车祸的，是一个二十二岁的女孩子，才刚刚大学毕业。而他们在一起，已经三年。

我一下子愣了，但是我的脸上装出那种波澜不惊的表情，以证明我是一个成熟的男人。此后的大段时间里，我们都没有说什么话，只是两双手握在一起，好像是在取暖一样。两双手纠缠着，像在向对方求助，却没有了欲念。也许，我的手是因为空虚，她的手是因为寂寞。寂寞和空虚，在9号包厢里相遇。后来我的目光落在了墙壁上，墙壁很潮，这是一间潮湿的包厢。李丽珍为什么选择了潮湿，是因为女人喜欢潮湿和阴冷？我的手从李丽珍的手中退了出来，手指头落在墙壁上。手指头很快就湿了，指尖有了带水的阴冷。我把手掌都盖在了墙壁上，一股凉气就顺着手掌，吸入了我的体内。

和李丽珍分别时，我们相互拥抱了一下。两件灰色的风衣，看着我们拥抱在一起，它们吹了一记响亮的口哨。李丽珍在我的耳边说，我不是鬼。我笑了，我说，我当然知道你不是鬼。李丽珍说，但是我希望我能飞起来，不管是鬼还是仙，我渴望着一次飞翔。李丽珍又说，那你吻吻我。我捧住了她的头，我想那是一个滑稽的动作，因为她的个子有一米七，我不得不略略踮起了脚。我捧住她的脸吻了一下她的额头。很轻的吻，轻轻的触碰而已。我放开她的时候，她说，谢谢你的吻。然后她的手伸出去，从衣架上取下了我的风衣替我披上，轻声说，路上小心些。那时候我的背刚好对着她，我突然想，去年秋冬，家邦离开家的时候，她一定也像现在这样，替家邦披上了外套。而家邦用他的奔驰，接上了一个二十二岁的女孩。二十二岁是什么概念？二十二岁叫做，青春。

我走了，没有说再见。我想，李丽珍一定目送着我离开，一定会在我离开后，又划亮火柴为自己点一支烟。然后，会有一大段的时光里，她坐在潮湿的9号包厢发呆。

走出尚典咖啡，我给想想打了一个电话。很嘈杂的声音从耳机里传来，想想说，在唱歌呢。我说，我想你。想想说，你怎么啦？我说，我要对你好。想想笑了起来，说，你变了一个人似的。我笑了一下，挂了电话。

四　　　一个多月，都没有再见过李丽珍。有时候，我会带着想想去龙山脚下的铁道旁走走。我们牵着手，在铁道边做出幸福的样子，慢慢地走着。有时候，我会站在那幢小别墅前发呆，小别墅的铁门仍然锈迹斑斑，我想，那一年多以前的故事，大约也该锈住了。这一个多月里，一直都没有下过雨。有时候，我站在窗前，等待着一场雨的降临。我仍然和想想一起看三级片，仍然和想想一起，在被窝里折腾自己的身体。只是，我的脑子里总是若有所思，但却又想不出具体在思些什么。然后，一场雪开始在小城降落。我没有等到冬雨，却等到了一场雪的降临。那天我和朋友们在川福火锅店告别，因为是我请客吃饭，所以我收到了火锅店送给我的一把广告伞。我先是在火锅店的门口，看着一场丰盛的雪，然后我撑起伞走进了雪地里。

南方的雪，总是不大的，没有北方那种齐膝深的积雪。但是于我而言，这却是一阵大雪，眼里看出去，除了白，就不再有其他颜色了。很久以后，在我艰难地走回家的过程中，我看到了另一种颜色。那是警车的顶灯在闪烁着，红光与蓝光交相辉映，在白雪的映衬下分外夺目。雪地里围了一群人，我看到了警察，也看到了围观的人群。积雪被踏得乌七八糟，我感到十分惋惜。我想，多好的雪啊，怎么把它踏成这个样子。然后，我看到了一个雪地上的女人。她被车撞了，却看不到一丝血迹。她是内伤，内伤比外伤更易致命。她的脸朝着雪地埋着，手臂张开了，一只手伸向很远的地方，像要抓住什么似的。她的一条腿屈起来了，另一条腿，伸得笔直，像是在游泳，又像是在学习飞翔。我认识那双漂亮的洁白的手，也认识那件灰色的风衣。她的围巾，还挂在脖子上，是方格子的浅色羊毛围巾。围巾的姿势很飘逸，像是在风中舞着一样，或者，像是清浅的水里飘逸着的水草。

很长的时间里，我都撑着伞那样傻愣愣地站着。我的眼前，是那些正在雪地里看热闹的人们。我不说话，我只是在想着一个曾经风情万种的女人，在尚典的9号包厢里给一个心怀叵测的男人看手相。她像是开在潮湿之中的一朵花，开在暗夜里的一朵花，开在"圣罗兰"的烟雾里的一朵花。我们长时间不说话，只喝咖啡或茶，或者对视一眼。多么奇怪的一对陌生人，却像朋友一样地交往过。以后，尚典9号包厢不会再出现一个穿绣着牡丹图案的旗袍的女人了，不会出现一个穿灰色风衣的女人了，她的头发卷曲，人中笔挺。现在，那个司机脸上的表情比哭还难看。他是一家药厂的司机，因为我看到了货车上标着的厂名。他正在向一个表情木然、长相英俊的警察说着什么，他的嘴里不停地呵出热气，也许因为焦急，他说起话来结结巴巴。但是我仍能听清楚他安徽口音的普通话说的是什么。他说，他不知道一个走路歪歪扭扭的女人，怎么会突然出现在他的车轮下。

我的嘴巴动了动，我想我一定是有话要说。我走到司机的身边，他只有二十多岁，也许是正在热恋着的年纪。我说，她是会看手相的，她的老公已经不在了，你怎么忍心让她也不在了呢？司机愣了一下，没再说什么，我看他的鼻子已经通红了。也许是因为激动，也许是因为寒冷。警察看了我一眼，说，走开。我们在执行公务，你走开！这儿轮不到你说话。我不再说话，我走到了女人的身边，我看着她在雪地里保持着飞翔的姿势。她说，和老公一起经历车祸的女孩，和老公在一起已经三年。她死的时候，是不是仍然对这件事耿耿于怀。她的脸朝着雪地，我看不到她的脸，我想她脸上的表情，可能是微笑。我走到她身边，蹲下来，抚摸着她的灰色风衣。风衣的质地很好，但是我叫不出这种料子的名。我还仔细地抚摸着她的方格子围巾，好像在抚摸着一场远去的爱情。一声暴喝响了起来，走开，快走开！你知不知道你在破坏现场！警察赶了过来，一把拉起我的衣领，他脸上红红的，表情有些激动。我说，我认识她，我可以帮助你们做笔录。警察说，走开，谁不认识她，谁不认识她就是白痴。她是李家邦的遗孀。我小心翼翼地问，那，她叫什么名字？

　　她叫李丽珍。警察说完，就不再理我。另外两个警察，正拿皮尺在乌七八糟的雪地上丈量着。货车司机正在跳脚取暖。我离开了，我离开的时候想，原来她真的就叫李丽珍。我离开的时候，听到从很遥远的地方传来一声脆生生的轻笑。

　　在八字桥附近，雪越下越大，是小城十年难见的一场大雪。我的视线，在十米以内。我把手伸到伞外，掌心朝上。一些雪落到了掌心里，遇到手温瞬间就融化了。我久久地看着我的手，这是一只被那个女人抚摸过的手，被看过手相的手，她断言我的爱情多变，断言我还会有其他女人。她让我对想想好一些，我也想对想想好一些，但是，这个好一些，却是很难做到的。我想，雪大概是雨的另一种生存方式，那么，离开人间是不是李丽珍的另一种生存方式？我在雪地里发呆，一会儿，肩上落了许多雪。伞上的雪，积得很厚了。我把伞倒过来，许多积雪就从伞面上滑落，惨叫一声跌在地上。这时候，警车闪着警灯从我身边开过，他们一定是刚刚执行完公务。而李丽珍，也许已经被拉到医院太平间了。

小城不大，半小时可以步行穿过全城。我走到了龙山脚下的铁路旁，在那幢小别墅的铁门前发呆。我突然发现，自己变成了一个喜欢发呆的人。一列火车轰隆隆地开来了，火车是热的，火车会把雪给融化。我把身子靠在了铁门上，我的手落在那把巨大的铁锁上。这把铁锁，没有锁住爱情和幸福。手机响了，想想给我发来一条短信。想想的短信不是鱼，鱼是忧郁的。想想的短信，像一只鸟，欢快鸣叫。鸟说，亲爱的，今天我们办公室同事一起有活动，不回来吃。

五

我经常跑到尚典的9号包厢里听音乐，发呆，抚摸潮湿的墙面。我坐在以前坐过的位置上，把手放在桌面上，假想对面坐着一个风情万种的女人，她可以给我看手相。她其实不懂看手相，她只是寂寞了而已。来了几次以后，服务生会径直把我领到9号包厢。这是一个没有人愿意来的包厢，没有窗，不透风，而且潮湿。我猜想，隔墙可能是另一户人家的卫生间，也许，对面的女主人经常在卫生间里洗澡。这样的猜测，令我浮想联翩。

服务生进来添水的时候，我会说，看相吗？我会看手相的。但是木讷的服务生只会笑一笑，说，不看。他居然连谢谢你也不说一声，只给我两个生硬的字，不看。这多少令我有些生气。我给想想发短信，我说，你是不是又聚会了，你的聚会真多啊。想想回了短信，想想的短信说，没办法啊。我猜测想想发这条短信的时候，一定无奈地耸了一下肩。我又发了一条短信，我说我会看手相，你来尚典9号包厢好不好？想想的短信说，你发神经啊，让我到尚典来看手相？我说是的，你有时间聚会，就没时间陪陪我？

　　想想最后还是来了。想想走进包厢的时候，环顾了一下包厢的设施，她皱了皱眉，说，真潮湿啊，真阴暗啊，空气真差啊。想想边说边开始脱外衣，那是一件灰色的风衣。我说，想想，你怎么也有一件灰色的风衣？想想的风衣刚脱到一半，她停住了，脸上露出吃惊的神色。想想说，是你去上海的时候买的情侣装啊，两件都是灰色的风衣，你不是也有一件吗？我不再说什么，我想，我的脑子一定是出了一点问题。这件风衣，是我去年从上海买回来的，我居然这么快就淡忘了。

　　想想的左手伸了过来，平躺在桌面上。我摇了摇头，说，想想你怎么连男左女右也不知道。想想的右手伸了出来，放在桌面上。我握住了她的右手，我握着她右手的时候，像是握住了自己的手。我仔细地看着她的掌纹，我第一次如此用心地看和我生活在一起的女人的掌纹。想想的掌纹有些零乱。我说，想想，你的爱已泛滥，你的爱杂乱无章。想想抽回了手，她的脸红了，她说你这也叫看手相。我笑了，我说其实我不会看手相的，我只是，随便说说而已。因为，寂寞了。想想斜着眼睛看我，说，男人也会寂寞？男人寂寞了可以去歌厅抱小姐啊，你又不是没抱过。我无话可说，因为我曾经被想想在歌厅里抓过现行，那时候我正和朋友们一起唱歌，我抱着一个小姐，唱那首《穿过你的黑发的我的手》。想想出现在我的面前，她看了我一眼，什么话也不说扭头就走。我丢下话筒追出去，拍着胸脯对她说，我不想让小姐坐我腿上，是小姐一定要坐我腿上。这件事过去已经很久了，但是，我仍然记得清清楚楚，它成了想想发难于我的话柄。

我抚摸着想想的手，把声音放得很温柔。我想我是真诚的，我真诚地看着她清澈的眸子。我说，想想，我要去成都住一个月，那儿有一笔生意，需要我跑过去打理。想想说，成都？有一本书就叫做《成都，今夜请将我遗忘》，你不会到了成都，就把我遗忘了吧。我说，怎么会，我爱你，相信我，我要对你好。想想的脸部表情稍稍有了变化，她的目光变得温柔了，她走到我身边，在我腿上坐了下来，搂着我亲了我一下说，你今天怎么啦？我说，没怎么，我只是想，我要守住你，要和你，过一辈子。

想想伏在我的身上，想想的手一直和我的手纠缠在一起。我突然想，以前和想想在一起看三级片，和想想在床上进行体能训练，是不是，仅仅只是肉欲。而现在，我想要好好地爱一个女人。想想说，我去萧山机场送你吧，我开车去。

六

在去成都以前，小城的积雪一直没有融化。街上已经没有雪了，但是街边的树上，仍然挂着雪。之后，下了一天的连绵小雨。我撑着广告伞走在大街上，路过一家披萨店的时候，看到了一个男人和一个女人，相互搂着腰，钻在一把伞底下，异常亲密地走着。

我站住了。我把手伸到了伞外，我的手可以真切地感受到柔软的雨丝。我看着手心里的掌纹，它们组成一条鱼的形状，像是象形文字。有一些行人奇怪地看着我，我看着掌心里的那条鱼。我看到那条鱼慢慢沁出了眼泪，鱼说，我找不到清水的潭。

我掏出手机发了一条短信：鱼说，我找不到清水的潭。

我看到前面正走着的伞下的一男一女停下了脚步，我看到那个女的掏出了手机，按了一会儿，然后，她又把手机放回了包里，和那个男的搂抱着继续向前走。这时候我收到了一条短信，短信说：亲爱的，我正在开会呢，什么鱼啊肉啊，你想吃鱼？

我把手机收了起来。我站在一场小城的微雨里，望着一对男女的远去。我再一次把手伸到伞外，手握成了拳头的形状，然后再舒展开来。我看到一条哭泣的鱼。

那是我的手相。

鸦片

你知道什么叫鸦片吗？唐成低缓的声音，像从很远的地方流过来的一条河。唐成开始为李卉讲述鸦片的典故。这是一个初春的上午，新开张的新梧桐咖啡吧二楼靠窗的地方，坐着唐成、李卉和我。我看着窗外不远的地方，那里有条穿城而过的江。我一直在思考着一个问题，为什么会有这样一条江把城市劈成两半。上午的咖啡吧生意清淡，除了我们三个人以外，没有其他人了。是唐成把我拖来的，我和唐成落座后，一个穿着浅蓝毛衣，披着一头秀发的女人走了过来，笑着和唐成打招呼。唐成说这是李卉，唐成又说这是海飞，唐成补充说，海飞是作家。我的脸在这时候红了一下，我没有想到唐成会说我是作家，我不算一个作家。李卉笑了笑说，作家好。李卉笑了笑又说，我对作家没兴趣。唐成把身子稍稍前倾，那你对什么有兴趣？李卉再次笑了笑，李卉说，对你有兴趣。

　　窗外开始飘落雨丝，很小的雨丝，有一些落在了窗玻璃上。唐成开始讲述鸦片的典故。我仍然看着窗外，但是我的耳朵没有拒绝唐成发出的音符。唐成说，你知道什么叫鸦片吗？我说的鸦片是一种香水，是法国圣罗兰的第一瓶世界级香水，诞生于一九七七年，七七年时你多大？李卉说，我三岁。唐成笑了，说，你比我小三岁，我七一年人。李卉没有说话，只是轻轻笑了一下。唐成又补充说，我是属猪的。李卉说，属猪跟鸦片有关吗？唐成愣了一下，说，无关的。

　　唐成接着开始讲。唐成讲话的过程中，有四个女人上了楼，她们也挑了一张临窗的桌子。她们不年轻了，也不老，二十七八岁的样子，说话的声音很轻。我把目光从窗外的江面上拉过来，我认为烟波浩渺不如美色当前来得现实。我对每一个美女都充满了好奇。四个女人发现我在看她们，窃窃私语了一番，然后又一阵轻笑。我也笑了，我喜欢女人的轻笑，不喜欢女人的大笑。咖啡吧是适合女人轻笑的地方。唐成说，鸦片香水的造型参考了中国鼻烟壶的造型，是暗红色的，充满了危险与神秘的诱惑力，我就喜欢暗红色。它的香氛是东方琥珀调的，前段是柑橘的果香调，中段以芍药和茉莉为主调，最后则以香草为基调。外盒包装上的色彩和流苏，精致的瓶身，像一件精巧的工艺品。

　　李卉在用吸管吸着一杯芒果汁，她已经喝了一半。她一边吸着吸管，一边拿眼睛瞅着唐成。李卉说，你说完了？唐成说我说完了。李卉说你约我来，就是为了向我介绍一款香水？你不会是推销香水的吧？有两样东西我是不缺的，香水和男人。唐成尴尬地笑了，他的手在相互搓着，他说我只是想请你坐坐而已，也没想到，怎么就说起了鸦片香水。对了我忘了告诉你，鸦片香水的创始人伊夫·圣罗兰出生于一九三六年八月一日，出生地是法属北非的阿尔及利亚，他的家境很富裕。李卉皱了一下眉头，她显然不太愿意再听唐成说鸦片香水的事，对唐成的谈话内容感到失望了。

接下来让我来为唐成叙述事情的经过。唐成那天晚上就把李卉带回了家。我对唐成的居室了如指掌，当唐成告诉我那个晚上的风月时，我完全能够想象出每一个步骤。唐成是在一次酒会上认识李卉的，李卉不说话，只微笑，穿得干干净净。李卉很快就吸引了唐成的视线，唐成想办法弄到了李卉的电话号码，唐成说能借你手机用一下吗，我的手机没电了。李卉把手机给了他，一只小巧的爱立信手机。唐成用它拨通了自己的电话，唐成把手机还给李卉时，李卉笑了一下，歪着头说，你留下号码了。唐成笑了起来，像一个孩子。唐成说，你是个聪明的女人。

唐成和李卉的第二次见面，是在新梧桐咖啡吧里，我也在场。除了唐成讲了一大通的鸦片香水以外，我和李卉都几乎没说话。这天晚上，唐成把李卉带回了家。唐成为李卉倒水，放音乐，开红酒。唐成是个花花公子，熟谙俘虏女人的三十六招。李卉喜欢看唐成的影集，她喜欢看唐成小时候的照片，她说唐成小时候长得还是可以的。唐成哑然失笑，你的意思是我现在长得不好是不是。李卉没说话，只是吃吃地笑。后来唐成就把手放在了李卉的肩头，李卉的肩头躺着一丝乌黑安静的头发。唐成的手指开始触摸李卉的头发，他用手指头缠起李卉的头发。他的手指头后来渐渐爬上了李卉的头顶，然后又从额头跌落下来。

手指头像一粒粒甲虫，缓慢地爬动。爬上李卉的眼睛时，眼睛合上了，唐成只感到眼睫毛的轻微抖动。李卉是坐着的，所以唐成俯下身去，他的嘴轻轻触了触李卉的耳垂。唐成嘴里的热气呵在了李卉脸上，李卉的身子抖动了一下。唐成的手指头从李卉的眼睛上滑下来，滑到高挺着的鼻子上。然后，从鼻子上跌落到嘴唇上。唐成的手指摩挲着李卉的唇，李卉的唇轻轻开启了，她雪白的牙齿咬住了唐成的手指头。唐成后来把唇盖在了李卉的唇上，唐成轻微地吮吸，使李卉的嘴唇慢慢开启，温热的舌尖最后被唐成吸入嘴里，两个舌尖就搅在了一起。

后来李卉手里的影集掉到了地上，她的两只手伸上来攀住了唐成的肩。唐成睁着眼，他看到了掉到地上的影集以及影集里的童年。影集里一个孩子笑着看唐成和一个女人接吻，唐成不由地在心底笑起来，看着地上的影集无异于同一个人在不同年龄的相互对视。唐成把李卉轻轻抱到了床上，唐成缓慢而坚硬地进入李卉，唐成让李卉有了一声轻微的呼叫，然后李卉一把抱紧了唐成。当李卉松开唐成的时候，李卉哭了起来，她钻在唐成的怀里哭。唐成有些不知所措，说不会吧，这样也会哭。李卉抬起头，用手擦了擦眼泪说，不哭了，哭过就没事了。

唐成这天晚上要了李卉好几次。李卉是个好身材，这让唐成非常迷恋。唐成突然发现自己竟然如此健壮，李卉轻微的欢叫让他很兴奋。后半夜，灯开着，薄被半盖着两个赤着身子的人。后半夜像前一天一样，也落起了淅沥的春雨，唐成迷迷糊糊地想要睡觉。他累了，所以他想睡觉。这时候李卉却不让他睡了，李卉说不许睡，唐成就没敢再睡。李卉给唐成讲她的故事，李卉讲得很慢，李卉讲了许多细节。唐成望着床边的灯光，想要睡了，眼皮直打着架。他看到灯光里李卉讲的那个故事，李卉说她是大学里的图书管理员，每天都钻在图书里，每天图书都把她包围或者淹没了。她爱上了一个大他二十岁的男人，是一个中文教授。她疯狂地迷恋着这个男人。男人却不爱她，男人有老婆和孩子，男人的孩子也小不了她几岁。她苦苦纠缠着男人，不要名分，只要男人有空的时候去她那儿。但是男人始终不答应。她的热情终于经不起一次次的冷遇，她的热情像潮水一样退去。她不再纠缠着男人了，她想和男人最好不要有一点点的关联。这时候男人找到了她，男人跪地抱着她的腿，说其实是深爱她的，只是不敢爱而已。她沉醉在幸福中，她沉醉在幸福中不能自拔。两个月后，男人死了，是猝死的。医生告诉过他家属，他有心血管病，小心猝死。男人死了，她为他痛哭了整整两天，她再也爱不起来了。

李卉把她的故事讲完了，唐成也睡着了，他忍不住睡着了。唐成醒来的时候，看到李卉已经起床，坐在床边梳着头。这是一个温暖的镜头，这个镜头可以温暖唐成的心灵。这时候唐成想，不如结婚吧，不如找一个女人结婚吧，让女人天天坐在身边梳头。李卉看到唐成醒来，笑了一下，说我走了。唐成说，慢着，我送你一样东西。唐成赤着身子从床上跳下来，在柜子里翻找了一阵。他把一瓶香水给了李卉，那是一瓶五十毫升的香水。唐成说，你说过不缺男人和香水，今天我就送给你男人和香水。这是鸦片女用，你带回去。女人得像鸦片一样，妖娆而且迷离。

李卉走了。李卉走的时候雨还没有停。唐成仍然赤着身子，他站到了窗前。一会儿，他看到了楼下一位撑着伞的女人走过。女人走路的姿势，带着一种风韵。女人后来在雨中消失了。

忘了说唐成的职业了。唐成是个温文尔雅的医生，医生一般都是温文尔雅的。唐成喜欢看书，他的书看得很杂，除了医药书外，他还看文学、音乐类的，甚至汽车修理、保险业类的。有一天他看到了一本小说，他本来只想翻翻的，后来一看就着了迷。最后，他把这本书看完了。看完后他才发现，书中的情节，和李卉讲给他听的故事，几乎一模一样。唐成给我打来电话，他说，海飞，你知道有一本书叫做《悲观主义的花朵》吗？我说，知道的。他说，李卉说的故事，和这本书中的故事是一样的。是不是李卉看了这本书后，就把书中的故事套到自己身上，然后讲给我听。我想了想说，是的。唐成说，那她为什么要骗我？我说，我也不知道。你给李卉打电话吧，你证实一下。没多久，唐成又给我打来了电话，唐成说，他手机上的李卉的电话不小心删除了。我说你们不联系吗？唐成说，那天以后就从没联系过。

唐成后来又出现在新梧桐咖啡吧的一次聚会中。他认识了一个光彩夺目的女人。唐成认识这个女人，是因为他闻到了一种气味。就像电影《闻香识女人》中的史法兰中校，闻对方的香水味能辨别出对方的身高、发色乃至眼睛的颜色。唐成就像史法兰中校一样，穿梭在聚会的女人们中间。和中校不同的是，唐成没有失明，他游在女人中间，就像一条鱼游在水里一样。唐成后来告诉我，那天他闻到了一种冰薄荷的味道，这种味道里还含着淡淡的苦柠檬和葡萄柚的气息。唐成像一条狗一样，在人群里寻找带这种味道的人。后来，那味道渐渐化成了灰琥珀、杉木与檀香的混合，那是前者悄悄变幻后的后味。唐成终于找到了那个女人，那个女人手持红酒，身材高挑，臂弯上缠着薄如蝉翼的轻纱。唐成笑了一下，说，我找到你了。女人也笑了一下，说，为什么要找到我？唐成说，我闻到了你身上的香水味道，你用的是鸦片。女人说，你真像史法兰中校。唐成说，你看过那电影？女人说，不仅看过，而且喜欢。

女人和唐成谈得很投机，他们坐在二楼靠窗的位置谈，我想象他们坐的地方，一定是上次我和他以及李卉坐过的地方。唐成说，你很像我以前的一个朋友，我朋友是大学里的图书管理员，叫李卉。女人妩媚地笑了，说，你们还有联系吗？唐成摇了摇头说，我找不到她电话号码了，她笑起来时，和你一模一样。女人说，可惜我不是李卉，我叫黄菊，这是我的名片。唐成拿过了女人的名片，名片小巧而且精致，散发着鸦片香水的味道。唐成看到上面写着，天宝汽车城、业务经理、黄菊等字样，还有一串手写体的阿拉伯数字，是黄菊的手机号码。唐成也递了一张名片给黄菊，说，我们多联系好吗？黄菊笑了，说，好的。

唐成后来就经常想念那个叫黄菊的人。先是淡淡的思念，后来思念越来越强烈了。唐成打来电话问我，他说海飞，我想给她打电话，但是又想忍着不打。我笑了起来，那时候我正在赶一个叫做《花雕》的长篇，里面堆满了旗袍、酒、女人、江南的水以及人们的欲望。我说，你给她打电话吧，你请她喝花雕，别老是请人喝茶了，都喝腻了。唐成说，好吧，那我试试。一会儿，唐成又打来电话，说电话接通了，一个女声莫名其妙地说，女人，最容易受鸦片的诱惑。女人本来就长得和鸦片一样，女人的全身都充满了鸦片。女人迷离、艳丽、笑靥如花。有时候女人是盛开的花，有时候女人是美丽的毒药。忘了我吧，可爱的人。

唐成接着就一次次地给这个全身充满鸦片的女人拨电话，一直都是关机。几天以后再拨打，这个号码已经停机了。唐成通过朋友去查天宝汽车城这个叫黄菊的销售员，汽车城说，她走了，去上海嫁人了。唐成的日子就一下子不好过了，我去他家里看他的时候，他的眼睛是通红的，他的胡子疯狂地生长着，他的衣服有几天没有换了。我说，你是不是爱上那个人了？你不是一向不相信爱情，只相信一夜情的吗？唐成说，我开始相信爱情了，我爱上了李卉和黄菊，她们一定是同一个人。我相信爱情的时候，爱情像花一样，凋掉了。女人，真的就像鸦片一样。

唐成的医生做得有点不太像样，给病人动手术的时候，出了好几次差错。院长骂他说，你属猪的啊。唐成愣了，说，院长你怎么知道我属猪的。院长被搞得哭笑不得。唐成最后还是离开了医院，他在这座城市里无声无息地消失了，像水蒸气一样，蒸发到空中，我们就谁也看不见了。

一年后我收到了一个从丽江寄来的速递包裹，包裹里是一小瓶鸦片男用香水和一张鸦片香水的宣传页。画面上是一个全裸的模特，她佩着金色项链、钻饰手链，穿着一双黑色的高跟鞋，身子向后仰躺着，这是一种撩人的姿势。在黑色的毛皮上，雪白的裸体呈现出一种醒目的美丽，半睡半醒的神情，半开半合的双唇，演绎着女人花。包裹是消失了的唐成寄来的，他没有在丽江做外科医生，而是和当地的一个女人一起开了一间酒吧。他们相爱了，但是说好不结婚。他说男用香水是送给我的，他说他到现在还爱着那个李卉或是黄菊，他说女人真的是花，女人中的女人，叫做鸦片。遭遇鸦片，他情愿中毒的。

一年以后，我仍然会去新梧桐咖啡吧二楼靠窗的位置坐坐，我固执地爱上了卡布奇诺的味道。我对出没在咖啡吧里的漂亮女人充满了好奇。有一天我看到了四个女人，她们也坐在临窗的位置上。四个女人发现我在看她们，窃窃私语了一番，然后又一阵轻笑。我也笑了，我喜欢女人的轻笑，不喜欢女人的大笑。这时候，我发现楼梯口一个穿薄毛衣的女人，她的头发微黄而且卷曲，她长得跟李卉一模一样。我走过去对她说，唐成说我是作家。女人笑了，拢了一下前额的头发说，我对作家不感兴趣，也不认识什么唐成。我也笑了，我说女人像鸦片，这是唐成说的。女人想了想，点了点头，认同了这样的说法。这让我感到开心，感到一次小小的胜利。我一回头，看到玻璃窗外又有一场春雨绵绵不绝地飘落下来。

鸦片

图书在版编目（ＣＩＰ）数据

战栗与本案无关，但与任何女人有关 / 海飞著. --
杭州 ：浙江大学出版社，2013.1
ISBN 978-7-308-10795-2

Ⅰ．①战… Ⅱ．①海… Ⅲ．①短篇小说－小说集－中
国－当代 Ⅳ．①I247.7

中国版本图书馆CIP数据核字(2013)第267044号

战栗与本案无关，但与任何女人有关

海 飞 著

策 划	蓝狮子财经出版中心	
责任编辑	胡志远	
出版发行	浙江大学出版社	
	（杭州天目山路148号　　邮政编码　310007）	
	（网址：http://www.zjupress.com）	
排 版	杭州林智广告有限公司	
印 刷	浙江印刷集团有限公司	
开 本	880mm×1230mm　1/32	
印 张	8	
字 数	193千	
版 印 次	2013年1月第1版　2013年1月第1次印刷	
书 号	ISBN 978-7-308-10795-2	
定 价	29.80 元	